丁玲文学奖得主

母亲梦

长篇小说

曾燮柳 ◎ 著

团结出版社

图书在版编目（CIP）数据

母亲梦／曾燮柳著. -- 北京：团结出版社，
2024. 10. --ISBN 978-7-5234-1141-4

Ⅰ. I247. 5

中国国家版本馆 CIP 数据核字第 2024RZ6193 号

出　　版：团结出版社
　　　　　（北京市东城区东皇城根南街 84 号　邮编：100006）
电　　话：（010）65228880　65244790（出版社）
网　　址：http://www.tjpress.com
E - mail：zb65244790@ vip. 163. com
出版策划：力扬文化
经　　销：全国新华书店
印　　装：四川科德彩色数码科技有限公司

开　　本：145mm×210mm　32 开
印　　张：11. 875
字　　数：206 千字
版　　次：2024 年 10 月　第 1 版
印　　次：2024 年 10 月　第 1 次印刷

书　　号：ISBN 978-7-5234-1141-4
定　　价：68. 00 元

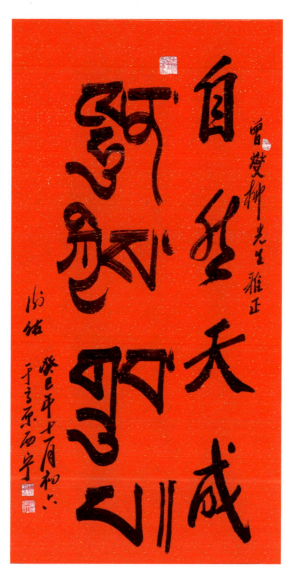

中共青海省委党校原副校长、省政府参事、藏学家、教授、享受国务院特殊津贴专家谢佐为作者题词

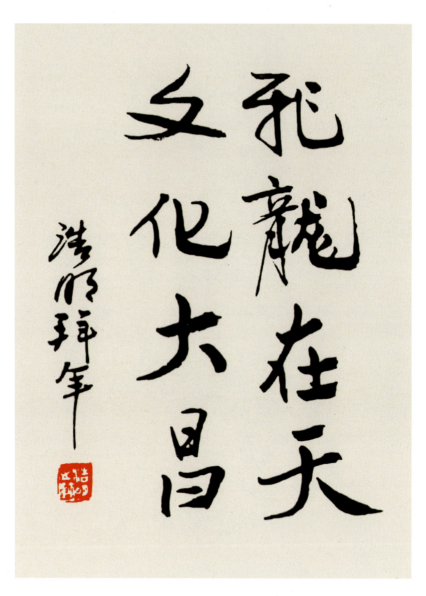

飞龙在天 文化大昌

浩明瑞笔

湖南省作家协会原主席唐浩明为作者题词

　　作者（右）与湖南省常德市政协原副主席、市老干网宣协会会长张新民（中），中共汉寿县委组织部副部长、县委老干局局长徐龙前同志（左）在洞庭湖西考察时的合影

生日快乐
HAPPY BIRTHDA

欣欣
15周岁

高中学生曾阳（右）、毛宇嘉（左），在欢度快乐时分享读书心得体会

代
序

梦想是用来实现的

——读曾燮柳《母亲梦》有感

　　曾燮柳是我初中时的同窗好友，当年"停课闹革命"离校后近60年只欢聚过一次。但因为他一直在家乡做人民公仆，要获得有关他的消息非常容易，对他干了什么大事、有了什么大的进步，都能有所了解。有一年，突然收到他寄来的一册大开本的特别厚重的名为《苦乐梦》的书，定睛一看，竟然是长篇小说！这让我非常吃惊，是那种特别意外的吃惊：我一直以为他在公仆的道路上奋进，公仆忽然成了创作出长篇小说的作家，这令我对他十分佩服，有了一种肃然起敬的感觉。

　　我和燮柳同龄，也就在同年退休。我退休后亮眼的事一件都没干出来，而他退休后，却再一次令我吃惊地出版了他创作的第二部长篇小说《西海梦》，作家这顶桂冠已牢牢地戴在了他的头上。

在他人生第 6 个本命年的今天，他又成功推出了《母亲梦》这部长篇。一个专业作家，一生若能打造出如此大部头的三个长篇，就非常了不起了。长期在基层公务员岗位上摸爬滚打的他，在从业之余，能写成"三大梦"，岂不让人望其项背？燮柳的成功，除了过人的才气，他身上还应该有更值得我们探究的东西。

让我最先感受到的，是他发自内心的那种时代的责任感、使命感。我在着笔此文前，请他"答记者问"：你写《母亲梦》的初衷是什么？他即兴回复说："为了庆祝中华人民共和国成立 75 周年，根据我曾经在乡镇工作 7 年的亲身经历，加上中央提出的'民族要复兴，乡村必振兴'的发展战略，经过 5 年的酝酿和构思，我觉得很有必要创作一部反映当代在乡村振兴实践中涌现出来的先进事迹，正是恰逢其时，再加上我心里有这方面大量的素材，有东西写，值得写，写出来将会更好地鼓励和支持现在的乡村干部，在乡村振兴的实践中，撸起袖子加油干！我的本意是以作品《母亲梦》助力乡村振兴！"

从他这段话可以看出，从初衷上说，《母亲梦》就是责任感、使命感所催生的"乡村振兴梦"。

燮柳在回复中还谈到：他"年轻的时候，非常仰慕那些善于深度思维的人"。善于对视野内的生活予以深沉的思考，应该是他能如此成功的又一原因。

　　长期工作在基层，生活在"人间"，接不完的地气，闻不完的烟火气，是燮柳这样的非专业作家的特有优势。但如果缺乏深入的思考，再丰富多彩的生活也只是一地鸡毛。

　　法国雕塑家罗丹分别在 1880 年和 1886 年，创作了两尊举世闻名的不朽雕塑，一尊是《思想者》，一尊是《沉思》。他认为，思想者是最值得尊敬的，思考中的人是最美的，也是最可能获得更大成功的。对作者来说，对生活的观察、品味、感悟、提炼的过程，艺术的再现生活的过程，无一不是思想的过程。品读燮柳的作品，无论是主旨立意还是情节安排，无论是价值传递还是情感渲染，字里行间，都彰显出思想的轨迹，都是思想成果的艺术揭示。

　　巴菲特在谈到他成功的经验时说过这么一句话："人生态度中最重要的是专注。"这一点，应该也是燮柳创作成功的一个要件。专业作家的成功都有赖于专注，何况业余作家。对于公务缠身的业余作家，要做到专注，是十分难能可贵的。我们可以想象出，燮柳是如何摆脱外界的喧嚣，一个人独自安静下来，将本已疲惫的身心全部投入创作中去，投入到他设计的那个平行世界中去，在自己的神往的领域里深耕。当他进入这个境界的时候，生活中的各种烦恼对他来说可能都不存在了。因为他已经专注到自己的事业当中。

　　我们注意到，燮柳的两个大部头都是在退休后完成的，这种老骥伏枥的精神，让人折服。老年人写作最大的优势，是对生活吃得更透了，对人与人生和人性悟得更深了，对名与利的诱惑看得更淡了，这些都会对作品的成色起到倍增作用。

　　我相信，燮柳在初中时代就有了一个作家梦。虽然连接梦想与现实之间的道路，比田间小路更为泥泞和崎岖，但他的梦想却完全实现了。我们正处在一个"梦时代"，全国人民都在为实现伟大民族复兴而奋斗。燮柳的"三梦"，让我们体悟到：美好的梦想是用来向往的，是用来追求的，是用来激励的，进而是用来实现的。

饶洪桥

2024 年 4 月 18 日于北京某干休所

　　（作者系解放军报社原副总编、少将、高级记者）

内容提要

　　本书《母亲梦》，主要写了母亲从家庭主妇到任洞庭村党支部书记，后来成为孤儿们的母亲的历程。她每个阶段角色的转换都是历经艰辛，牢记初心，实践使命，用"三不"形容她是"不简单、不容易、不懈怠"的伟大母亲！敬爱的母亲！

　　书中也写了几位父亲，父爱如山，父爱是无法代替的，他们是那样的坚实、强大、伟岸！

　　中华民族的伟大复兴中国梦，就得益于这样的母亲和父亲的梦！

目 录

/

CONTENTS

第一章　田土承包

（一）

湖南洞庭湖畔。

1982 年，中共中央发出"一号文件"，明确指出包括包产包户，包干到户在内的各种责任制，都是社会主义集体经济的生产责任制。在中央一号文件精神指引下，以包产到户，包干到户为主要形式的家庭联产承包责任制迅速推广到了西洞庭湖畔洞庭县洞庭镇洞庭村（或大队）。

这年初春的一个早晨，阳光明媚，鸟语声声。家住该村村部附近的农舍里，男女主人一边弄早饭，一边收听村广播转播的学习辅导"一号文件"的讲课，真是叫他俩兴奋不已，情不自禁，都说："中央'一号文件'精神好得很，好就好在充分调动了农民的生产积极性，将促进农业生产的迅速发展……"

这家男主人名叫郑丰收，现任村（大队）党支部书记；女主人名叫刘春秀，有人喊她春姐，更多的人叫她"母亲"。他俩正值青年，35 岁左右，身体好，吃得苦，霸得蛮，耐得烦，是典型的湖南人性格。

两口子开始吃早餐了，母亲边吃早餐边观察到郑丰收的脸色不好，便关心地问他有什么事难住了。丰收好像没听到，没回答。母亲进一步追问，眼睛直直地盯着丰收的脸和眼睛，非要让他作答似的。他也犟，犟到硬不做答复，还两眼直视着她的双眼。不过，他很快意识到她是那么的善良、明理、克己复礼。因为，她低垂着双眼，仿佛认输了似的。其实，他并不想要她认输，便好心安慰地答复："那是村里的事，你莫问，耳不听，心不烦……"

"我是看你闷闷不乐，才随便一问。"她心平气和地打断他的话，做出了说明。她愣一下，又补充道，"什么大事小事，你不要一个人背着，如果说给我听，或许能给你出出主意，解一解乡愁。"

俗话说，贤妻孝子要命销。在郑丰收的心里再一次确认自己的命是好的，因为有这么好贤妻助力。但他仍不希望她管闲事。他放下碗筷，用手擦了几下嘴唇上的油渍，给她示意要去村部了。

她捡拾了碗筷，麻利地来到自留土地，看看油菜长势蛮好，结了夹，夹内的籽较丰满，心里估算着菜籽可能可以丰收了……她看到这生发的油菜，只长叶，未结果，便扯起来作猪饲料，喂猪可好！一扯就是两撮其……

郑丰收在村部召开支委会，研究的主题是土地承包实施的具体细则方案。支委意见分歧较大，有的盲目抵制土地承包到户；有的建议放肆甩手承包下去，按人头分摊面积；还有的提出按户头平分……为此，该村已是多次研究，迟迟决定不了。这对郑丰收来说，心里着急啊！他默默想：春争日，夏争时，如果再拖下去，将影响一季早稻种植，直至影响老百姓的饭碗。想到这些，他请示了镇党委书记，咨询了邻近村书记的做法，然后提出了初步方案，经过村支"两委"讨论并决定，暂行按人头平分田土，并要求马上实施！他把村支委五人分工到组，每两组一个村干部包干负责。三天后再开碰头会，汇总进度，对做得好的表扬，做得差的批评或做检讨。

村干部下去了。他们召开各组户主会，宣布村里实施土地承包的具体方案，对几个关键性的政策捋清了界限，比如人头有户口在村组的，就算人头，否则不算人头，对残疾人也要与健康人同等对待、不能歧视等。当场，就有户主提出了反对意见，说什么不能看户口，要看实有子女人数；对残疾人也有异议，认为没有劳动力的残疾人只能算半个人……

翌日，村里热闹起来了。母亲听到家里的板壁"嚓嚓"地响了又响，预感到或有什么事要发生了。于是，她禁不住到她母亲家、哥哥家去看看、去听听！她的母亲告诉她，有人要告状，说郑丰收偏袒了岳母家人多，她哥也担心地说："莫按人头分田土，你跟妹夫说更改一下，省得人家告状，告状就是告郑妹夫……"

母亲在回家的路上，顺便去了该村的女儿湖组，那里大多数是女的当家理事，看她们怎么说。母亲听到的是多数人赞成以人头分包田土，也有人主张按人头和户头各半分田土。这让她安心一些，舒心一些。此时，她直视着女儿湖的湖水，安澜啦！平安啦！她油然想起关于女儿湖的故事：

传说五百年前，这里出了一个仙姑，以为民除害降福为己任，打抱不平，诛杀恶人坏蛋。一旦有此类事发生，坏人必遭报应，也就是恶有恶报，善有善报，不是不报，只是时候未到，时候一到，必定要报。因此，有几个恶棍男人，硬是遭到雷公电母的电击而暴亡。所以，有人说这里是仙姑修行的地方。

母亲的回忆突然被一阵旋风打断，再看湖面，仿佛看到湖水外安内澜，不太平啊！这预兆着什么？母亲忐忑不安地离开女儿湖，一路走一路听到好多叽叽喳喳的议论声……

当晚，郑丰收也不安地告诉春姐：村里一些人告状到镇政府，明天镇里有领导来调查，叫她按惯例准备中饭，春姐也习惯性"嗯"了一声，心里开始盘算着菜谱的安排，在自家笼里抓一只鸡，还让村渔场送一条鱼，弄点腊肉，小菜就去园里扯，再新鲜不过了。

农村里的人睡得早，大概八点多他俩就倒床入睡啦！

（二）

天亮了，鸟儿开鸣：鸣声婉转流畅，抑扬顿挫，像吹笛子，又像拉小提琴，惹得母亲有时还尖着耳朵静听了一下。她知道今天正是惊蛰节气，"惊"指"惊醒"，"惊蛰"是指天上的春雷惊醒蛰虫，所谓"春雷惊为虫"，万物生机盎然。可不是吗？连鸟儿也仿佛鸣叫得多彩些。

郑丰收杀了只鸡，他还打电话叫秘书买条鱼送来，还称了点新鲜猪肉来，几道主菜都准备好了。在吃早餐时，春姐告诉他，昨晚她做了一个梦：在一条弯弯曲曲的乡间小路上，一群人蜂拥而进，进去没多远，又打转身回来了。回来的路似乎又宽又亮，村民们好高兴样的。母亲和村民们做梦都想过上好日子。

"这可能不是吉兆啊！"丰收有些犹豫不定地说，"一折一转地，这不就是折腾嘛。"

"是啊！"春姐应声道，"不过——先走窄路，后走的是宽路！或许是由坏变好的！"她以恳切的语气回应道，便转身薅鸠毛。

郑丰收对她点了点头便起身去村部啦！

　　村里来了几批人。有村民来咨询春耕备耕、粮种、化肥、农药的；有镇政府来的，找了一些人召开座谈会，或许是有关土地承包落实的座谈；还有闲人管闲事的。村秘书陈秋保告诉郑丰收这些消息时，显得有几分神秘感，其中还有隐忧感。

　　郑丰收坦然地指出："不要忧和怕，别人不了解我，难道你还不了解我？我不是吹的，硬是坐得稳，行得正，怕几个人闹事吗？"他喝了一口茶，原地踱了几步，提了提精神，继续说："今天是惊蛰节，正是百虫出洞，万物苏醒之时，对善意的虫甲蚂蚁，雷公是欢迎的；对心怀恶意攻击的虫甲蚂蚁，雷公都不会轻饶的！管我们的雷公就是上级领导，今天镇政府来人调查，是对是错，他们自有公正的结论。"

　　陈秘书听得很认真，边听边受到鼓励。他想，作为秘书或秘书长，绝对是十分了解自己的上级领导的。上级领导更是了解和相信自己的秘书的。虽然目前是"满塘蛤蟆叫"，蛤蟆虽不咬人，但闹人。起初，他确实害怕郑书记被一些"蛤蟆"击倒，听他这席话，他的底气更足了，什么也不怕啦！他看：郑丰收高高的个子，不胖不瘦的身材，国字形的脸上，坐落着大而厚的鼻梁，闪着一双慈祥而又坚毅的大眼睛，一看再看，他就是一条好汉子！看到这些，他更加自信跟着郑书记干，准有奔头，有美好光明的前途。他听村民一致反映，郑书记一不打牌赌博，二不贪，三耳朵根硬，所以，在老百姓中的口碑也蛮好的！经过这"一想""二看""三听反映"，陈秘书情不自禁地佩服郑丰收的为人处世。

陈秘书再次给郑丰收添了一些开水，开玩笑道："惊蛰节，正是满塘蛤蟆叫的时候，让它们都叫，天不会塌下来……"

郑丰收谨慎乐观憨笑起来，竖起大拇指："对！对极了！"他扬了扬手，邀陈秘书去书院洲组。

书院洲组挨着女儿湖的，位于安乐湖的上游，往下是西洞庭湖国家级湿地，再是入洞庭湖入长江。传说三百年前，天上飘来四本天书降落于此。因此，后人将此地起名为书院洲。欲问这四本天书何处去？传说继续说，一本飘到河上游，便生成相公山；一本飞落在该院对面，形成龟山。龟山压住两只金龟，近看此山土是飞来的，和本地土质土色完全是不一样，远看俨然像两只龟伸出八只脚，脚即小山，小山上常年绿树成林，林中白鹭成群，煞像白色海洋落内陆，疑因难解；一本随风吹到洲下游，长相像猪头，世人皆称猪头山；最后一本沉落书院洲滩边，被女儿湖一女儿捡到，流落在人间，自然地貌中生成了相公山，相公对美女隔河相望……

郑丰收和陈秋保对此故事也是耳熟能详。他们不热衷于故事，而是热心于土地承包在该组民众中反映出来的新鲜事。经过他们挨家挨户走访，获得和证实了两则重要信息：一是镇政府来了三人，一位是镇纪委书记，姓胡，随从尊称他为胡书记，另两位是镇经管站长和干事，没听胡书记喊他俩的官衔，只听胡书记询问村民的意见和建议；二则是该组现有一百二十多号人，几乎都拥护按人均分田到户承包经营。当然，也有个别失独家庭嫌田土分少了，但绝对没有上纲上线到什么"虐待计生户"之类恶毒之词语。听到这些，郑和陈二人脸上掠过一丝微笑！

这时候，丰收邀秋保转身向村部疾走而去。因镇调查组或要跟他俩交换意见。此时此刻，他们一个骑的永久牌、一个骑的鲲鹏牌自行车，又快又省力些，可惜呀，此时村里有自行车的人都少哩！当他们到了村部，已是中午 12 点，一打听调查组的消息，才得知他们刚刚走了。

"哎！忙了多半天，为他们准备的饭菜何搞?"郑丰收两手向外一摊，对着陈秘书诉苦道。

"别浪费了。把村干部都喊来自产自销！"陈秘书不假思索又愤愤不平地回答。

"也只能如此啦!"郑丰收又补充说。

但看春姐弄的饭菜摆在桌子上，香气直喷，钵子里炖的鸡是用山茶油煎的，香过几间屋。她的脸上流露出焦急，暗自问："为何客人还未来?"

当她听说镇政府的领导不辞而别的消息后，立刻，眼神里流露出失望与惋惜的神色。

在郑丰收和陈秋保的召集下，村干部五人还是都来了，咪唏咪唏，饱餐一顿。

然而，母亲却没有上桌吃饭，欲问为何？或是习惯吧！

（三）

村干部饱餐一顿，嘴巴一揩，手一挥，秋保说宽心话："道路是曲折的，前途是光明的。"刘上秋接着说："我也是这样想的。"李童却反其道说："大不了回炉。怕什么？"郑丰收谨慎乐观："落下一粒子，满盘皆活。"

夏莲爽快地一笑："摸着石头过河，边摸边过河！"之后，他们与郑书记和母亲告辞离去了。

郑丰收帮忙把碗筷捡拾一下，催春姐把剩菜剩饭热一热，趁热吃中饭。春姐却叫丰收休息去，她自己按惯例边捡拾碗筷边热菜，不声不响地清洗碗筷。

这时，丰收忽然回眸一看春姐，觉得她仿佛百媚生——回到了生第一个孩子时的美姿，两道弯弯的秀眉下，一双善良的大眼睛闪着纯洁的美色，脸庞依旧是那样透着苹果红，儿子快二十岁了，她十六岁生儿子，后又有生三个女儿，除了眼角的鱼尾纹深一点，其他的好像真是没老哩！没变老哩！

"为什么这样看我？"春姐随口问道，还补充道，"你可是好多年没这么看我啦！"

"还不是因为你心灵美，映衬长相美。"

"去你的，休息去!"说着，春姐顺手端起饭碗在吃。

"那我真去休息啰!"他边答边转身回房间去。

约一点钟后，陈秘书再来找丰收，两人交换了一下土地承包方案实施中出现的新情况。陈秘书建议郑丰收，趁热到镇政府跑一趟，找镇党委书记梁广生，汇报一下，以正视听。郑丰收想了想，给予了否定。于是，陈秘书继续把附近乡镇村搞土地承包的情况做了汇报，宽了郑丰收的心。他晓得，郑丰收对工作真是责任心太强，心窄，有时时放心不下的责任感。两人还谈到支委班子中有的人心存二心，配合上差一点……

这人名叫李童，村副书记，他和班子成员拉一派压一派，在工作中很少配合一把手，一心觊觎一把手的大位。而今他又在和治调主任刘上秋进行密谈……

忽然，丰收家门外传来喊"春姐! 春姐!"的声音，春姐循声望去，见是她的妹妹夏莲来了。她起身站在门槛边相迎。同辈人喊她夏莲，年轻人叫她阿莲。她为人开朗活泼，直率可爱，颇有几分湖南妹子的"辣"味，洞庭湖莲藕的"清香"味，给人一种"出水的芙蓉"清香之美丽，她比春姐小十岁。她来是给姐和姐夫带来一包"蒿子浆"，让姐煎蒿子粑粑吃，蒿子的香味也蛮好呷!

同时，她还告诉春姐，土地承包方案在打乱仗子，有人在告刁状，告姐夫的状——即郑丰收的状。她轻声地说："一切叫声，不管是鸡叫还是蛤蟆叫，都是李童作祟，而何不把他撤掉……"

这话却让在隔壁的郑丰收听到了，他轻言细语地制止道："莲妹，这话不能讲！让他说，意见不一致也正常，没关系的！"

春姐听老公的招呼，立马岔开话题，讲养猪、种菜、春耕备耕的事。阿莲身为妇女主任，心有不平，继续数落李童的不是，但她姐夫的话，她毕竟还是听进心里去了，也立马踩了刹车，与姐一起谈同一话题：

"莲妹，我是家庭主妇。我的主要任务是当好贤妻良母，相夫教子。其他的事我懒得管。"春姐一边切碎白菜叶子做猪饲料，一边跟莲姐闲聊，"你是妇女主任，在做好村里的事后，应该管教好儿女，压到他们多读书，长大了才有出息。我家儿女都读书去了。你家儿女都是爱读不读。""哎！"夏莲长叹一声，憋屈地说，"我的儿女不爱读书，厌学逃学。我和她爹管是管了，打也打了，骂也骂了，就是不见效。"

"我家管得狠。你家管得不狠。"

"那是生成的，不是管不管的问题。"

"……"

两姐妹为教子闹得不开心，不欢而散了。

第二章 摸索前进

(一)

这几天，到村部来的人多些了。大多数心里装的是"不管怎么搞，反正有田插，总不会把锄头把搞掉"。因此，来者打听备耕春耕的事宜多，问及土地承包到户到人的少。一眼望去，人们似乎都在慢慢地忙起来了。

然而，村里也有奇葩出现：一个书生气质的青年人，衣服皱巴巴的，说话文绉绉的，名叫王快乐，是村小学校长、教师。他来到村部，先听村民们热议的农资涨价啦、稻谷赚钱太少等。他不参与议论，只倾听与思考，时不时吸烟，让烟随风吹散。但他心里不散的话题也是有的。他信手拿起粉笔，在村广告牌上写道：

土地承包富农家，

先保粮食后种瓜。

皇粮国税交不交？

科学种田人人发。

王快乐刚写完，便吸引好多人围拢来吟诵、品赏，对这一诗歌点赞。也有人唱反调的，说这是"屁话"。

郑丰收和陈秘书也来到了人群中，他们一看，立马觉得"小诗歌"蕴含"大民生"。这个陈秘书建议郑丰收给村民宣传一下上级的政策，以释村民的疑惑。郑丰收有同感，随口说："村民朋友们，农业税肯定是要上交的。至于交多少，以镇经管站的解释为准。"人群中，一阵"哦"的唏嘘声传出来。郑丰收见大家的眼神里似乎仍存疑惑，他决定郑重其事地宣传一下，便开动村广播，跟村民宣传道："村民们，'皇粮国税'是要上交的，至于交多少，以镇政府说的为准。而今，我要为王快乐老师的诗词唱赞歌，土地承包大政策，是富裕我们农村、农民的家。先保粮食后种瓜，强调我们农民无论任何时候都要牢牢地端稳自己的饭碗，不能在别人的下巴下讨吃的。最后一句是'科学种田人人发'。这句更是对的。中央提出，农业一靠政策，二靠科学，靠科学种田，我们就能增产增收，降低生产成本……"

这时，陈秘书在郑书记耳边传递了一个信息：大概是镇里来领导啦！镇党委书记等4人。

　　丰收看过纸条，随即关了广播。以一种始料未及的心情去见镇党委梁书记。

　　梁书记迎了上来，他笑盈盈地喊："郑书记。"他边喊边走近他，肯定加表扬地说："你的广播会开得好，好就好在：一是正确地宣传和解答了党的政策；二是给村民指明了科学种田的路子，也是正确的路子。"

　　"请梁书记在广播里说几句，可行？"郑丰收恭敬地询问，他听到梁书记谢绝后，便让秘书上茶，悄悄地给自家打电话安排中饭。

　　母亲接上电话，接受了光荣的任务。忽然，一个疑问闪现出来，她问："他们究竟吃不吃？莫又冤枉准备的！"

　　"不会的！这次书记蛮高兴，表扬加点赞，跟我提了精气神。"

　　母亲喜了，喜的是镇"一把手"来了；同时她又急了，急的是大白天抓不到出笼了的鸡。农村里，最珍贵的菜就是杀鸡待客，且要杀土鸡，用土灶，烧柴火，茶油炸焖鸡，才端得出手。她急中生智，把莲妹喊来抓鸡帮忙。

　　莲妹性格"辣"，做事麻利。她听到春姐的招呼，二话没说，几分钟来到春姐家里。她把灶门关一边敞一边，边逗鸡进来边撒米，一下子逗进来几只鸡，让鸡吃上几粒米，忙把门关上，猛然弯腰快伸手，手到鸡擒来。

　　春姐笑得合不拢嘴，连连夸莲妹"厉害"。

　　夏莲来时去了村部，陈秘书说让母亲做一道特色菜，给梁书记治小感冒。于是，她建议春姐做一特色菜当美食又当药用，叫食药同源嘛。

　　春姐答应了，便去田埂边采挖野菜去了。

　　在村部听汇报的梁书记等 4 人，他们边听边问郑丰收，关于土地承包中的相关问题……郑丰收是有问有答，让听者觉得津津有味，说者兴趣浓厚。梁书记愉快地接受了丰收接他们一行吃中饭的邀请。同时，梁书记跟郑丰收建议让写诗的诗人老师一起来吃中饭。王快乐本是洞庭县一中高中毕业学生，成绩突出，为人憨厚，颇受教师和同学们喜欢。前几年刚从相公山迁来村居住，先开小商店，后教书，当民办教师。今年三十多岁，有幸跟女儿湖一美女在暗恋，有人戏说，从相公山到女儿湖的牵手，如能如愿，那真有趣。这美女在省师医学院读书。为了追上她，王老师拟定明年考大学去……

　　谈到大学，梁书记是北京某大学毕业的尖子生。他是省委组织部的选调生，德才兼备，前途可说是无限光明。从他珍视有才有德的王快乐和郑丰收，就可证明他是一个慧眼识才。名人云，这叫惺惺相惜，心灵相通。

　　梁书记和上次来村里进行调研的胡纪委书记、经管站二位干部，在郑丰收带领下，来到了郑丰收家里。村里的副书记李童和陈秘书一起陪同，其余的村干部怕坐不下，告假了。

　　一会儿，一桌香喷喷的菜饭摆上桌。郑丰收以主人的身份，提议镇里的客人即领导开吃。忽然，梁书记的目光投向母亲，也请她上桌吃饭。母亲谢绝说："我不急，你们先吃!"她移步桌前，梁书记等都以为母亲接受了自己的邀请，情不自禁地一高兴。其实不是如此，她来是揭开几个菜钵碗的盖子，并跟客人介绍："这就是今天的特色菜——凉拌鱼腥草以及鱼腥草炒腊肉。"她边说边给梁书记夹特色菜，还解释说："听说书记小感冒，这菜清热解毒，消炎止痛。"

　　郑丰收补充说："它还是天然抗生素。"

　　"治小感冒，风热型的，特有效!"母亲继续解说。

　　母亲回坐在灶边，仍在为大伙儿忙碌着。她为客人送来一碗蒿子粑粑。

　　梁书记名叫梁广生，他感激母亲的关爱，更认为她了不起：克己复礼、勤劳善良……想这些，梁广生书记的眼光聚集坐在灶门边矮小椅子上的母亲身上，由衷地喊道："您是中国式的母亲!向您致敬!"他再次请她坐拢来吃饭。

　　母亲仍然客气地回答："莫挤到你们啦! 谢谢! 还不知道菜好吃不? 有盐不?"她见客人们光吃蒿子粑粑，后喝酒，心里便高兴了。

　　其他的人，有的喊春姐，有的喊母亲，异口同声地恭请她坐拢来，学着梁书记的语调喊："中国式的母亲——请来吧!"

郑丰收生怕菜凉了，再次恭请大家莫喊了，吃吃吃。

母亲依然没有歇气地为客人忙这忙那，看上去，她真的是习惯性地，内心仿佛非常高兴哩！

（二）

客人用餐完了，也出去了。

母亲抓紧扒了几口饭，吃了些剩菜，就开始捡拾、洗刷碗筷。她此时感到累了，随便躺在竹睡椅，悠悠然进了梦乡。

郑丰收等三个村干部参与梁广生等四个镇领导在该村的调研，牵头"出牌"的肯定是梁广生。他年轻，活力四射，不按常规"出牌"，但是采取的科学的随机抽样调查法，即事先不通知，走到哪里问到哪里，碰到什么人便问什么人。他们认为这样做得到的结果是客观的、实在的。王快乐今天正值周末，没上课，倒是跟着镇村书记学到了一些乖，加深了对土地承包到户政策的正确认识，也加深了对农业靠科学的体会。用他教书的本行"授业、解惑、传道"来对照，真是有惊人的相似之处，他很少发言，却关注梁广生与农民的对话！

"请问，你家包得有田土吗？"梁广生向一个老农发问。

"分得有田一亩，土三亩。"老农坦然作答。

"田土够了吗？劳力够用吗？"梁广生继续问。

"基本上够啦！"

"你对镇政府有什么意见和建议？"

"没有！"老农摇了摇头，似乎是欲言又止。

这个老农的心理立马被梁广生"捕捉"到了。他宽慰老农："您只管讲，不论对不对，都没问题的！"

"那——那我就讲直的。"老农讲真话，"我们挨着湖边的几个组，水电排灌费蛮高，能不能降低点？还有上交提留统收是否减少点，一句话关总，农民种田负担重……"

梁广生和镇政府的干部们听得很认真，也很体恤老农的说法。梁广生告诉老农："这个问题要全镇统筹考虑，争取降一点下来。同时，我们也会向省、市、县反映，慢慢来。总有一天，给农民一个满意的答复！"

……

边问边答的屋场调研会上，参与的农民越来越多，有男有女，有老有少，其中还有王快乐老师的学生，也来凑热闹，听政策普及，科学普及，气氛随和、有趣、有意义！不是吗？你看，有的农民大笑不止乐开怀，不停地把屋里的板凳端出来，让镇领导坐下说。镇领导也蛮尊重农民兄弟姐妹，推辞请他们坐！在这个官民和谐的屋场调研会中，梁广生明显感觉有二：一是自己的小感冒好像缓解多了。这到底是心理作用，还是吃了鱼腥草这道特色菜的作用？二是这场对话，让他感到好实在，简直就是乐而忘返！他默默地想：莫又到"中国式的母亲"那里蹭晚饭去？在村里睡上一晚，与百姓更和谐。

　　然而，没让梁广生想到的事还真来了。胡纪检贴在他耳边，小声告诉道："镇里来了一些上访的农民，点名要见梁书记。"随即又告诉他，"小车已来接你的路上。"

　　"那就回吧！"梁广生毫不犹豫地回复。他跟郑丰收在电话里交换了几句话，然后与老百姓挥手告辞，再登上小车，嘟嘟地离开了！村民们随着报以掌声和尖叫声，目送着镇政府的四位领导去了"诗和远方"。

　　对这个场面，王快乐吟诗一首，大家尖起耳朵听，原来是：

> 女儿湖边谈新题，
>
> 屋场上下人熙熙。
>
> 分田分地人乐意，
>
> 春耕备耕飞燕泥。

　　"好诗！好诗！"村民们边说边鼓掌！人群中，有人看见李童混在旁边偷听！

（三）

　　夜里，洞庭村的蛤蟆好像泄了气似的，它不叫了，或者偶尔听到几声低吟，也不闹人啦！

　　坐在家里的李童副书记，恰似那田里的蛤蟆，泄气了，懒得动了。原本他要去找治调主任商议"反串"对策，每每回忆起镇里领导对郑丰收两口子的那个点赞和表扬，他就没力气活动了。他决定洗手洗脚上床，且困觉去。

　　可巧的是，此时座机电话响起来。他接过"喂喂！"几声，便听得对方正是他刚念叨起的刘上秋。他请示似的问："领导，为什么没听到你下指令？今晚还有行动吗？"

　　"没有！休息。"李童迅速地作答。当他听到对方并未泄气，还为他鼓气，便改口说，"今晚不动了，动也枉然。你看，领导一边倒地支持他，群众看风使舵，也拥护他。我们还有多少空间？多少力量？都应该心知肚明吧！"

　　"不，在困难的时候要看到光明！十年前，一开始也是这样，后来你赢了！"刘上秋的思绪"漫游"到了前十年。

　　"此一时，彼一时，不能比啰！"李童叹惋地边回话，边穿越到那些年前的时空：

　　那是1970年霜降时节，有道是"万类霜天竞自由"。这年的政治生态环境，或是自由有余，有的人借组织之名，行打击陷害革命人士，施害者趾高气扬，受害者扼腕叹息，无奈极了。

　　洞庭村的郑丰收就是一名受害者。当时，他担任大队党支部书记（相当于村支书）。施害者李童，时任大队副书记。李童早已觊觎大队书记的"宝座",采取当面喊兄弟、北后捅刀子的卑鄙手段,干着污蔑郑丰收,欺上骗下、威胁利诱之能事,硬是把公社(相当于而今的乡镇)负责人欺骗得手,把大队除郑丰收以外的大队村干部骗到手,指定人代郑丰收签字认错的方式,炮制假材料上报公社党委,公社党委上报县纪委,凭一纸假材料开除了郑丰收的党籍。

李童以同走资派和贪污腐化的干部作斗争有功,从副书记提拔为党支部书记。

这不是"万类霜天竞自由",这是无政府主义,无组织纪律性,指鹿为马!从这个视角看待这一案件的人,只是洞庭村三千多人中的少数精英,虽然他们没有文凭,但他们讲道理、有义气,他们有路见不平、拔刀相助的心思,他们正在寻找机会讲公道话!

更多的村民,眼见李童上任,施以小恩小惠,把农药、化肥凭发票到村部每包补贴几毛钱,由大队支付,大队负债日渐增多。不知情的农民只顾眼前利益,岂管明日集体之债务?一时,拥护李童的人真的好多!

李童和刘上秋回忆起这些往事,像是飘上云里雾里,高高在上起来……

郑丰收和妻子,晚上也自然而然地想到今天的梁书记赞扬与肯定,似乎也有点飘飘然。

　　然而，他妻子高兴几分钟后，旧痛涌上心头，她拍了拍丰收的手，坦言："十年前，你被'双开'——开除党籍，撤销党支部书记，虽然是别人诬告，但你也有责任。"她怕丰收不解她的意思，欲言又止。在他的追问下，她才说出了后半截真言："你的责任一是耳朵根子软，听到风就以为是雨；二是得罪了公社书记，哪里到了吃中饭的时候，不留他吃饭的道理？"

　　"我怕你搞不赢，才没有霸蛮留！"

　　"看来你还是心疼我啰！"她也不领情地冷笑道。

　　"是真的……"

　　"那是你蠢。这样的心疼堂客是真蠢，真得罪人，也得罪堂客！"

　　"得罪书记，好理解。得罪你，不好理解。请你直说。"

　　"因为我不愿意看到你的领导在你家门口挨饿。他们可能怪你，肯定会骂我！"她先是和丰收坐在一条板凳上，后站起来坐到另一条板凳上坦言，"你年轻的时候，有点爱采野花，路边的野花你不要采，你偏不听，让别人抓住把柄了吧。"

　　"我只是君子动口不动手，开玩笑打湿口。从那以后，你晓得的，在女人面前，我玩笑都不开了！"丰收一脸的愧疚，企盼她原谅自己的过去，更感谢她为他洗白——几次跑到工作组，为他证明清白。不然，他可能不会这么快地东山再起。他想到这些，禁不住热泪盈眶，哽咽地说："还得感谢我们的儿子，因我

'双开'牵连了他。他刚高中毕业，白天上堤挑泥巴，晚上帮我写申诉书，一写就是一百多份……"

丰收情不自禁了，竟然低头掩面了。刘春秀看在眼里，疼在心里。她用她的衣袖边为他揩眼泪，边轻言细语地劝他，说着，说着，她自己也禁不住眼泪直流……

此时有两个人来找郑丰收，远看他两口子竟是眼泪汪汪，泣不成声，便悄悄听壁家角，料断或是伤心事所致，更有可能是十年前的伤心事，他们也略知一二。于是他们回转了。

一会儿，有一个年轻妇女手里拎着一包东西满面笑盈地来到郑丰收和春姐面前。春姐抬眼一看，来人是李童妻子谢姐，忙起身为其端椅子请坐，请喝茶。郑丰收见是女的便打了个招呼走进隔壁屋里。

谢姐和春姐搭讪几句，讲的都是鸡婆鸭儿事，然后她打开包，包里装的也是一只大母鸡，并说："这是送给姐夫、姐姐的，小意思，莫嫌弃。"

春姐直说谢绝，推辞不掉，只能违心地暂时收下啦！然后，她送客到大门外！

第三章　戏弄停职

（一）

春分燕归来，万树繁花开。没有什么事必须熬夜，却有好多事值得早起。

村秘书陈秋保遵照党支部的分工，他和村妇女主任夏莲负责宣传中央"一号文件"和各级政府关于土地承包的政策，并结合本地实际，依政策提出工作方案和必走的程序。

为此，他俩经常分开学习政策，集中宣传于村民群众，从下至上，从上至下，揉搓了好几个回合，现已初步拿出合规的程序：一是本村集体经济组织成员，召开会议选举产生土地承包工作小组。组长郑丰收，副组长李童，成员陈秋保、夏莲、刘上秋；二是依规公布承包方案；三是召开村民会议讨论通过；四是公开实施方案；五是签订承包土地合同。这五道程序，每走完一步，他俩都要加班熬夜，起早摸黑，理解的人为他俩点赞，不理解的人还说怪话，说他俩"暗恋"或"假积极"，幸好他俩的老公或老婆心宽，不然的话，或早就扯麻纱啦！尤其是村里的郑丰收，耳朵根子不软了，为他俩撑腰鼓劲。所以，他俩也没有什么顾忌的，工作效率又好又快。

何以见得又好又快？有镇党委政府的表扬为证，还有广大村民的拥护为证！所谓村民拥护？一个硬指标就是告状者为"零"。即使有点意见在村部就"消化了"，没有上告县镇政府的，省市的更加不用说了。

这五道程序已走完四道。而今，马上要开始走第五道，也是关键的程序。他俩此时的心情，恰似渔民撒网起鱼，网已撒下去，只待起鱼，既有期待美好的结果，也害怕有鱼死网破的局面出现。他俩不约而同地回忆起前晌去郑书记家，看到和听到这一幕玄机。害怕那一幕降临到自己的头上，不禁心怵加剧。因此，他俩又把签订承包合同的对象性格、诉求以及如何应对的预案，再一次捋上一遍，以防百密而有一疏漏。他们采取"走出去"的策略，与各组组长面对面地交流、沟通、修改、完善。这一招到底受不受老百姓的欢迎呢？下节可知一二。

（二）

傍晚，一阵阵春风吹拂而来，春天的气息越来越浓厚了。不仅植物复苏，枝繁叶茂，而且动物的蠕动也来得更快了。真的是"春争日，夏争时"。人们都在田地里忙碌着……

村党支部会议室也在忙碌着，郑丰收在土地承包前夕，再次召开会议统一思想，明晰政策，在方法等方面提出了要求："原则上，采取个别或分散签订承包合同为宜……"

散会后，李童挨着陈秋保悄悄地说："工作方法上不应该统一规定，而应该创新，有所为，有所不为。我包的组上。我就要搞集中签合同。这是镇政府提倡的……"

"真的?"陈秘书将信将疑地一问。双眼瞧李童一眼，感觉他有一股子"出头立功"的情绪写在脸上。于是，他也想立功，附和着说："好的! 我也采取集中签约的方式!"

这时，夏莲也走拢来了。听了一截不完整的对话，感觉他们有些神秘，出于好奇，她禁不住小声追问："你俩刚才谈的什么秘密?"她见他俩仍不吭声，仿佛是故意对她隐瞒不报，她就更想知道这个秘密，急切地追问："有什么不能说的? 请让我也分享吧!"

出于夏莲的恳切心情，李童把对陈秋保说的话重复了一遍，且神秘兮兮地说："八仙过海，各显神通。天机不可泄露，否则，我概不负责。"

陈伙保与夏莲对视了一下，他们从双方的眼光中得到验证："是真的。"这样，秋保只是"嗯"了一声。夏莲明白了，心里开始盘算着明天的工作方式："是创新? 还是按郑丰收原则意见办?"

　　这时，他们三人来到一个三岔路口，各自自选回家的道路去了。

　　第二天上午，陈秋保和夏莲分别来到了自己包组的组上，按惯例，他们先和组长联系征求组长的意见，采取什么方式签合同？甲组组长告诉陈秘书，"一锅煮"算了。刚才李副书记跟他打电话，告诉他，他的组上采取"一锅煮"的方法方式，并讲出几点好处：如提高知晓度、增加凝聚力、提升办事效率等。

　　陈秘书应允并同意了。

　　九点钟到了，农村开会，通知九点到会，十点能开会都是好的！但是，今天情况有点异常，九点钟时与会人员就到齐了。这让陈秘书异常高兴，心理默神："这个预兆好，事情可能成功一半啦！"

　　然而，他高兴地正在公布承包方案，准备"一锅煮"签约时，与会人员却"炸锅了"。一个二个七嘴八舌，吵着田土有肥瘦，水利条件有好坏，残疾人也在嚷嚷，说什么歧视残疾人，田分少了；教师和医生等特殊群体分的田土多啦……

　　一时间，人声嘈杂，不欢而散。

　　陈秘书瞟着甲组长，仿佛觉得他们都中了别人的妄言奸计，脑子里不禁浮现出郑丰收的告诫身影，又联想到李童使坏的影子，他的心一颤，似乎有人在啃啮着他的脚，于是，他把甲组组长一把拉入隔壁的小会议室，质问："甲组长，这是怎么搞的？你快说……"

没等甲组组长回复，一群人拥进小会议室，吵的、闹的、讲怪话的、发牢骚的，热闹得很啦！

甲组组长急怒啦！急发飙把涌进小会议室的人连吼带推地弄出去了。他对这突如其来的"一锅煮"变成"炸锅"，也是一肚子的委屈和茫然。他在责怪自己无能，叹惋不该听别人的表面上的关心，搞"创新"，实则是使坏的。

陈秘书正在打听夏莲那里的情况，一听她的回复，室内是安静的，猜想她的或真的成功一半啦，再听夏莲回复采取的"分散式"或叫"各个击破"的方式签约，正顺利推进嘞！他不禁一跺脚，失声说："上当了！受骗了！"他没想到李童竟然对自己使坏！他只看到李童以前总是暗地里对郑书记下黑手。为啥？为啥李童改变了进攻的目标，或是"奈冬瓜不何了，捉到藤来扯……"

这场签约会，在吵闹中结束了。

（三）

更让陈秘书气得撕心裂肺的是：李童包的组根本就没有采取"集中式"签约的方式，而是采取的"分散式"或"各个击破"的方式。陈秘书对此敢怒不敢言。前来安慰他的李童副书记重复着他的话："八仙过海，各显神通。天机不可泄露，否则，我概不负责。"好像又抓不到明显的把柄。因而，只好打断牙齿往肚里吞。

陈伙保的媳妇怜悯说："你是一个乌龟，被牛踩了一脚，做不得声的苦！人家是二把手副书记，他的话没有明错，只怪你理解错了！耳朵根子软了！夏莲她有头脑，她没有上当受骗……"

"我也是想在一、二把手之间，搞一下平衡，听一次二把手的，谁知一次都听'拐'啦！"陈秋保饱含一肚的苦水在诉苦，"媳妇，下不为例！再不当猪脑壳啦……"

然而，连陈秋保再当一回猪脑壳的资格都没有啦！

在党支部会上，郑丰收经请示梁书记同意，宣布给陈秋保停职三个月的处分，以平村民之愤怒，以观其后效！

陈秋保的事让甲组村民广为流传。有的恨他的叫好，有的不恨不爱他的无所谓，有的持公道心的为他叹惋。一天，他待在家里做事完了，累而忧中拿出一本唐诗，忽然，翻出大唐诗人孟郊的《落第》诗：

> 晓月难为光，愁人难为肠。
>
> 谁言春物荣，独见叶上霜。
>
> 雕鹗失势病，鹪鹩假翼翔。
>
> 弃置复弃置，情如刀剑伤。

陈秋保笑孟郊赶考落第，也笑自己失职落第，秘书苦楚，同病相怜！

第四章　夏莲落榜

（一）

从陈秋保被停职后，秋保的媳妇就没有消停过，她不怪镇村书记，只怪她老公和使坏的李童副书记。因为怪人，所以她不服气。她跑来春姐家诉苦，第一次，春姐家里有客人，等了一会，客人仍在聊得起劲。她等不得了，索性回去。第二次，她又悄悄地来到春姐家，听声音好像是李童的堂客，在跟春姐说话，说的是李童有口无心，不是故意使坏的……她对春姐当天就把大母鸡退给她表示不乐见。

等了一会儿，春姐像是不爱听她这些话，三言两语打发她走了。

秋保的媳妇姓丁，人称丁妹儿。她比秋保小一岁，却显得比她老公年轻七八岁，文化和秋保相当，都是高中毕业，因此，她和他很是般配。当她听到春姐对李童的堂客的讲话，不禁心生畏惧，生怕遭遇她那样的待遇，又不敢进去了。她一跺脚，转身回去了。

一个早晨，丰收和春姐正在吃早餐。

春姐谨慎地朝老公望了望，看他的脸色比较平和，便半真半假地说："你把秋保停职了，人家被冤枉啦！你应该为他申冤，你不申冤也就算了，反而还处分他，你是不是搞过火了……"

丰收放下筷子，脸色有些不好看，打断春姐的话，回复道："我不处分他，处分谁？处分李童，怕人家说我打击报复他，因为我俩在'文革'期间有过纠葛……"

"不处分李童，就更不能处分秋保。"春姐反驳说。她的语调亲和，进一步阐明，"你看，一片忠心跟你干事的人，犯点小错误，就处分太重，叫人心凉心不甘。怕是今后没人跟你了！"

"谁说的？"丰收板起脸，恼火地反问，愣了几秒钟，恳切地说，"像你——还真是一位善良的母亲。不过，像你——娘打乖儿，重重地举起，轻轻地落下。我做不到！也不想做！"

"像你——爹打忠儿，重重地举起，重重地落下，就好吗？"

"我认为好！我要让他长记性。"

"你好！你好！"春姐自找台阶下，自圆其说，"当爹的都对！当娘的都不对！好嘛？我才懒得管你的这些事嘞。"

"……"

两人休争了。谁对谁不对，一时难以说清楚，待后让实践检验吧！

（二）

清明将至。

甲组的土地承包合同已成燃眉之急。作为"吃饭千口，主事一人"的村支书郑丰收，再也按捺不住那焦急——派合适的人解难立功，正在进行时。开始，他以为会有人争着去甲组，结果出乎他的意料，谁都不愿意接这个烫手的山芋。从跟李童、刘上秋、夏莲做第一轮工作，都表示不愿出阵。他开始第二轮动员李童、刘上秋、夏莲，前两位仍是"油盐不进（不愿意）"，独有夏莲愿意领头出阵"解难"，说到立功，她说不奢望，但求无过即可！

甲组的组长姓马，叫马华中，人做事扎实，不善多说话，说一句算一句，是从队长干到组长的资深的队组长，在群众中威信高，魄力强，缺点是不愿当"出头鸟"，但也不甘落后。

目前，他管的组已经落后了。他心里也和郑丰收一样焦急。

听说村妇女主任夏莲来甲组解难，他决心配合她把土地承包合同"摁"下去。

夏莲迅速地来到马组长家里，与他共商组里大事，他和她很快形成共识，确保三天拿下来。休得延迟。

第一天，夏莲和马华中采取家访式的搞法，一户一户地上门家访，从政策到措施，从远至近，从不平到基本公平再到公平，说出了千言万语，有几户答应第二天签合同。她和他认为只要有所突破，以点带面，就没有"撮"不下去的。她和他像是喝了几口冷水似的，有攻无不克的信心和犟劲，非成功不可！

第二天，二人按约定的时间和地点，准时来到张三、李四、王老五家，然而，情况发生突变，这三户户主人影子都不见了。他问他们的堂客，得到的答复都是去县城买稻种、化肥啦！马组长心想，这次或是告状去了，因村里离县城比较近，弯弯曲曲的路程都只有三十公里，直线路充其量二十公里。所以，村民跑县城很方便，像是走灶门前样的。夏莲心里默神，或是上访，或是买稻种去了。这存在两种可能性，但她不慌不忙，因她及她的同事行得正，坐得稳，没有什么见不得阳光的，更没有什么怕的？于是，她邀马组长到其他农户去"撮"合同，这一"撮"，纵然是经历了千艰万难，但一户也没有"成交"，如果说，她们的方法不对，那惯用的"动之以情，晓之以理"的方法，全用上了；如果说，她和他与群众关系不融洽，那也是一个假新闻，看她和他每到一家，请喝芝麻茶的，请吃中饭的，比比皆是，一片欢声笑语，然而，要村民签合同，他们却置之不理……

第三天，村里说风凉话的冒出来了，说什么"搞坏坏了，一世都搞不上腔了""这些事是陈秋保造成的，要撤他职，村民才会乐意签""夏莲也搞不了地，也是无能之人，混饭吃的"等等。

夏莲对这些议论当成耳边风，随风而过，但一个"乐意"，让她想起村学校王快乐老师，他或能出什么良策。她向王老师求援，并说出了"摁"土地承包合同的难处与有利之处。

王快乐不假思索地向她表态："我今天提前一小时放学，动员五年级男女学生向他们的爹妈宣传中央的政策，早签的有奖，晚签的罚。"

"这一手有用吗?"夏莲反问一句。

"有用! 一定管用!"王快乐坚定地回答。

当天下午四点，甲组的五年级学生放学回家了。他们手拿着王老师给的宣传资料，心里装着王老师的殷殷嘱托，面对严厉的父亲和慈祥的母亲，看着夏莲和马华中的眼神，跟他们的妈先"谈心"啦! 张三的堂客，禁不住儿子的宣传攻势，跟老公强烈要求立马签合同，再加上夏莲、马华中的主导作用，十分钟，真的只有十分钟，张三动心了。他从马组长手上拿来合同，睁大眼睛看了又看，二话没说就签上了。马华中起初还以为他是要撕毁合同，没转过神来，眼见张三签字画押了，他亲了亲合同书，又拥抱了张三，两人不是亲人胜似亲人。从交谈中，得知那天他们上县城不是告状，而是真买种子、化肥去了。

在张三的影响下，李四、王老五也都很快签了。

在张、李、王三人的引导下，全组一百多号人的一百多份合同，像玩龙舞狮的乐队那样，两三个小时都签完啦！

从这个事实中，夏莲、马华中深有感慨，教育多么重要！青少年多么重要！老百姓的快乐与忧愁多么的鲜活与实在……

王老师听到甲组签订土地承包合同取得大捷消息，情不自禁地点赞："万水千山总是情。"他感谢五年级的同学，请他们喝营养快线奶茶。师生其乐无穷。

（三）

洞庭村全村签完土地承包合同书的第二天，村部正在召开党支部核心会议。郑丰收主持。他传达他在镇党委召开的会议精神，然后根据村里的实际情况，提出二点建议：一是召开各村民小组会议，传达镇党委会议精神；二是总结表彰本村开展土地承包的先进集体和个人；三是催耕催种。该村总共五个支委成员，一个被停职，只有四个人参会。在讨论决定表彰先进集体和个人的敏感问题时，支委和"班长"的意见出现分歧，郑丰收提议："这次要表彰妇女主任夏莲解难立功。如果不是她在紧要关头押出头来，有可能导致全村土地承包合同工作前功尽弃，正是因为她的给力，一子落下，满盘皆活啦！"他举目观看李童、上秋的眼光，能明显地感觉到他俩的眼光"有毒"，或者说"不服气"。于是，他想主持公道说几句公道话，但怕激发矛盾，忍了！强忍了！他放低声调说："这次，镇里梁书记跟我说，评定我们村是先进，要带全镇的村书记来参观学习的！我想甲组没搞完，当场就退硬信啦！搞得书记不太高兴，我也没面子。幸好，感谢夏莲又快又好地完成了任务，你们说，这样的支委该不该表彰？"

李童、刘上秋死活不表态。

夏莲当然只好微笑着推辞不受啰。

会议气氛形成僵局，仿佛空气都凝固似的，李童、上秋只顾吸烟。夏莲被二手烟呛得咳嗽几声，借故出去偷口新鲜空气。这时，李童、上秋抢着发言……丰收以为是投夏莲的赞成票，一听还是拉反纤、唱反调，说什么她是搭帮学生、搭帮王老师，才把事搞成的。不是她的功，要表彰只能表彰那帮学生，或表彰王快乐老师教育学生有方……

郑丰收没有压制他俩，而是主动妥协让步了。等夏莲进来，他当着他们三人说："表彰的事，暂时不定，先传达上级党委的精神！"

再过三天，全村村民小组长会如期召开。该说的说了，该表彰的也表彰了，唯独夏莲没有受表彰，李童、上秋扬眉吐气，偷着乐。夏莲心里是否难过呢？

第五章　突起风云

（一）

一旦田土分到户，春耕备耕真正忙。

郑丰收心想，村民忙，为谁忙？当然是为自己忙。怎么忙？是忙到正处，还是忙在负处？他担心村民"白天白忙，晚上瞎忙"的局面发生，忙什么？为了解决这些问题，他带领在任的四个村干部（秘书仍是停职）各人骑一自行车，围绕全村展开一次"拉网式"的检查。

他们每到一组查三户，即首先问组长春耕备耕情况。怎么忙？忙什么？然后采取随机抽样式的询问三户村民，更关注看实际的，在甲组，组长马华中说："村民们为自己忙，盼望忙出一个丰收年，抱'水稻金山'……"其他三户村民忙买稻种，犁田，施肥。这阵势硬是忙得屙尿的时间都没有。尽管村干部来检查，也就是三言两语打发了。

郑丰收带队的检查组跑了多半组户后，自然而然地得出一个结论：形势好！大好！！他们打心底为村民的生产积极性空前高涨而高兴。

更使他们高兴的是："为了抱'水稻金山'，村民们自发地吹响了早稻种植的'集结号'。"

一是应种尽种，宜种尽种。他们转变旧思想，大胆采用新品种、新技术，发展高产优质水稻，稻种撒遍了每一个旮旯。

二是抓紧采购备足稻种、化肥、农药、农膜等农资，安排好双季稻种植茬口和品种，确保夺取一个"水稻金山"。

三是提前做好农田水利渠道清淤，对影响农田抗旱排灌的渠道，早早出人出钱，以组为单位集体疏通、疏浚。

四是高山保水。对池塘的磄口进行整修，明确"公平之人"看管。

以上就是郑丰收检查组通过实地检查，总体得出的结果。他们为此高兴！高兴劲可有一比：像年轻男儿娶进来一朵漂亮可爱的荷花，夏天的"荷花美女"，乐得好开心啊！

夏莲乐在其中，她听这一说，不禁精神焕发脸红了。刘上秋逗霸地追问："脸怎么红了？夏莲——？"

"精神焕发！"夏莲微笑地回复！她总是微笑而来，微笑而去。

郑丰收、李童却突然感到莫名其妙地心慌，莫非是要出事了吗？他们收敛了笑容，严阵以待可能的突发事件！

（二）

果然，当他们骑车飞奔来到村部，却见一群人在东嚷嚷、西嘀咕，简直就是叫苦不迭。

郑丰收和他的同事们刚下车，一群人围拢来诉苦。

"书记老弟啊！我是烧砖的，村里的大企业，过去的做砖工，而今都去插田了，场子出现用工荒。你们要帮我解难……"

"书记哥！我是茶场的场长，也是村办企业。而今采清明茶，没人采，都去种稻了，说什么要抱'稻谷金山'……"

"书记！我是渔场的，也请人不到了，他们都去插田啦……"

"……"

"你们莫急！莫急！"郑丰收一边宽他们的心，一边在暗想法子，想解难的方法，情急之下，也没有想出什么好法子，便不耻下问："你们说说，如何帮你们解难？"还对在场的其他三个村干部也扬手示意，"你们一起来想办法，共度时艰。"

说到砖场场长名叫郑河海，是郑丰收的亲哥哥。他有一手烧红砖、做砖坯的技术，人聪明，会说话，当着人家可以说出一、二、三的人，人称"老干部"。而今，他撂挑子不干，或是将他老弟丰收的军的，内心里或是想减少上交承包款。

再说茶场场长是镇政府镇长向日培的哥，叫向大培。他从小到外地茶叶产区学技术，从采茶到制茶，一套工艺基本上都会，也是一个制茶能手。他说他不干茶场，那是"飘叶子的"（假话），实际也是想趁此用工难的机会减少上交。

三说渔场的场长名叫王长福，曾任大队副书记，他生育有三个儿子，读书都很聪明，从小就爱习武。王长福和他妻子早就规划着让儿子长大后去当兵，希望他们三兄弟为王家争光争气，更希望为家乡做贡献。村里来客招待鱼，就是他送的抵上交。当然没有白送的！吃鱼的也没有白吃的。不过，猫吃鱼，古往今来，都是白吃，它不交钱，也不怕主人怪罪，生成就是有这口福，谁也比不上？王场长说："只要池中有鱼，还怕猫吃几个？"

最后一个湘莲场场长，名叫刘长保，真是和官场一点瓜葛都没有，但他为人靠大靠强，聪明能干，干一行爱一行，干一行赚一行，深得村支书郑丰收的喜欢，也为村里上交承包款做出较大贡献。村党支部准备发展他为党员，可他总推辞自己条件还欠缺，不配当中共党员……

郑丰收等面对这群"满塘蛤蟆叫"，心里又慌又不慌，因为他们还是掐得这群场长住的。他半真半假地试探着说："你们的要求有些是合理的，有些是不合理的。你们要插田，说什么'锹锹盾得稳，插田是根本'这句话合法。我同意你们在兴办企业时，也可以分田插田。但是，你们一见困难，就撂挑子，这不合理。俗话说得好'条条蛇都咬人'。就是说做任何事，都必定是有困难的。遇到困难很正常，但办法总比困难多……"

坐而论道已近半夜子时。郑丰收和场长们都有困倦之意。这时，大家都不想再耗下去，各退了一步，最后达成减少 10% 村承包款的协议。场长们还提出减少 10% 的农业税，村书记当面拒绝啦！并给他们指出一条明路说："从此以后，八仙过海，各显神通。"

李童补充说："抛出笼中鸡，起手见高低！作为村里要保正常运转，村干部的工资不能再少，招待费也少不得。唯独企业上交却减少 10%，这是针尖上削金，难上难……"

其他的支委和四个企业老板，一个二个击掌言欢，散会了。

王长福接他们去场里吃鱼，没有人愿去！

郑河海邀他们去抱"金砖"，有人愿去，但要等天亮了再去……

有的人笑醉了，嗲声嗲气说："这么晚，还去吃东西，那不成了'野猫子'啦！"

"……"

（三）

三天后，阳光初照在村办企业砖场、渔场、茶场、湘莲场，场里的人正在撸起袖子加油干，村干部郑丰收率领全体村干，兴致勃勃地骑着自行车，精神如这初升的太阳，给企业带去的是阳光，也是一次现场办公会，现场听、看，解决企业困难在现场。用郑丰收的话说："能解决的解决，不能解决的解释，给精神鼓励和支持，也是企业所欢迎的……"

果真如此吗？郑丰收等第一站来到砖厂，边听郑河海的汇报，边到现场检查，边拍板表态。

当郑场长汇报说："白天，劳力插田去了。我就改为晚上加班做砖，提高工资待遇，每劳动一小时加五角钱；白天，每劳动一小时加四角钱，有几个人做算几个工钱。我对他们许诺，年底要让工人抱'金砖'回家过年。"

"有人加班吗？"李童边听边问，"加班的人多不多？"

"有人加班。"郑河海心有胜算地答复，"加班的人不少。"

"要注意安全操作砖机。"郑丰收先是嘱咐，后征询地问，"还有需要我们帮忙解决的吗？"

"要保证夜晚的电力供应。"郑河海不假思索地要求道，"第一是电的供应；第二是要申请一万元信贷，急需用。"

"电和贷款都是要向镇政府求援，我们去求，求多少算多少。"郑丰收双眼看着郑河海，也看着其他村干部眼神，果断地表态啦！

这时正是上午九点多，车间只有一条线在生产砖坯，工人也只有七八人。与生产高潮时比，还真差了一大截，但郑河海听了他老弟和李童副书记的表态，似乎腰杆子挺起来了，信心足了，他向工人挥挥手说："弟兄们，加油干，领导来给我们送电送贷款来了，年底让你们抱金砖回家！"

工人们一阵高兴地叫喊："谢场长，谢书记！"

郑丰收等来到渔场。王长福场长正在给鱼池里投放鱼饵。忽见郑书记等来场，忙停下手中的活儿，边喊郑书记，边走近来迎接。郑丰收迎上前去，就在鱼池边现场办公，省得耽搁人家场长做事。书记有意，其他支委也都跟着书记的步伐走，用美女夏莲的话："跟着感觉走。"

郑丰收等坐在池边凉棚里，边看边听王长福场长的报告……

渔场不加夜班，王长福准备给工人加点工资，抢在白天干一天抵两天，给加倍的工资。这样，有人来做工，不会因用工难影响渔业生产。这让郑丰收长吁了一口气。他的要求和砖场一样，需要两万元贷款，解决鱼苗购买和鱼饵、种子如苏丹草、黑麦草等的资金。当李童问及完成上交有没有信心时，王长福略思索后回复："只要不断堤、不串塘，完成上交应该不成问题！"

"好！好！"刘上秋、夏莲为其叫好。

郑丰收听到这个话，他爱听，也高兴，迅即表示："贷款的事，我跟你去喊，但要讲诚信，讲什么时候还，就必须兑现许诺，不拖泥带水，不赖账！"

"那是必须的！"王长福信心蛮足地给出保证，"人的脸、鱼的皮，非常值钱。不要脸的人，一文都不值。"

他说完，一看时间已是十一点，迅即从趸鱼池里舀了两条鳜花鱼，或有八九斤，装在一网兜里，对着郑丰收说："前天半夜过了，就邀你们来吃鱼，今天再次邀你们吃鱼，走，到工棚去炖鱼吃！"

"哦！这么客气！"郑丰收一脸的愕然。

"不是假客气、说说而已，而是真客气。"李童看到丰收愕然的神色，凑到丰收耳边，低声地说，"长福，这个情不领不行啊！吃了他的鱼，又不得要少上交。"

其他的支委像是没有不同意李童的这个说法的。郑丰收扫视了大家一眼，再看看长福的热情劲儿，也就认同啦！

社会上流行着这样一句话：如果村干部，特别支书，上老百姓家'糊'饭不到，那就说明这个支书不逗人喜欢。

郑丰收想到这流行语，不禁暗暗自信起来，但他更担心的是切莫"讨人嫌"。喜欢不喜欢，没太大的关系。

主人和客人看到两条野生鳜鱼，俗话说，鱼吃跳，猪吃叫，炖的鱼汤又白又鲜，或隔一二里都闻得到它的鲜香，不禁食欲大震，口水涌了又上来，上来了又咽下去，恨不得立马充其饿腹。

这时，刘上秋诗兴来了，朗诵起古诗一首：

春江水暖鳜鱼肥，

日暮收船放网归。

欲觅苍崖深处泊，

鹭鸶惊起满江飞。

听了清代诗人郭嵩焘的名诗，大家诗兴加食欲一起来了——吃的是文化大餐，诗歌大餐，渔业兴旺大餐，再加一杯小酒，酒文化加饮食文化，更觉其味非常，宾主融洽得更好、更美！

王长福喝了两杯小酒，酒兴助人胆，他表态："年底，我要上交一条'金鱼'给村党支部！不是酒后妄言，我保证！"

郑丰收和几个支委，不管他的话是真是假，先以掌声鼓励一下再谈。于是，他带头鼓掌道贺！

一场鱼、诗和酒会，很快完毕了。

郑丰收带领他的同事赶往茶场、湘莲场。在路上，有的骑单车飞快，有的东摆西跳，生怕出事的他，连声吆喝着同事们："注意安全！"

此时，李童边走边靠近丰收说悄悄话："砖场说，让人抱金砖；渔场说，送金鱼；那茶场、湘莲场莫也学他俩，让人抱金茶砖、金湘莲……"

"不一定！"郑丰收否定地一说，降了李童发热的心温，并明确指出："喝了酒，或讲的是酒话，不可信。"

李童表示认可。

当他们先后来到茶场、湘莲场，分别跟向大培、刘长保交换情况后，这里的情况不容乐观，集中表现是"三缺"：缺资金、缺人才、缺劳力。郑丰收让李童给他俩"把脉开处方"，即"三跑"：跑银信、跑高校、跑农户……

郑丰收闷着一张脸，郑重其事地强调："请银行行长来看，以产品作抵押，先借一部分启动资金；请农学院的教授或技师来指导，或上门搞培训学习，把传统技术提升一点，茶叶的价格就会上升一点；请妇女采鲜叶，加点工钱，应该可以克服困难……期待你们早行动、早收获！特别提出要跟福建省茶商搞好诚信关系……"

刘上秋、夏莲各自简单地说了说……

向大培、刘长保赔笑着送了他们一程！其内心或是拔凉的！笑不出来！

第六章　意外奇迹

（一）

俗话说："人有旦夕祸福，天有不测风云。"

砖场郑河海自开夜班做砖坯以来，确实实现了增产增收，用他的话来说："嗨，谁晓得，原先因缺劳力砖场减产减收；而今我开夜班，一个夜班上的劳力不比白天多，产砖坯却一天当两天，坏事变成好事。我坐在工棚里纳福进财……"

挨着他做事的工人们，出于奉承老板的心纷纷对他表示："恭喜！恭喜！""老干部是有福之人，我们做工的跟着享点福！"

"是啊！我要让大家抱金砖回家过年。"郑河海洋洋得意，脸上都刮得下来"金"，嘴上继续吹嘘："我要抱一个金伢儿，你们信不信？"

工人们异口同声："信！信！信！"

此时，时钟已指向晚九点了。工棚内，有的地方好亮，也有的地方好黑。说白了，加晚班的条件并不太好，四周杂草丛生，蛙鸣虫叫，蛇蝎或时有出没，弄不好或出事哩！

有这种警惕心理的人只是个别人，大部分人都掉以轻心，没把安全当回事。

然而，疏忽往往导致祸端。就在工人们为郑老板道贺的时候，突然传来一阵撕心裂肺的叫喊声："哎哟，疼呀，疼呀！"

工人们和郑老板循声望去，却见一工人倒在砖机边，再走近一看，却是郑老板的独儿子郑显，大手指直冒鲜血，郑老板手拉着儿子的手，急切地问："而何搞的？而何搞的？"他借着灯光，见儿子口吐白沫，一把帮他抹去白沫，再追问："显儿——你说，是而何搞的？"

"蛇——蛇咬——"郑显断断续续告诉父亲。

郑河海一把抱起郑显，吩咐着："快，叫拖拉机来，送显儿到医生家里抢救！"

郑显原是开手拖跑运输的司机。最近，听他爹说场里缺人工，他就白天跑运输赚钱，晚上来场里加班，不幸的是，双手想抓两条鱼，却被蛇给咬了，一条鱼也没抓住，还遭此大劫。当爹的见状，肠子肚儿都悔青了。

一个工人开着显儿的手拖，郑老板和另一工人火速送他到村卫生室旁边的赤脚医生家，问诊之后，又搞了一些止痛药、消炎药，强行喂给患者吃下或擦在皮肤上。问题是不见好转，反而手和胳膊还肿了起来。

这医生也慌了。忙劝郑老板往县人民医院送，挂急诊救命！

手拖加足马力，朝着县医院猛奔猛跑，一小时后，他们赶到县人民医院，挂急诊救命。说实在的，医生还是蛮热心的，拿出了最好解蛇毒的药，给郑显使用，服务也蛮到位的，郑河海早已流干了眼泪的双眼，似乎也由糊糊的夜光中看到了一丝丝光，顺着光再看郑显，似乎他的肿大的双胳膊消了一些，他的眼睛似乎也有了一点神采……

然而，待到天亮时，人却快要"熄火"了！医生无奈地对郑河海说："我们尽力啦！回去吧，准备后事！"

郑河海刹地一下倒地啦！但他的头脑没有糊涂，精神没有倒！他默神："医生的话，是退信，给的死信。人怕中年丧子，我从未做亏良心的事，蛇精鬼怪，为什么盯上我家显儿……"

一阵急促的呼喊声，不容郑河海多想了。手拖司机和场里来的人把郑河海抬上拖拉机小矮椅子坐着，并告诉他，他俩抬显哥去了。

司机和场里的人，把郑显抬上手拖安顿稳当后，其中一个人去摇动手拖，一个自言自语地说："显哥昨天白天拖运东西，一是累，二是喝多了酒，晚上，他来场里加夜班，还是醉醺醺的，一脚高一脚低地走进车间……"

郑河海听得比较清晰，原本准备把怒火往郑丰收身上发的，听了场里人的这番话，他打断牙齿往肚里吞，强力撑起腰杆子吩咐："安全地开回去！回去请人搞草药试一试！"

其实，郑显的母亲早已找来了懂治蛇伤的郎中三四人，正在她家焦急地等候郑河海父子俩早点回家，以便早用草药土法医治蛇伤。这几个蛇郎中，有三个男的，一个女的，她就是青年人喊的"母亲"。

这几个人都是郑显的母亲和郑丰收亲自请来的。好在有村支书郑丰收撑腰，郑显的母亲才敢请，蛇郎中也才敢来。他们四人，有的手上拿着药书、法书，有的手上拿着草药，有的手上还拿着蜡烛和纸钱。唯独母亲——春姐手上拿着一把草药，并捣成浆汁粑粑了。外行看热闹，内行看门道。一个男蛇医一眼看了母亲扯的草药中有一味叫半边莲，需浸烧酒，捣烂绞汁……有的蛇医瞧不起别人，自吹自擂地吹自己了不起，可把山野的蛇归拢来，也可放回去……还没见到病人，几个男蛇医就开始斗法斗狠啦！

天色已晚，但来看热闹的人好多好杂。

母亲不与他们为伍，不吹不扰他人，静心祈祷郑显早点回来！早点复苏！她仿佛穿越到了20年前，回想起先父教她做治蛇咬伤祖传秘方的光景……

（二）

俗话说："好事不出门，坏事传千里。"

洞庭村砖场老板郑河海的儿子郑显被人从手拖上抬下来，按照郑河海和其堂客的意思，安放在他家东头的卧房床上。正等蛇郎中来施法医治。几个男蛇郎中拨开左三层右三层的观望人群，分别瞧脉把脉，翻眼皮，摸颈动脉，掐人字……

这时，有人把村卫生室张医师也请出来。她谢绝说："县医院退信了，我这个村医还有什么回天之力……"她把手一摇一摆，走开啦！

人群中立即传出哭丧声，大概是郑显的亲戚和真心朋友在号哭。

人群中又传来吆喝声："莫哭，莫哭！看蛇郎中土法解救性命！"

哭丧声、吆喝声，一切又渐渐地消失啦！

大家聚精会神地观看一个白发黄郎中，一手从空气中抓来一条蛇，在郑显身上舞来舞去，一手从郑显嘴里挖出一口痰，甩出去老远，黄郎中从事先准备好的水瓶中，喝了三口冷水，呜呜哇哇，简直像讲外语，或是说梦话似的，一刹那朝郑显脸上，尤其是往伤口猛喷三口水，再把郑显翻身扶起，让蛇绕着他缠了三圈，黄蛇郎中猛喊："郑显——醒来！郑显——醒来！"连喊三声，静观其表现。

然而，一分钟，十分钟，半点钟过去了，却硬是不见郑显醒来。

人们在焦急，急如星火。

黄蛇郎中更是燃眉之急。他突然失望地叫喊："郑老板，我可是碰到厉害的妖怪了，我奈它不何！我退信，走人。"说罢，他将那手中蛇在空气中舞了又舞，蛇"飞"走了。黄郎中退下阵来。

人们不禁"啧啧"不休起来，急呼另外两个蛇郎中上阵。

王蛇郎中一手在床榻前烧纸钱、点香蜡，一手在画"法水"，并用"法水"清洗郑显手中的伤口。之后，王郎中从衣袋中掏出一粒丸子，硬塞进郑显嘴里。他当众对郑显的爹妈非常谨慎地说："我治蛇伤，就是三道功夫。我今天都使出来。如果好嘞！三点钟后见效。如果不见效，我也没有回天之力，你们另请高明……"

三点钟后，刘蛇郎中应声上阵。"郎中斗法，病人遭殃。"此话用在此，再恰当不过了。人们见刘郎中一是帮郑显用药敷伤疤；二是帮他点穴，什么足三里、神阙穴等，老百姓反正看不懂，任他点一通。看得懂的却走开了。三是喷"法水"，解血中蛇毒。"三招"使完后，他说他一不要钱，二不要盘缠，三不要吃喝，便向众人打了招呼，私下跟郑河海低语几句，便告辞了。

听了刘蛇郎中的话后，郑河海和他老婆来到春姐身边，悄悄地跟她说："你而今回去歇息，明天早晨请你和老弟再来一下。"夏莲挽着姐的手，与众人告辞啦！

（三）

翌日，天高云淡，阳光普照。

郑丰收和春姐早早地起床洗漱、弄早餐。但他们的心里总是惦记着两个人：一个是郑显，是不是苏醒过来了？昨夜今晨，用蛇郎中的交代叫作"生死关"，此时，他俩多么希望有人来报告好消息；二个是他俩的儿子郑梓，这在北方读大学一年啦！听说六月份会回湖南实习三个月，从想念儿子到想到夏莲昨晚当媒人，说郑梓与××美女是天生的一对，帅哥配美女，互相知根知底，起码不会被骗啵。春姐记得很清晰，她昨晚没有表态同意，也没说不同意，想让梓儿自己做主……

她还想到昨晚，夏莲跟她无奈地说："大女儿凤凤要我带人修屋，我准备辞去村妇女主任，请姐和姐夫理解并支持！"今早，她跟丰收讲了这件事……

忽然，春姐被一阵锣鼓声惊吓得不知说什么好。郑丰收也感到惊愕，不禁脱口问："这是道士敲锣打鼓，莫非显儿走了？"

春姐仍在惊吓中，结结巴巴地说："不好了！不好了！可能是河海和黄嫂请来了道士，帮显儿做道场！"

"怎么办？"丰收走到春姐身边，低头低语地问，"你能不能救救显儿？哪怕只有1%的希望，也做100%的努力试一试！"

"我愿意试一试！"母亲斩钉截铁地回答，话锋急转地说，"如果救不了，不能怪我！"

郑丰收当即表态："我跟我哥会讲明白的，他愿意试就试，不愿意试就不霸蛮！"

他俩对视几秒，从眼光中互相认为彼此想法"高度统一"，随即他俩朝着哥嫂住房奔去！

几分钟就跑到了郑河海屋里。郑丰收、春姐一看道士在加劲做道场，再奔向显儿身边，左摸右唤，隐约发现有肌肉像是"热的"，郑丰收立刻把他哥嫂强拉到后屋密谈起来……

约五分钟后，郑丰收把春姐也喊进去，当面鼓背后锣地，把显儿原本是"死马作活马医"的利害关系，一五一十地四人抵八面地，说得清清楚楚啦！

郑河海早已不抱希望了，似乎有点犹豫。黄嫂一口答应，坚决马上让春姐试一试。郑河海看到堂客态度坚如铁，容不得他犹豫，立马表态："马上试一试，保证不怨弟媳，还要感谢见死都救的恩情……"

这时，夏莲也进来了。她既是见证人，也是助力人。她把在外面听到看到的那个黄郎中在外搭台归蛇的新闻强咽下去了，生怕影响母亲施展救人之术。

母亲望了望夏莲，然后对河海和黄嫂说："你们要配合我一下，把道士移到外面去，或者停下来，还郑显一个安静的地方，以利于叫醒他。"

"那要停好久？"郑河海信口而问。

"两天一夜。"母亲似乎有把握地答复。

"两天一夜？"黄嫂重复弟媳的话，以示重视，也有堵弟媳的嘴的意思，郑河海强调："莫变卦……"

"不变卦！"母亲点头回复，也强调，"好歹也就是两天一夜见分晓。"

郑丰收给春姐壮胆说："只要你尽力啦！没关系！我会坚决支持你，不管别人说长道短，我都跟你站在一起。"

郑河海跑出去跟道士商量，他表态："你们停下来，工钱照付。"

那道士以忌讳之语来搪塞。

郑河海坚持不变，发怒道："我给工钱还不行？你们太不是人了！"

那道士头头服软了，他答应立马停下来。

郑河海火速来内屋，跟弟和弟媳以及夏莲、桃姐等作了说明。没等他的话讲完，道士们就偃旗息鼓了，坐着干得钱。

桃姐是女儿湖的组长，论年纪比夏莲小几岁，她有一个乖女儿叫秋菊，与母亲之子郑梓是校友，或是朋友！

春姐在夏莲及丰收等的陪同下，采取了"几招"：第一招，把前一个蛇郎中塞进郑显嘴里的丸子掏出来；第二招，点穴，疏通其经络，任督二脉都反复打；第三招，在显儿的伤处敷上药包；第四招，她叫他的家人帮郑显降温驱蚊，还他一个安静、清凉的环境；第五招，叫人时刻观察他的动向，不能离人，一有变化，随时叫母亲前来……

现场的见证人，都以似信似不信的心理，在下赌注、观后效！

尤其是在屋外归蛇的黄郎中，对此一而再、再而三地向众人宣告：郑显死定了，救不了……

说来也怪，居然一大堆人信任他的，跟着瞎吹瞎下死结论。也不怪，那黄蛇郎中搭台归蛇斗法。目前，他是归了几条蛇拢来了。看阵势，且有越来越多之势。这叫作"眼见为实"嘛！

而母亲许诺的"两天一夜"，毕竟还是虚无的，看不见摸不着，叫谁会信？

有的人以此暗暗开赌注，下赌一百或二百元不等。赌局就两个字"死活"，压死的人，越来越多，压活的人，屈指可数。

这事让郑丰收晓得了。他首先叫治调主任来此禁赌。可是，没用！治调主任刘上秋报警，一辆警车"呜呜"地开来，人们被吓唬跑了，一阵子有收敛了。

其实，由明赌变为暗赌了，更厉害啰！

丰收也晓得此情此况，没办法。只好睁一只眼闭一只眼，睁眼的做法叫上秋抓、罚并举；闭眼的做法是得过且过，网开一面……

一天一夜过去了。

黄蛇郎中却归来了约 50 条蛇，人们蜂拥而去看他玩蛇，与蛇共舞，门庭若市。

母亲这里除了几个看守人，鸦雀无声。她内心承受了多大的压力啊！几百双眼睛，明里是看蛇去了；暗里是盯在她身上的……她后悔不该来出这个头。

第二天上午 11 时，黄蛇郎中归来了 80 条蛇，母亲这里仍没有发生奇迹。在黄郎中眼中，山水像在为他欢唱舞蹈；在母亲心中，山水像都在给她施压，压得她喘气不过来。"莫非自己要被压死？"她心里出现恍惚……

郑丰收看在眼里，忙给她撑腰鼓劲，与她手牵着手，一起为显儿服药、点穴等。

否则，春姐或真的坚持不下去了！真要"退信不干了"。

郑河海和黄嫂也看到了这点，内心有点怜香惜玉，丝毫也没有怪罪她。这样的人是有良心的。夏莲和桃姐也看到了这种心理，暗暗为母亲鼓劲撑腰，也为河海和黄嫂点赞！

第二天下午 6 点，夏莲和桃姐同时发现奇迹：郑显的眼皮动了一下。她俩怕自己没看准，以为是幻觉，不敢吱声，约半小时后，她俩又看到郑显的上眼皮动了两下，她俩四目相对，敢确认敢发声。于是，对着母亲和郑丰收轻声说："郑显的上眼皮动了！真的动了！"

"不会吧！"郑河海一口否认。

"真的！你们再看！"夏莲、桃姐心灵眼快，爽快地叫母亲和其他人都聚焦郑显的"上眼皮"——

殊不知，这一奇迹在第一时间被黄郎中派来的探子看到了。他立马跑去告诉黄郎中。黄郎中学着猫步，不动声色地趴在郑显的窗外听壁角子，"一动、二动、三动"，他都听得明明白白了。他嫉妒了！他慌了！他连忙转身拆台散蛇逃跑了！

郑显这里，大概是晚8点就真的醒来了。奇迹出现了！此时，母亲的心像是山水都在为她唱歌跳舞，扬眉吐气。

黄郎中的眼里，此时，像是山水处处给他添堵，不让他逃跑似的，一提脚，一踱脚，差点儿摔跤啦！

郑丰收手牵着春姐的手，方显"英雄"本色，为郑显死里逃生，好好地"英雄"了一盘，骄傲了一下……

然而，母亲仍是平常心。她见桃姐还陪在她身边，便劝她让她女儿秋菊"读书去！考大学去"。

桃姐会心地点了点头。

母亲仿佛不明白桃姐的心思，又不方便问，那就以后再看吧！

第七章 救人惹祸

（一）

世事洞晓皆学问。郑显在阴间走了一趟，重回人间后，倍感奇怪：一奇怪为什么那蛇咬自己？按农村人的习惯说法，他或是前世今生与蛇有冤仇？这个他自己最清楚，今生没打过蛇，连狗肉都不吃的，蛇和狗是有灵性的动物。如果有灵性，就不应该咬他；二奇怪他称的幺婶娘为什么有那救蛇毒咬伤丸？平时，他曾听父亲说，幺婶娘懂点草药，她父亲曾传给她一些秘方，没听说她有什么祖传秘丸。

为了解惑，郑显随父亲去砖厂的路上，他特地跟郑河海询问此中奥妙！他爹告诉说幺叔曾跟他说，他岳老把一颗"保命丸"传给了春姐，也就是郑显喊的幺婶娘。至于这颗"保命丸"的秘方，可能谁也不知道。说到这里，郑河海郑重其事地教育道：

"你是幺婶娘救命才复活的，她是你的救命恩人。以后，你不要忘恩，要懂得感恩……"

正说着时，他们父子已走进砖场。举目望出，父亲眼里的砖场是冰冷火熄，人走场荒，不说抱"金砖"，恐怕土砖也抱不了几块啦！郑显眼里的砖场，是他差点儿魂丧梦碎的地方，除了愁与恨，就是想"躲"得远远的。这次来都是他爹霸蛮要他来的。但他爹跟他表态：以后不管再忙，都不让他来此加夜班啦。

郑河海说给儿子听："不能因蛇案拖垮一个场，要让坏事变成好事，偏要把场子做得红红火火，让人家嫉妒去吧！"他用摇把子电话通知几个骨干来场里，准备继续大干。

此时，农村正在忙春插秧，劳力确实蛮忙的，太阳刚出来，男劳力下田扯秧，有时女劳力也帮助扯秧；太阳下山了，男女劳力还在田里忙插秧。尤其是实行土地承包到户的头年，多插多得，除了交农业税和共同费，都归自收，谁还懒得出来？尽管如此，被郑河海点名通知的五个人，人人都按时来了砖场，与郑场长共谋兴场良策……

无独有偶。郑丰收正带领村干部共谋兴村富村良策。首先，他们从防春夏汛和旱动手，对书院洲、女儿湖等地的险堤险闸，一一打好标记，设计除险工程。这个，不是镇政府安排的"规定动作"，而是村里早谋划早动手的"自选动作"，好在支委几个人有共识，老百姓也支持，认为应该早干，不能等上面拨一下动一下。

可是，就在洞庭村几百人，分别战斗在几个险堤险闸工程时，一场大闹剧不期而至。

有人叹息，这真是"好人难做"！

有人讲公道话……

有人公开抵制！

（二）

"树欲静，而风不止。"

母亲的初心是救人一命胜造七级浮屠。她根本没想到，居然因无偿的救人还掀起一场大波澜：几份告状信飞到县委县纪委，说什么洞庭村党支书与老婆大搞封建迷信，索要钱财，坑人害命……

洞庭县委书记耳根子也软，不问青红皂白，挥笔批签："纪委立案，严查处，从快速办。"

一个80多万人的人口大县，行政级别虽然是处级，但县里党政军民学，东西南北中，这官比过去的州官、而今的厅长还威风。不信，你到县里转一转，就知其厉害啰。

县纪委立马立案，组成纪检、监察、医院（含西医中医教授级的人）、民族宗教、公安等蛇案专案组10多人，浩浩荡荡开进洞庭村。幸亏，洞庭村的池水不深，想掀大浪也很难掀起来。

可不是吗？蛇专案组来到村里，又分成三组，一组找举报人黄蛇郎中等，一组找郑丰收，一组找郑河海和郑显。先分头采取地毯式的调查，然后再集中分析研判，非要抓出一条或几条大鲨鱼出来……

这几个人都在防汛防旱大堤上挑堤。专案组立马赶赴书院洲、女儿湖工地上，当他们找黄郎中时，殊不知，人刚在这儿挑堤，瞬间人群中消失——他心慌逃跑了。有人指着他逃的方向，责骂："邪不敌正，诬告见不得阳光，坏人害怕众人。"当他们找到郑丰收时，郑丰收有意叫停村民，当众说明辩解："我的妻子，叫春姐，跟我结婚时，获她父亲祖传秘丸、秘方治蛇咬伤。此事，我曾跟我哥说过。这次，我侄儿不幸被毒蛇咬伤，危在旦夕，昏迷几天不省人事，送到县医院抢救，无效，退回家来。我哥嫂急得没办法了，跟我商定先请村里村外的蛇郎中，治一治。三个蛇郎中闻讯赶来施救，也无效！我哥嫂无奈之下，听蛇郎中的话，把道士都请来做道场，在这样的危难中，我堂客跟我一起赶到他家里，愿意以救命丸一试，这可是我们家的镇宅之宝。我俩都愿意无偿地献出来救命……"

工地上一阵喝彩，呐喊声打断了郑丰收的陈述。村民们七嘴八舌不停口：

"好人难做。救人命了，还遭调查处分。"

"好事难做，好人难当，告状的吃香。"

"这般县官也不是什么好人，好坏不分，能不能打他们一顿?"

"打人犯法，可以骂他们不识好歹!"

"……"

专案组的人，听到这些斥骂声，不禁愕然、心慌、胆怯。其内心也在责怪不该立案，兴师动众地来调处，有一个搞中医的人小声讲："肯定是中草药起了大作用。什么封建迷信能救命？唯物主义是不信的。"

"事实证明，诊得人好，救得命，就不是迷信。"一个身穿白大褂的人强调说，"某书记是耳朵根子软，没头脑，乱批示。"

正说着、吵着，一辆拖拉机驶过来。人们循声望见，原来是郑显拖的水泥、砂子、砖来了。他卸下这些建材后，不慌不忙地说："县老爷们，我就是被蛇咬伤、昏迷几天的郑显。我要千感谢万感谢我幺叔幺婶，救了我的命。幺婶用的是中草药，不是迷信；她是无偿地帮我救我，没要一分钱，那告状的是诬告，该处罚……"

郑显的话也被村民和专案组的打断!他和村民都在尖起耳朵，听听县官怎么说?

"实事求是。"一个领队的人公开表态，"不冤枉好人，也不迁就坏人。"

　　村民们这下安静些了。不过，仍有不少的人无奈地惋叹："好事难做。好人更难做。"还有人发牢骚："不迁就坏人，告黑状的要抓起来，要法办，那才解恨！"

　　"……"

　　蛇案组就近进行村干部个别调查。总共四个村干部，郑丰收回避。李童、刘上秋分别进去几分钟就出来了。桃姐作为见证人，又是以村妇女主任候选人接受询问。桃姐进去约十分钟，她说的什么呢？人们好关注。她坦然地告诉一些村民，她讲的公道话，全文如下：

　　"我要说的是公道话：母亲自愿做好事，反而挨一顿诬告甚至处分，告黑状的却名扬县乡村，得到县领导的重视。这看似是荒唐的，却经常发生在现实生活中。救死扶伤本应是一件好事，调查什么？要调查告状的人并给他处分，这才叫伸张正义。

　　"我们的主流媒体常说要公平公正公道。可是谁出来主持公道呢？主持公道的人，往往要受牵连；睁一眼闭一只眼的人，往往不受牵连；睁着眼瞎说的，往往得路——受领导的重用。有些人，习惯了一边倒、一风吹，因为没风险。如果有的人面对告状信，提出质疑，立马就会被暗定为与嫌疑人同流合污，或者当面受到斥责。我，今天就要做这样不一边倒、一风吹的人，准备受到你们的当面斥责、批评。但我要坚持说公道话：郑显的幺婶娘是一个好人，好母亲，她从头到尾给郑显施以抢救，我陪伴左右，看得最准，了解最多，我以我的人格担保，她使用的祖传秘丸、秘方，救治了郑显。

"为了表达对母亲的敬爱和孝敬，我决定让我女儿秋菊在今年高考时报考医学院，为广大黎民百姓学医治病，为传承和弘扬伟大的中草药国粹而努力奋斗！"

凡是听到桃姐这番公道话的人，大多数都为她点赞！相信她的女儿的决心和能力，祝福她圆梦医科大学！但也有的人投以质疑的眼光，内心认为她是在搏眼球、吹牛皮、夸海口。

蛇案组的人听到这番"公道话"，感到震撼。一致认为，桃姐是好样的！有的甚至立即表态："等你女儿医学院毕业后，欢迎来县医院工作！"因此，她认识了几个医生，或为她女儿实现梦想有帮助。

（三）

傍晚，母亲倚在灶门口门框边，心里却想着：老公何时回来？

因为这一天下午，夏莲来探望过春姐。她告诉姐姐，听说县官会来调查她给郑显治伤救命的真相，弄不好郑丰收脱不得乎，姐姐还要受处分……

然而，姐姐不信邪。她不怕，也不躲。她内心坚信这硬是做的好事，为人不做亏心事，不怕半夜鬼敲门。但是，她中午躺在睡椅上睡了一午觉，却做了一个噩梦：梦见她被人五花大绑，押出家门。梦醒后，不禁吓出一身冷汗。所以，她不愿意噩梦成真，就站在门内不出门，等着老公说的"不管别人说东说西，我都永远站在你身边"的许诺，变为现实。她为啥如此盼望？因为，她心里还是有点小怕，怕的是今天中午，她坚决地拒绝为蛇案组的人弄饭菜。她怕别人挑拨是非，让蛇案组的人晓得以往来客都在母亲家吃饭。为什么这次郑丰收没安排在自家？母亲也不愿意侍候蛇案组？怕"节外生枝"或"无事生非"！

等呀！等呀！母亲依然倚靠在灶门框边张望一切来人。

其实，郑丰收挺忙的。他把蛇案组送走之后，还要带领村干部在工地上检查质量和进度，村干部当不得甩手掌柜的。都必须亲力亲为。这一点，郑丰收从意识变成了工作习惯。

鸡都进笼了。母亲看着鸡进笼时，忽然看见郑丰收出现在她的视线以内，她按捺了自己的情绪，等丰收坐定后，才慢慢地启齿："蛇案组走了吗？"

"走了！没事的！"丰收非常宽心地答。

春姐把自己做噩梦的事告诉了丰收，并放心回道："看来是我心窄，本来是件好事，结果应该不会是坏的……"郑丰收笃信不疑地再答复："没事的，放宽心！"

第八章　失而复得

（一）

一天早晨，母亲倚坐在灶门门框边，一边织毛衣一边想儿子。这毛衣是帮儿子织的，边织毛衣，边想儿子的身高、胖瘦、胳膊长短等。为什么？她今天会有这般闲情逸致？她一脸的笑意，自言自语："儿子，身高一米七四，不胖不瘦……"

原来，昨晚她得到两条消息：蛇案组撤案啦，给她松绑，还说要聘她为编外中草药药师。幸福来得这么多又快，她能不乐吗？这是一。二是儿子来电话，说他马上要来湖南实习三个月，地点在韶山附近。老师要带实习生去韶山瞻仰毛主席旧居、陈列馆等。好消息接踵而来，她为有这个孝顺的帅气的大学生儿子，能不感到甜蜜吗？

她儿子叫郑梓。每每想起儿子，最使她高兴的一段故事就是

20 世纪 70 年代时，郑丰收因在当时在农村大队党支部书记岗位上，坚持自力更生，艰苦奋斗，学愚公学大寨，改变贫穷旧貌，大兴种养业，造福一方，深得老百姓的拥护和上级党委的好评，被县树为大队优秀党支部书记，公社和县委书记都多次来大队考察参观，确实有看的：山上茶叶绿油油，高田芋麻人多深（高的意思），山汉子垸金黄一大片，湖里湘莲香十里，渔池鱼跳小龙门，煞是好看极了。

在一遍赞扬声中，郑丰收领导的大队确实丰收了，老百姓丰收了，他自己是不是也该丰收一下？当时的公社党委会一研究，决定向上推荐，破格录用郑丰收为国家干部并提拔为公社党委委员，报告报到县委常委会。县委书记早有从优秀的农村大队党支书中录用一批干部的意向。公社的报告正好恰逢其时，时运来了，门板都挡不住。尽管当时大队也有"火眼睛"反对郑丰收提拔，但无济于事。县委决定传达到公社党委，郑丰收被录用为国家干部并任公社党委委员（副科级）。

老百姓的恭贺之词为"郑双丰收"。春姐却不高兴，眉头紧锁心里慌。

支书提拔后去公社管事理政。大队里自然是副书记的李童也被提拔为书记，去掉"副"字，让他展开手脚干一干大事。

半年以内，李童带领老百姓继续抓大兴产业，以粮为纲，多种经营全国发展，上下有目共睹。

半年以后，李童心思变了，从干事业转到整人黑材料上来了。他为什么要整郑丰收？其目的有许多版本，或者叫传说，但他口头上挂的一句"实事求是"蒙骗了一批新来的领导。如新来的洞庭乡党委书记彭桥生，被李童哄骗得特熟络，像亲兄弟似的，不，像父与子，无事不做，无话不说。李童为了达到个人继续上爬的目的，便不择手段，伪造了关于郑丰收生活作风的问题的黑材料，上报给彭桥生。彭桥生爱吃鸡头，也爱喝几杯小酒。一天，李童趁彭桥生酒兴正酣，又请了一个漂亮的妹妹跟他陪酒，酒过三盅，彭大人眼花了，看到酒像美女，看到美女像酒，当美女拿来笔和一叠材料，他不看且听不问，立马签字"已阅同意"，又继续喝将起来。

李童趁势又打通了公社纪委书记的关口。如此一来，上报到县纪委。这真是糊涂庙里碰到糊涂鬼，一纸处分"双开除"文件传达下来，郑丰收被打入"冷宫"。蒙冤而被打回原大队生产劳动。

（二）

郑丰收被"双开"，贬回原地大队当起了农民。他的精神受到特大打击不说，他的堂客和儿女们都受到了牵连，真的是吓死人嘞！

杜甫有句名诗:"每趋吴太伯,抚事泪浪浪。"这一名诗,用在蒙冤落魄的郑丰收及其妻与子的身上,真是再恰当不过了。

其儿子郑梓白天遭人白眼,黑夜遭鬼吓唬。他和其父,在兴修水利时,父子俩的个子高大,要同时挖一个"笛子眼","笛子眼"挖大了,是白挖了,挖小了,又容纳不下他父子俩高大的身躯,只有一个吊土撮箕,一个挖坑,边挖边从坑内吊土上来。这父子俩一个曾当大队书记,一个是高中生,论力气怎么能与农民相比?又怎么奈得何?这个造孽样真是十人看了九人怜惜,俏皮的老农民说:"他父子俩,像是八儿放在磨子眼里,受活磨!"此话虽不雅,但特形象生动。郑丰收和儿子,也是一脸的无可奈何,老百姓怜惜有何用?也有的人对他俩"白眼"相对,给他俩带来心灵深处的悲痛!

怜惜也罢,仇恨也罢,人到此时怎敢不低头。所以说,郑丰收父子俩从天上打入十八层地狱,是"活该"?也或不是"活该"?

黑夜奋笔诉冤情,不禁"抚事泪浪浪"。

每到夜晚,郑丰收父子俩便"照操旧业",向洞庭县委写申诉书。幸好郑梓读高中时,语文写作成绩好,不夸张地说是班里状元,每次老师评讲写作作文,基本上都是拿的他写的文章进行点评点赞。不幸的是:郑梓从小学读到高中,只是暑假或放学后,帮家人搞劳动生产,平时操练得少,所以一旦作"正劳力"

使用，还有很多的不适应。此时，郑梓因白天挖土"笛儿眼"，操作不当，手上打起好多血泡来。但他为了给父亲申冤，从不吱声喊疼，瞒着父母。不巧的是，有一天细心的母亲给儿子端送晚餐时，忽然看到儿子手上的血泡，再看他的脸色一脸的"疼痛"，便心疼极了！不禁泪成行，簌簌地往下流，尤其是听其父诉冤苦于自己没文化、没靠山，硬是活活地让人冤枉、污蔑，母子俩仿佛"抚事泪浪浪"……

面对母子俩的伤心，作为一家之主的郑丰收，没有哭，也没有泪，只有恼火，申诉的定力愈来愈强。由于郑丰收的精神不垮反而强，给她和儿子以信心和力量，这样坚持夜晚写申诉书，一夜一封书，大约坚持写了三百多个夜晚，笔写烂几十支，纸写了二三十斤，这种血与泪的叠加控诉，终于在第四百二十三天的时候，感动了县委、县纪委和公社党委。当县乡调查组来大队里调查，凡是涉案女人，人人押出脑壳否认，尽管有人威胁、恐吓，她们也毫无畏惧，硬是一口否认与郑丰收有染。她们分别是 A 姑娘、B 妹子、C 小姐等。她们结婚生子，老公也支持她们"洗白"，不冤枉好人，丑什么？没什么丑的！明白人知道，施压恐吓的势力，来自李童等人；抗压抵触的力量来自母亲、夏莲等，到处传播实事求是正能量，为郑丰收"洗冤"不止。

公社调查拿到白纸黑字、签字画押或摁满手印的"真材料"，立马打道回府。一周后，阳光明媚，喜鹊喳喳叫，有喜来报：郑丰收接到电话通知，迅速赶到大队部会议室。

会议室内有公社党委、大队党支部负责人十多人。县纪委和县组织部当众宣布，撤销对郑丰收的纪律处分，"双恢复"——恢复党籍，恢复公社党委委员副科级干部身份……

室内掌声暴起。室外，喜鹊喳喳叫，仿佛洞庭湖的水也在歌唱……

一周后，乡党委同意郑丰收的要求，令其返回洞庭大队任党支书。李童调任邻近大队任书记，或任本村副书记。他不肯离开，选择在本村任副书记。就这样，冤假错案彻底翻篇啦！

郑丰收和堂客以及他们的宝贝儿女们重见阳光，享受常人一样的政治待遇，即可以入党、参军、录干、招工，也可以考大学，当知识分子！

瞧：这一家该有多么高兴啊！母亲凝望着丈夫和儿子女儿们，谨慎地乐观说："让'抚事泪浪浪'永远过去！"她紧锁眉宇，舒展开了！她笑了，笑起来特好看，像春天的花儿美！

（三）

20世纪70年末期，高中毕业的郑梓同千万莘莘学子一样，十年寒窗，一朝亮剑。有的招工进国企，走向远方；有的当兵从戎，保卫边防；有的走进院校，继续深造。可是，郑梓却面对倒

霉与坎坷，即随着其父的"双开"，他的前途是跟着倒霉与坎坷
走的，在这个人生的十字路口，他是选择"认命"消沉，还是选
择"奋斗不止"？经过日思夜想，苦海挣扎，他决定选择后
者——奋斗！奋斗！再奋斗！他认为，奋斗的形式是多元多样性
的。目前，白天务农、修理地球，穿洞打"笛子眼"，是一种最
好的淬炼，孙悟空在八卦炉练就火眼金睛，他郑梓在农村广阔的
天地也一定能百炼成钢！"人生处处留心皆学问"，因此，他无论
做什么事，哪怕是挑堤、搞"双抢"，脸朝黄土背朝天，上蒸下
煮烈日晒，蚂蟥叮咬小腿到大腿，他都特别留心，一旦留心就有
学问，一旦有学问就有梦想，一旦有梦想就要努力去追逐！

　　灿烂的思想之花，必然结成丰硕之果。

　　幸运的是：当他爹爹"双恢复"两月之后，郑梓被公社校长
选拔安排去大队当民办教师。半年之后，他因写得一手好字好文
章，又被公社党委副书记看中，选拔去当公社当治安专案员，并
在公社机关由这位副书记当介绍人入了党，从此当脱产干部了。
中师考试时，公社党委书记同意他的要求报考某地区师范学校。
一考题名金榜，正准备去读书哩！去逐梦哩！他的同学无不为他
的幸运而羡慕……

　　可不幸的是：公社副书记高大人舍不得他离开，又听说公社
干部反映郑梓有多角恋爱谈情之嫌疑被扣下来了。郑梓是找领导
去闹，还是选择沉默服从？那些"看戏不怕班子大"的人怂恿他

去找领导闹，闹得越凶越好。在这关键时刻，他请教并听了父母的话，虚心服从领导的安排。难道说，逐梦之路停止了吗？他的回答是：正行进在逐梦的路上。他一边"安心"地工作，一边夜读高中各科书本，刻苦地使劲地准备参加高考……

奋斗与等待同时跟进。高考恢复后，他终于迎来幸运之神，他报名参加高考，一朝金榜题名，被北方某大学录取。当公社书记将录取通知书在他面前晃了又晃，征询地问："你是愿意当公社副书记，还是愿意读北方大学？"

郑梓毫不迟疑地回复："彭书记，我愿意去读大学！"

彭书记微笑着说："第一次你考上了，没让你去。不是你表现不好，而是我们舍不得你走，但你经得起组织考验，不闹不消极，而是积极热情地工作。第二次又考上了，我们决定欢送你去读大学，将来为国家和家乡做点贡献；再呢，以后你要给我常写信，公社将改为乡，大队将改为村，记着，别写错了通信地址……"

他从书记手上接过录取通知书，紧紧地贴在心窝窝边，那个兴奋的心情啊，真的是难以形容，无法言表……

因为，他又要开始新的逐梦之路。

一晃三年过去了。第四年上学期，他和同学们来到南方实习。身在黄河以北的他，昨夜今晨做了一个甜蜜的梦：有两个家乡女生，或许要同他在韶山相会。此时，通讯不方便，他纳闷，怎么有两个？只一人曾在来信中表达过这种期望，连具体时间与地方，都在梦想意念中，相会的机遇或为无限小。而另一个是谁？

其实啊！家乡女生还真有两个，一个是秋菊，她决定马上报考医学院，不日要去省城参加一个备战高考短期培训班，可能绕道韶山约会再去省城！

一个是慧慧。她初中毕业就参加工作，在洞庭县电信局工作，以前与郑梓有书信联络，而今因矛盾"断交"啦！她或有去韶山？

有可能去省城或韶山的三个年轻人逐梦之路或将殊途同归来？或将有个约定的却见不到，没有约定的却邂逅，看看运气如何锁定！

有人戏说，猪八戒做梦娶媳妇，郑梓做梦见女生。一个"娶"，一个"见"，其中的意境和诗兴或都在远方？

洞庭湖的六月天，天气炎热，人们早已穿上短袖，带上纸扇不停地扇风乘凉，可是，热风还是热风，汗流不止，人群中传来的热气像是馊了似的。

郑梓乘坐的学校租用的中巴车很快开进了韶山，也很快地驶进了参观景点——毛主席旧居、陈列馆。他与秋菊约定的在陈列馆见。时间已到上午 11 点，他和同学们下车后，他在馆前招牌边伫立了几分钟，众里寻他千百度，仍不见她的踪影。他在同学们的催促下，索性进馆参观，因为有的同学在嗤笑他啦！他害羞了，便边朝里走，边回首向后看，怎么也不见秋菊的影子。他感到事发不妙，可能错过了，也可能因特殊情况她还没来呢？

失意的郑梓不怕同学的嗤笑，决意回转身来再碰碰运气，有诗云："蓦然回首，她在灯火阑珊处。"可"灯火阑珊"也没有呀！高光地方更没有，当时他一无手机，二无座机，没办法联系上。

"快上车！前往旧居！"有一个同学在呼喊！

郑梓决意放弃了！正准备去上车，忽然一个熟悉的面孔出现在他面前，他睁大双眼瞧了又瞧，不是秋菊，而是慧慧。他来不及多想，来了个"就汤下面"，主动与慧慧打了招呼！

慧慧不敢相信眼前这帅哥就是"断交"多日的郑梓。她也来不及多想，顺手买了一支绿豆冰棒递给他，他与她四眼相视几秒，仿佛对上眼啦！

同学们的再次呼喊："上车！上车！"郑梓与慧慧告辞了！他与她的邂逅像是在做梦似的！

第九章　教书育人

（一）

春插用工荒，不仅波及了村办企业，也波及了村小学校。这些天，王快乐对五六年级学生请假或迟到倒也不觉奇怪，因为十一二岁的孩子要帮家里插早稻秧，或收割油菜籽等，难免要增加许多请假或迟到的，或许也是正常现象。

可是，当春插基本上忙完了，为什么还有一些老请假的？这就不正常了。为了解决这个问题，王快乐安排该校三个老师，分别下到组队搞学生家访。他则来到了女儿湖和挨着的书院洲两个组。

清晨，他看到一湖碧水，波浪晓霞影，极有兴乘小船漾楫，却又恐惊鸥和水鸟；但看岸叠春山色，何处洗衣人？红颜未曾相识！

王快乐沿着湖边小路，来到附近一农宅前又喊又敲门，却没有人回答。他正欲朝另一家走去问个明白，却见一红颜小女端着一盆子湿衣，像是刚从湖边洗衣回来，没等王快乐开口，她开口喊："王老师，你好！"

"啊！是秋菊啊！洗衣刚回家？"王快乐有几分快乐地回答。

"是啊！"秋菊跟王快乐打招呼，请他到家里坐，并放下脸盆，端来一把靠背椅，放在门边说，"王老师，王校长，请坐。"

王快乐刚坐下，就跟秋菊打听隔壁屋里的学生去向。还掏出一根烟，自点自抽起来。秋菊告诉他，学生伢儿帮他爹插秧去了，一会儿才回来。这时，从屋内走出来一中年妇女，姓张，名张桃秀，正是村里的新妇女主任，人称桃姐，也跟王老师蛮熟络，谈笑蛮对口味的。她告诉王快乐，有的户春插还有点尾巴，再过一两天就插完了，就会让学生读书去，不会再请事假或迟到的。她进一步说："农村里的人，一靠读书，二靠当兵，才有出息……"

秋菊听她妈说到了点子上，蛮高兴！她说话的"燃"点一下子被激活，接着她妈的话茬子继续说："王老师，我爸妈想通啦！都同意我去考医学院。我是非常愿意的。"说着，她像是不由自主地扯到前晌发生的故事上，"我还听到母亲的相劝，她的儿子郑梓上北方大学，毕业了就当国家干部，月月都有工资拿，天天为人民服务，多幸福啊！母亲多次劝我复习，考大学去。"说着，她脸上像是写着"幸福"似的，更加美丽和有气质。

王快乐怦然心动！不！而是早有准备，只不过是不想过早亮明自己的心境——考大学去。此时，他看到桃姐、秋菊母女待他这般坦诚，他也不想藏着掖着了，敞开心扉说："我当民办老师已有几年。我想深造一下，想考大学去！我要给村里我教的学生做一个好榜样。"他的眼神充满期待和向往，正说着，他见秋菊的父亲从田里回来，腿上还有泥水。他身后还跟着几个人，渐行渐近，定睛一看，原来这几个正是他做家访要找的学生以及学生的爹。他立马站起身来，边打招呼边说："我是来催你们读书去的！"

"谢谢老师！"几个学生带着稚嫩的学生腔回答，"明天就去读书。"

"今天就去！好吧？"王快乐急不可待地催道。

"王老师——你在我家吃得饭来，那不到炮把点钟（地方话，意为10点），还是吃了饭再说。"秋菊的爹十分坦诚地挽留，可不？他还留那几个学生伢儿，"你们学生伢儿也在我家吃饭，陪王老师！"

桃姐扔下手中的锅铲，一脸笑得乐呵呵地出来帮腔："学生伢儿陪老师，要得要得。"说完，她叫秋菊把学生们留住，她自己又转身弄饭菜去了。她不放心，边转身边追加几句话：

"一定要记住！菊儿，你陪陪王老师，跟他学学考大学的方式方法！"

可喜的是，几个刚从田里爬起来的学生，腰酸背疼的，只想早点吃饭，忽听王老师和菊姐都要去考大学，顿时来劲啦！学生们一脸的喜狂，紧紧挨着老师和菊姐，尖起耳朵，聆听他俩谈论考大学、读大学、当干部的那本经……

（二）

"乡村小屋，逐梦大学。"这个故事被洞庭村至洞庭镇的男女老少，传为佳话。他们议论的"燃"点是：在乡村小屋逐梦大学，确是很有爆发力，"燃"点蛮高的。为什么？像王快乐干了几年的民办教师，且在县乡教育部门具有很强很好的影响力，今后民办转公办，那是"铁板上钉钉——稳稳当当"的。他为什么要抛弃现成的工作？去追逐大学梦！像秋菊，如果顶其母的班，当村主任，或当民办教师，其德性与工作能力，那是上下领导都一致认同的。今后录干也是"一块铁"，为什么她要"舍近求远"？像一群小学生，逐梦大学，"燃"点更高！更有意义！大道理不讲跑不了，小道理光宗耀祖，衣锦还乡也是梦寐以求的。

然而，"痛"点也很酷！如果考不起大学，且不是"损兵折将""鸡飞蛋打"嘛？再说，如果他们都考上大学，村小学校、村里行政班子都将"缺后备人员",既然"缺员"就要"补员","补员选谁合适?"这都是躲不开绕不开的话题。

可巧的是,面对王快乐和秋菊逐大学梦,村党支部五个人,一下就分成两派意见:一派同意,认为这是好事,其代表是郑丰收和张桃秀妇女主任;一派认为不是好事,不同意,如李童和刘上秋。为了解决"一半对一半"的表决问题,郑丰收提前宣布陈秋保停职期已过,因工作需要恢复职务。郑丰收还单独找李童、刘上秋谈话,让他们站高点,看远点,多培养点人才……

作为"班长"的郑丰收,想求得支部班子的统一,做了不少的团结、"封口"工作,但人口难封呵!不统一的风声立马传出去了。这让一些早已盯住学校教师或村干部岗位的人,像是猎狗嗅到了猎物似的,日夜不停地开始活动啦!

母亲或是第一个被盯上的"猎物","猎狗"是夏莲。夏莲的大女儿黄凤凤高中毕业后,考大学落第,情绪低落,其父母还是想她复读高三,明年再参加高考。但是她自己放弃,且过早地走上谈情说爱之路,其母夏莲无奈,找到其姐母亲,死缠活磨,好不容易感动了其姐夫郑丰收,曾推荐黄凤凤去搞公社工作组,培养目标是国家干部。当年的大队党支部和夏莲等都盼着凤凤这下时来运转,肯定会争气,好好工作,不久就会录干。

然而,事实跟他们来了个"大逆转":凤凤在工作组工作一年后,人家转的转干,招的招工,唯独她被公社党委"原帖打回"。

郑丰收、母亲被她气得憋屈，寝食不安。

夏莲则气得生病卧床。

那时大队其他负责人，面子上做安慰工作，说什么名额有限……里子上却是大大地嗤稀（方言，意为讥笑）！嗤稀！再嗤稀！说凤凤的失败全在于她本人，讲别人的是非，强词夺理，企图抬高自己。结果被组织上识破，黄凤凤原形毕露——拨弄是非的"烂风车"，从此，有人背地里就叫凤凤"烂风车"，当面还是"凤凤"，喊得蛮亲热。

夏莲这次听凤凤的话，瞄准了村民办教师的岗位，硬磨软缠地想让凤凤去教书，先当民办教师，期待今后转公办。

母亲一口否决了，但留有后话……

郑丰收坚决否决，没留后话。

这件事让郑丰收在这段时间里没消停过，如镇联校校长、副校长也打来电话，帮助推荐民办教师；在公社开会时，有人请郑丰收吃"特餐"，本来开会集体安排了饭局，可有的有"面子"的人，偏要请他吃"特餐"。俗话说："吃人嘴软，拿人手短。"郑丰收深知这个道理，横竖不肯接受。可人事关系就这么奇怪，不吃吧，马上就会得罪，得罪了，吃亏的是村里的老百姓，像贷款、紧俏的农药、化肥或被断供，或被减供。吃吧，确是违心的！又会得罪老百姓，误人子弟。最后，郑丰收还是硬着头皮领意吃了。他回到村，跟其他村干部开玩笑："我是为全村老百姓不吃亏，吃了人家的饭，喝了人家的酒……"

李童不理解。他皮笑肉不笑地讥讽道："这些人，真讨厌！"

郑丰收隐隐地意识到：这应该包括他自己也是被讨厌的人。

刘上秋自从郑丰收跟他谈话后，与李童保持了距离。与郑丰收合拍多了。

（三）

拂晓，村小学校不断地传来朗朗的读书声，这声音是童声，它传承着"礼"与"理"的节奏，也仿佛彰显着村小老师的辛苦与奉献。按理说，老师都是受人尊重的。这是一种礼节，也是文明的象征。

郑丰收想忙一阵子后，去看看王快乐老师，看他又搞出了什么"新招"？他正加紧忙着跟支委负责人安排"早稻杀病虫害、施壮苞肥"等工作。他努力忙正事大事，极力想摆脱"补员"的琐事杂事。

不巧的是，偏是躲什么它就来什么！王快乐老师却不请自来。他跟郑丰收问好后，开门见山地要求离岗复习备战高考，希望党组织与联校商定"补员"。

郑丰收皱了皱眉头，一脸的不快乐，两眼瞥了王快乐一眼，快刀斩乱麻似的说："目前，还无法确定合适人选，希望你边坚持上课边复习功课，认真地备战高考……"

王快乐此时心里并不快乐。他忍气吞声地接受郑丰收的意见。回到村小，立即启动了边教书边复习的程序。他的个性是不善言说困难，一切事情都是自己扛。从他走进学校任教并任校长以来，联校和村支部很少为学校的事操心费力。不仅学生成绩名列全镇第一流，而且他还经常牵头组织附近几个村小老师，挑战附近几个乡镇的中学老师，如开展篮球、排球友谊赛。竞赛的结局是出现惊人的逆转："小国"打败"大国"即小学教师打败中学教师！这让中小学师生传为美谈佳话，大大地净化了社会风气，因为许多人都自觉或不自觉地去学校看"热闹"，学到了知识分子的好样，遏制了打牌赌博、挑拨是非的怂样啵。

重要的是激发了中小学生学习的积极性，也激活了中小学校老师教书的自尊心和社会上对人民教师的崇向性！有诗《晓读》：

拂晓风凉书声柔，

龙潭师生迎丰收。

嫦娥也有支教意，

助力银镰月一钩。

刚下课的王快乐走出教室，无意中看见对面公路上有三四人，正朝村东方向走，再细看却见郑丰收急眉丧脸，像是遇到了恼火的事。他反思，莫非是自己离岗复习的事让郑丰收烦恼？瞬间，他否决了自己的猜测："不是，应该不是！"他看见学生们正在操场上欢蹦乱跳的，捉迷藏玩，甚是眼热。再看公路上郑丰收等不见人影，倒是怜记"书记"不好当，论官是"村官"，论钱没钱，但责任比天大。他默神："郑书记等忙什么去了？"

忽然，来了几个眼生的人，打断了王快乐的思绪。

第十章　陷阱馅饼

（一）

原来，郑丰收正带领村"两委"负责人，摆脱琐碎小事，风急火燎地来到村茶场，进行现场办公。

茶场收了几千上万斤加工好了的茶，因销售环节梗阻，堆在场里干亏损，向大培场长干瞪眼，急得上火啦！见人就发火，见牲畜都不饶过，在他眼里什么都看不惯，看不顺眼。他见场里的副场长、员工都是"骂"或"吵"字当先。好在副场长、员工理解他的心情，都能忍、能让他。

但是，他见村"两委"负责人来了，尤其是看见郑丰收走在最前面，他却没骂，也没吵，只是"躲"而不见。

有人告知郑丰收这一实情后，郑丰收等也对向大培场长表示理解，反而还为他"责任性强"点赞，他隔空喊话："向场长，我们是来帮你解决困难的，帮你找销路的，帮你带来财富的，你出来，我有好办法，办法总比困难多……"

这些好话良言，句句扎进向大培耳里心里，他的良心迫使他不"躲"了。他按捺不住地站出来了，垂头丧气地说："我对不起场里的员工，对不起村'两委'，做了这堆积如山的茶却滞销，滞销!"

郑丰收挨着向大培站着，面对面地问："听说有两张订单，怎么不销?"

"那是陷阱!"向大培断然回答。

"不一定!"郑丰收质疑地反驳，"也可能是馅饼! 但天上不会掉下馅饼，如果有掉下来的，那也是留给有准备或者勤劳的人。"

"我说是陷阱就是陷阱。"向大培再次断然地否定。

"我说可能是馅饼就是馅饼!"郑丰收强烈地回驳道。

围绕是"陷阱"还是"馅饼"之争，引发到在场的村"两委"都参与争论、讨论。相反，郑丰收、向大培却静心尖起耳朵听和想，看他们怎么说，说得有没有理。

他们一度认为，向大培说得也不是完全没有理。因为去年，他和李童到沿海某省销了一万斤绿茶，对方加工掺进去茉莉花，成了茉莉花绿茶，再包装一下，卖价翻倍了，按常规来讲，对方理应及时按合同付清货款。可是，问题来了，对方谎称被人骗了，被外国人骗了，货款不仅不及时付，还说不兴啦（即不作数了）！如果谁碰到这种情况，谁都会说是上当受骗了！谁都会说是"陷阱"，谁都不会再往陷阱里跳。这应该是可以理解的，因而，村"两委"好多人都支持向大培场长的说法。

然而，郑丰收却与"众"不同。他对此表态："反对！"他的理由是："幼儿初学步的第一步，在成人看来，的确是幼稚，危险，不成样子，或者简直还要嗤笑他，但无论如何当母亲的人，却总以恳切的希望之心，关注幼儿跨出这第一步去，决不会因为他走的姿势幼稚可笑，怕成丑小鸭，就不等他走而'逼死'他；也绝不至于将他禁闭在床榻上，使他躺着研究到能够飞跑或可以走正步时再让他下地。因为，再愚蠢的母亲都知道：如果这么做，即使长到一百岁，他也还是不会走的……"

听众顿然醒悟，情不自禁地点头点赞，一致觉得郑丰收说得有理！

紧接着，问题又来了。郑丰收提出仍然委派李童和大培场长去沿海某省找销路。

李童听后，连连摆手，坚决拒绝。他振振有词地说："我可不愿意再冒这个风险，请大家饶了我吧！饶了我吧！"

陈秋保秘书半真半假地问："如果搞得好，幸许抱一块'金砖'回来，建功立功！你去吧！"

"那我可以考虑一下。"李童漫不经心地回复,他心里想如果能出风头,无风险,还真是想去,非常想去。

其实,李童心里的"小九九"早已被在场人察觉。桃姐、刘上秋也都心知肚明,只是心照不宣罢了,他们晓得李童就爱"出风头",不爱担"风险",更不会睁着眼往陷阱里跳。

郑丰收凑到向大培耳际边,低声问:"如果李童硬不去,你一个人去不可以吗?"

向大培也低声答复:"不可以!因为一个人没有商量的,很容易受骗。"

郑丰收微微点头以示赞同。他又凑到李童耳边,严肃地问:"出去招揽生意或有风险,也可能是机遇,但都是为人民服务,你去不去?"

"我不去!"李童考虑好了,认真地回答,"但如果你命令我去,我还是服从命令。"

他的话,大家都听得清清楚楚。他们把目光聚焦在郑丰收脸上、眼睛上,期待这件事能有个完美的解决方案。他们愿意在村里看家护院,更企盼郑丰收亲自出马、担风险,大家愿意共担,共担!他们决心像母亲对待小孩的精神来对待这次出差……

忽然,向大培贴着李童耳朵喊了几句……

这时,郑丰收出去打电话,大概是求援去了。究竟是跟谁求援?他们都成了"猜想家"。

（二）

几天后，悬着的石头落地了。在向大培和李童的强烈建议下，郑丰收和向大培场长策马扬鞭，不论是陷阱还是馅饼，他俩决定不惧风险往里跳，决定艰苦奋斗捡回天上掉下来的馅饼。

拂晓，他们二人启程是悄悄的，没有惊动任何人。出乎意料的是：有一辆小车悄然而至。从小车里出来一人，在背后叫停郑丰收、向大培，他俩同时回眸望见，原来是向日培镇长大驾光临，且喜且惊，郑丰收客气地叫喊："向镇长，你为何而来？"大培也不解地问："老弟，你来有何事？为哥的差点儿被'逼死'，还是郑书记帮我！"

向日培没有正面回答他俩的问题，而是从手袋中掏出一封工商部门信笺，递给郑丰收，郑重其事地告诉道："信件内有救兵！需要时拆开它、利用它，可化风险为机遇。"他没有讲多话，言简意赅。然后，他手一挥，示意他俩搭船去吧！

郑丰收、向大培连连点头致谢，也没多说话，只是把这封公函当作一封"密电码"藏于郑丰收的右手口袋，拍了拍，挥手与向日培告别啦！向大培这时才明白：郑丰收几天前还是给向日培打电话啰！

从此，郑、向二人踏上赴沿海某省某县的路上。这时，他们精神紧绷着，眼光里看到的无论大山小水，仿佛都是重千斤，压在他俩的心头，让他俩惴惴不安……

殊不知，村"两委"在家的四位村干部，早已悄悄地来到了码头山坡上，暗暗地为郑向二人送行，还惊讶地看见向日培来为郑、向二人送行，油然联想到，莫非郑丰收就是找他借"援兵援将"？李童等都这么猜想！

（三）

两天后的傍晚，海风吹拂着赴某省某县出差的郑丰收、向大培的头发和脸庞，使他们感觉又凉快又像松针扎似的，又渴又饥，怪不舒服的，莫非是水土不服？

他们暗下决心，既来之，则斗之，不服也得服，服也得服。他俩来不及歇气，一鼓作气，打车来到去年向大培来的某茶叶科技公司所在地。在灯光熠熠的映照下，向大培领着郑丰收寻找那公司的门牌。左对左不见，右看右不见，怎么搞的？是找错了？还是那公司搬家了？还是人间蒸发了？他们不得而知，在这种情况下，他们兵分两头，开动口腔喇叭，见人就问那公司现在不在、在何处。

就这样，他俩大概问及了一百多号人，却没有得到任何有价值的可信的信息。实在是饥饿加疲劳难耐极了。他们决定找一家小客栈住宿，歇一夜，天亮了再去"大海"捞针。

事不如愿。深夜，一阵紧急敲门声，把他俩从梦中惊醒。朦胧的月色中，只见几个身穿制服的人，操着本地口音，把他们二人带走了。

他们被带进一间摆有四张办公桌的办公室内，为头的人开始宣传政策："……你们从南方来找贵贵茶叶科技公司，他们已申请破产保护，所有债务债权均已被人民法院冻结。所有债务，均已被银行等相关部门收缴。所有债权人，均由我们工商局所接待处理。你们有什么要求，赶快说，不然，我们作弃权处理……"

另一个跷着二郎腿的小胡子汉子，以一片菩萨心肠般劝说："按你们要求付清货款，那是做梦的，说梦话，一分也没有。我建议，凭你们一片苦心，把来去的路费、食宿费、工钱算给你们，就是万福的万福！讲具体的，一个打发三千元人民币，回家去！"

向大培、郑丰收不约而同地摇了摇头。向大培首先发言："领导，这可不行啊！"

第三个站着的大胡子汉子威胁说："不识好是吗？那就把你们丢进东海喂鱼去。你们选哪条路？"他把手上的电棍一甩，像是把空气都甩凝固了。

郑丰收、向大培心里怵了。他们想，恐怕是碰到黑社会势力啦！到底是真的还是假的工商？人生路不熟的，问谁？危急之中，郑丰收突然想到那份"密电码"！于是，他向向大培眨了眨眼睛，暗示他不要慌，等天亮了，再"亮剑"！

计划赶不上变化。没等天亮，这些自称是工商局所的人强行把他俩推上车，上了车哄他们摁手印，他们不干；他们塞给他俩每人三千元红包，"咔嚓"一声拍了照；然后，不听他俩的解释和要求，硬是把他俩蛮推上另一列火车，"呜——"一声，汽笛启动，火车在加速驶向南方。郑大丰、向大培无奈之下，拿出那封"密电码"悄悄一看，原来是对某县工商局的公函，还夹有局长一私函，私函写道："我哥在国家工商总局某司任司长，以后可以互帮互助。"郑丰收凭着多年的从政经验，认为这像是"尚方宝剑"，比"密电码"还强，保证管用！保证可化风险为机遇。于是，他俩复议之后，决定在前站下车，租专车前往某县工商局，再次去"大海捞针"。

常言道：冤家路窄。郑丰收和向大培心窄，生怕再遇上那三冤家，所以才不得不出高价租专车赴某县工商局。

不巧的是，这司机对绕道走不熟悉。他只晓得走大路返回到某火车站，再取道前往目的地。没办法的时候，郑、向只好屈从，依出租车司机的，取原道前往某县工商局。

可巧的是这专车，刚到火车站汽车出口处，便被叫停，打开车门检查的人竟然还是那"三冤家"。

假工商把郑、向二人带进附近一旅馆，跟他们开出一个大价码加威胁：要不再给每人二千元，打发你们回家；要不发新茶过来，今年的茶款明年付，去年的货款今年年底付。如果二者都不依，就打断他们的腿，丢进东海里喂鱼去！

这个价码，郑、向立刻认识到是一个大陷阱，绝不是大馅饼！所以他们绝不往陷阱里跳，也不会收他们的回扣费。

郑、向严词拒绝了假工商开出的价码，坚称八万元货款不能少，先付清去年货款，再谈今年的生意。

然而，假工商恕不接受。他们把郑、向限制在火车站一旅馆里，禁止其与外界的任何联系，只管基本的吃、喝、住条件。时间一天、两天、三天就这么过去了，双方都没有妥协。

第四天凌晨，假工商把郑、向二人哄骗上了火车，硬塞给他俩四千元，并说两清了。然后他们借故溜掉了。上火车后，他们才晓得，这是一辆货车，货车不会沿途停靠，硬要到达南方某大城市卸货才停下来。郑向二人知道这点后，愤怒加无奈地等该货车卸货时，才下车。

他俩不到目的地不甘心。他俩决定再出高价租专车，再向沿海某县工商局开拔。

俗话说，好事多磨。这次租的车虽价钱高，但比较可靠，相信这次准能到达目的地。郑、向二人，既有信心，也有戒心，硬是叫师傅不沿火车路线走，且尽可能远离火车路线。经过一天一夜的行驶，出资二千元，终于到达目的地，经过辨认，这个院子这栋楼才是他们要找的真工商局。他们来到工商局局长办公室。郑丰收掏出公函和私信，双手呈上去，故作姿态：庄重、友好、不诉苦，但陈述事实的始终……

这局长一改严肃的面孔，面容和蔼可亲，又是叫人倒水，又是叫人听情况，做记录还叫人安排中饭，蛮客气的！

果然，该局立案受理此事！某局长亲自许诺："该追回的货款一分不少给你们，明天就给你们付清；你们那里的新茶，可马上帮你们找收购厂家，争取成交……"

围绕这一番话究竟是"陷阱"还是"馅饼"？郑丰收和向大培怀着完全不同的判断，从局长室来到小旅馆后，进行了首次针锋相对的辩论，争论和谈论。向大培认为，天上没有馅饼掉下来，地上处处是陷阱，"变色龙"伪装好后，叫你去跳"陷阱"，郑丰收凭直觉认为这是一次从天上掉下的"大馅饼"的难得机遇，必须要抓紧不放，绝不是"陷阱"。所以，他第一次提出要把滞留在家里的绿茶叶，马上发来。对此，向大培强硬地拒绝啦！因此，两人闹得蛮不愉快！不，准确地说应该是面红耳赤！

郑丰收为了让向大培放弃"一朝被蛇咬，十年怕井绳"的疑惑，邀向大培再悄悄去某县工商局，想从侧面了解那局长的口碑与德行。

　　向大培答应了，他随郑丰收来到局办公区，对人先递香烟后点火，再问局长姓什么？平时讲话表态算不算数？局长与贵贵茶叶科技公司老板是啥关系？

　　经过一问、二问、三问之后，问答的结果是局长姓林，名林福；贵贵茶叶科技公司的老板也姓林，名林贵贵。他二人是兄弟关系，平日里局长表态一句算一句，不放空炮，也不吹牛，毕竟是国家干部，可信度比较高。林贵贵听他哥的，他是他哥的马前卒，或是靠哥"一把伞"发财当老板的。被问者还悄悄说，像这样的事，在沿海省市"见怪不怪"，常事嘞！

　　鉴此，郑丰收琢磨了几下，他还是认定这是一次拓展合作空间的"馅饼"，绝不是"陷阱"。向大培呢？他怎么说："这都是人家设了局的，明显是一个'大陷阱'，不能往里跳……"

　　郑丰收又邀他边走边说，强烈要求他叫家里发茶叶，马上发。这是第二次郑、向的口头交锋、交战、交谈。

　　路人以诧异的眼光看着他俩。

　　翌日，是林福局长兑现许诺之日。

　　郑丰收、向大培应约按时来到某工商局局长室。工作人员端上几杯泡好的茶水，客气地说："请稍等，林总马上就会到。"

　　三分钟后，迎面进来三个人，郑、向抬眼看，出乎意料的事发生了！怎么是那三人？来人正是送钱给他俩，送他俩上火车的三人！郑丰收、向大培同时在暗暗问自己，也在问天问地。正疑惑之时，只听其中一人有礼貌地说："二位哥，打扰你俩啦！我们是奉林贵贵总经理之命，来给你们付货款的。"他边说边从提袋中取出几大叠人民币，一五一十地摆在郑丰收、向大培眼前并说："这里是七万，还一万前两天分两次给你俩各五千，总共八万茶叶款全都付清。请过数！"

正说着、数着，林福局长走进来了，他仍然是和蔼可亲地重申："去年的货款，一分不少地付清。今年的新茶，林总收不收？如果收，还是按市场价，两不相亏，帮南方兄弟收了吧！这叫双赢。"

那三人异口同声回答："好！收！收——"

向大培数过钱后，对郑丰收果断地说："已过数，是七万元，加上那一万，总共八万元付清啦！"

那三人中领头人叫向大培打一张收款收据，证明此事已结清了事，然后又询问："你们今年的新茶卖不卖？有多少？"

郑丰收抻出脑壳来，敢作敢为地表态："卖！有一万二千斤，按市场价可以！可以！"

向大培赔笑着，来了一百八十度的大转弯，连声应承："卖！卖！像以前也签一个购销合同，可以吗？"

"可以！"那领头人表态啦！随即有人拿出一份成品合同，让郑、向二人阅读再协商。

……

　　一场"陷阱"变"馅饼"的故事，取得了阶段性的胜利！购销双方皆大欢喜。有诗为证：

　　　　　春暮暖意急，夏茶烟雨秋。
　　　　　大江东去水，流尽几多愁。

第十一章　有功有忧

（一）

午后，满天乌云，闷热异常。

郑丰收、向大培和贵贵茶叶科技公司完成了"两手过枪"，即一手交老欠款一手交新茶叶等该做的事宜之后，两人怀着收获颇丰的心情，正欲辞东返程的时候，不料东家老板开来小面包车，笑容可掬地说要送他俩上火车。这一招让他俩感到意外又不安。他俩下意识感到是不是新的危机要来了？于是，他俩在阳光照耀下，将对方三人的基本情况问了又问，得知他们为首的姓林，为二的姓宋，为三的姓王，还找他们索要了名片，以及电话号码，并面对面打他们三人的电话，他们三人的手机分别响了。看来，名片上的电话是真的，不是"明骗"呢！

林老板这下意识到：他俩是否还在怀疑他们的诚意，便坦率地说："我们是准备和你们长期合作做产销生意，希望你俩诚信对待我们……"

郑丰收赔笑道："问者不相欺嘛。诚信相待，必须的！"

向大培也跟进表示："诚信为本，一定！一定。"他边说边过细地观察林老板的五官长相，希望把他的长相记牢，还发现他左耳耳托下长有一颗痣，颜色绯红的痣。"莫非是发财痣?"他心里这么想。然后，他俩上了他们的车，直至火车站。

汽笛鸣响，火车站到了。

他们和林、宋、王三人挥手告辞。

一路上，由于他俩心情好，看到的山和水都是美丽的；人和动物也都是纯善的；天和地都是阳光的！他们没有学过哲学，但处处都不知不觉地在用哲学。这就是人与哲学息息相关，事事相连。不管你承不承认，它都客观地存在着。至于是唯物还是唯心主义哲学，他们，包括中国农民都认为各有各的市场，各有各的生命力。不然，它就不会千年不灭。

然而，他们还有新茶叶货款没到手，心仍然是悬着的。郑丰收看到茫茫的大海，油然想起他老婆一定在牵记自己，因为她心窄，说不定做梦都想着他此次出差是否真跳进陷阱里或她梦中的那片海，比他眼前的这片海更惊险，更海天一色呢！

其实啊！郑丰收的联想没有错，可不是吗?

（二）

梦中的那片海，一直在春姐的心中萦绕着。从郑丰收、向大培到沿海出差之前，她心中隐隐约约地魂牵梦萦——一片海，一望无边，时而安澜，时而波涛汹涌，拍打沙滩海岸。

之后，也就是郑丰收、向大培去沿海某省之时，她夜梦大海波涛汹涌，拍打沙滩海岸，朦胧中看见郑、向二人被海浪淹没了，沉底了，不禁吓出一身汗，惊醒来便再也没法入睡。她无奈地叹惋："人啦，为什么要吃这么多苦，受这么大的折磨？是命中注定，还是他俩自讨苦吃？莫非真的像佛教说的'人生来就是要吃苦的'？菩萨，观音菩萨能不能保佑丰收不吃苦水，不沉底，要上岸啦……"

白天，母亲依然要下地干活。乡亲们见她一脸困倦，眼眶发暗，猜出她是没睡安，于是，便好心相劝："你莫担忧郑书记，也不要牵记儿子郑梓，好人必有天保佑……"

……

母亲由衷地感谢乡亲姐妹，也更加油干农活，如收菜籽、扯麻、种豆子、砍柴火等，经常是累得一身汗，汗湿了衣，也不歇气地做事。儿女们都在外读书，回来后还要她弄饭吃。

妇女主任桃姐经常来帮母亲的忙，还打发女儿秋菊晚上来陪母亲过夜。

　　夏莲经常来帮姐姐做点事，也打发女儿凤凤来陪母亲度夜。

　　这两个年轻妹妹，都晓得母亲心窄，分别劝她心宽，莫担忧，吉人自有天相。

　　可是，母亲的心怎么也放宽不了。

　　母亲有时在地里做事，有夏莲陪着，边做事边聊人家夸她女儿凤凤，如何聪明、如何知恩感恩，如果让她女儿凤凤当了民办教师，姐（母亲）的养老都包在凤凤身上……听到这些，母亲不但高兴不起来，反而不爱听，心慌意乱，恐怕自己可能要被逼跳进"陷阱"啦！虽然夏莲是她的亲妹妹，仿佛都不亲了，只有私利才真亲。因此，母亲也不太热心搭理夏莲。这点，夏莲有所察觉，但她已横下一条心，硬要热脸贴冷脸，说得不好听，哪怕是热脸贴别人的冷屁股，她都认了。所以，她还是一个劲儿给姐姐助力，当正劳力用呢。

　　母亲回家，夏莲也要送一程。周围的人看到这一景观很不理解，冷嘲热讽的也多起来。母亲收工或出工的时候，往往是一个人走在乡间的小路上，在人家的屋场边，小商店边，聚集了人的地方，似乎都在议论郑丰收、向大培到沿海出差是跳"陷阱"还是捞"馅饼"？还在议论夏莲跟春姐助力是不是别有目的？还有议论秋菊陪母亲过夜，实际上是在想母亲的儿子郑梓的主意——想攀亲？凤凤陪母亲过夜，蠢坨都晓得是想当民办教师。母亲听到这些议论，没当一回事，让它随风而过，但真想郑丰收、向大培快点回家，省得人家讲闲话，她懒得听闲话，蛤蟆不咬人，但还是闹人的。她曾多次说"懒得管"，可如何做得到？

其实不用催。郑丰收、向大培没有闲心在外面看风景，从他俩的眼神和眉毛都看得出来，心急如焚——眼神不定且慌，眉宇之间透露出烦躁，嫌火车跑慢了！

郑丰收极力压抑急躁，回想当时在某工商局时林老板等人的表态："买买买！"让客商高兴，却让向大培很是抵触，甚至反抗！然而，向大培以大局为重，违心地表态："卖！卖！卖！"这让郑丰收很感激。此时，他还要夸奖他："向场长，你是一个识大体、顾大局的好场长，我感谢你的无私配合……"

"书记，你莫欢喜早啦！"向大培撂下重话，严肃地说，"我认为你是拉我一起跳进新的'陷阱'啦！为什么说新？相对旧的陷阱就是李童去年拉我跳的，货款今年才收到。"

列车上的人，眼见他俩争论，无心过问，只当是一对"疯人"罢了。不予理睬！

郑丰收不以为然，但他没有再和他争论下去，恐怕影响人家的休息。再说，他也累了，晕晕欲睡啰！

向大培也累了，他先是左眼皮跳，后是右眼皮蹦，跳蹦轮流来。这让他心不安，他用手揉了揉正在蹦的右眼皮，不料把睡意揉走了。他瞅着郑丰收耷拉着脑袋进入浅睡状态，心里想：郑书记吃苦啦！他丢下一个脱产副科级干部不当，却偏向苦海无边的穷村跳进来，别人巴不得要跳出去呢！图的是什么哟！论家庭条件，他一个儿子在读大学，三个女儿在读中学，凭工资养家糊口没有经济负担啊！那图什么？难道说真的是图为人民服务、改变家乡的贫困面貌？他不太相信这是真的，但事实就摆在这儿呀！他继续揉了揉右眼，继续思索着：这次回家，可能遇到热脸相迎，毕竟讨回八万元的货款，也可能遇到冷眼相讥，因为又有新的货款在远方那片海的地方，这可是十二万元货款，比去年多出四万元，压力山大。再加上，俗话说："左跳欢喜，右跳财。"这财或是跳出或是跳进？一时谁都不晓得……正想着，几分恐惧之心占据他的心窝窝，不禁心跳加快了。他轻手揉了揉心胸，忽闻汽笛响起，列车广播员报告列车快到长沙站了，下车的旅客做好下车准备，他看到不少人起身清理行李，也看到郑丰收如梦初醒，习惯性地轻揉了几下双眼，便开始做好下车的准备。

向大培对他望了又望，欲言又止。但最终还是关心地问："做了美梦吧——？"

"你还真问在点子上了！"郑丰收朦朦胧胧，轻言细语地答，"我做了一个苦梦，梦见掉进苦海海底啦！"说完，他脸上似乎写着"惶惶不安"四个字。

向大培的直觉看到了"惶惶不安"的象征，他连忙岔开话题，避险求安地问："莫慌，梦里是反的，反的！"他连说两次

"反的!"且加重了语气，生怕郑丰收听不见。

向大培捂着小钱包，郑丰收用双眼"保护着"，轻装下车。为了安全起见，他俩立马打的去汽车站。这时天气已是傍晚。幸好赶上了最后一班去洞庭县的班车。这一顺利，让他俩多了一份欣慰。但他俩立刻意识到，这份幸运或是暂时的，冷遇正在渐行渐近。

（三）

俗话说："人怕出名，猪怕壮（肥）。"

从母亲仗义献"宝丸"救治郑显的生命后，他的家门口就很少消停过，除了凤凤和秋菊过来陪夜外，"白陪"的人也是络绎不绝，他们来为的什么？为的是"豪取巧夺"救命的宝丸。尽管母亲一而再、再而三地解释镇家之宝，仅此一丸，但那些人硬是不信，软磨嘴皮，硬磨脚板皮，软硬兼施的来"乞讨"……

母亲实在恼火了。她支不开这些人，企盼郑丰收早日回家，帮她证明这一事实，更企盼他的智勇之气打发走这些不速之客。从前，母亲想念儿子时，习惯地倚靠着灶门框边，望着从塘堤边走来的每一个人，幻想着来人中或有一人就是她的儿子郑梓；而今她倚坐在灶门边小板凳上，睁大双眼瞧着从塘堤边走来的人，希望其中有郑丰收的身影。这样的姿态已不是三五次了，而是十二三次了!

今日，屋旁大樟树上的鸟儿边叫边飞，边飞边叫，莫非它在顶替喜鹊的作用，向主人报喜不成？母亲这么想着，嘴上又打发索讨宝丸的人：快回去做事，莫耽搁事啦！有的听，还真的走了；有的不听，还真难得陪啊。母亲拿出看家的本领来，动真格地劝："还不走，我家老郑回来，你要挨骂的。"

陪客嫌皮搭脸地回道："郑书记这次出差沿海，如果是无功而返，或者说又跳进人家设好的'陷阱'去了，还有心骂俺吗？"

……

午后，郑丰收、向大培真的乘车回村，村部没人欢迎他俩，连悄悄欢迎的人都不曾看见。"这不是早已通知到屋的时间吗？怎么不见有人来拿钱？"向大培跟郑丰收报告说。忽然，他建议，"我通知场里来人，在村部兑现鲜叶收购款，好让茶农也高兴一下，如何？"

"可以!"郑丰收果断地答复。继而，他亲自走进村广播室，打开高音喇叭喊，"村民们，茶叶钱马上开现兑，有进钱的，带上收据，都来村部领鲜叶钱，过期不领，视为不急需用钱。村'两委'有权调用作其他事项!"

郑大培用电话座机通知会计、出纳二人来村部办理兑付手续。

一会儿，路上行人来来来，手持"收条"兑兑兑。会计记账，出纳付款。不到两小时，欠茶农鲜叶钱兑现完成。茶农收到钱，心里热乎起来，看郑丰收、向大培的脸色也热起来，点赞的"一块板"，质疑的也有，直问书记场长，这货款是如何搞到手的……还有人问：今年鲜叶钱何时兑现？

面对村民的询问，郑丰收给村民画了一个大"馅饼"，他信心满满地说："村民同志们，这次我和向场长去沿海某县讨旧债八万元，已是一分不少地收回来了。这不能不说是一件大好事，也可以说是抱回来一个'大馅饼'。"这时，村民们自发地鼓掌、击掌恭喜。忽然，郑大丰发现春秀（母亲）也夹在人群中，仰头静听并加劲鼓掌的动作还没消失，她的双手仍然合起来，欲准备再鼓掌的。他想，这是开村民大会的好机会，如果能让堂客现场听听，岂不是更好吧！他想走过去，与她相拥而泣的心情都有，但毕竟是老夫老妻，理智帮他克服了冲动。他要尽量答复村民期待的心情与目光。于是，他接过陈秋保递来的茶呷了一大口，润了润嗓子，接着说："我们去沿海前，和大家的心情一样，都想坐着等着，等待人家打钱过来，倘若行的话，那自然是好事，但可悲的是恐怕等到死钱最终也等不来。"村民们一片"啧啧啧"地称赞声传来，郑丰收趁机休息一下，双眼扫视所有的在场村民，似乎发现他们的钱包鼓起来了！底气也足些了！他继续说："如果认为怀孕不是怀的出众超众的胎儿不如断种灭后，那就无话可说。但如果我们要追求人丁永远兴旺，我认为流产比不怀孕不生产还有希望，因为这已经明明白白地证明能够生产孩子啦！"

村民们又是疯狂地鼓掌，相互恭贺"早生贵子""早怀早享福"的声音不绝于耳！

郑丰收又呷了一口茶，郑重地表态："这次是功过相抵扯平了。不过，今年的鲜茶叶钱，按照向场长与林贵贵总经理签的合同，货到三十日内，一次性付清货款十二万元。如果搞'泼了'，我负全责。我将辞去党支书职务，还自罚货款八万元……"

一些村民冲动了，站起来了，高喊"不会哩！不能亏你一人"等等。

向大培抻出脑壳，一反常态："我负全责，不关郑书记的事！因为我是法人代表。"

母亲听到这些，梦中的那片海已是波澜壮阔，心胸激动不已，情不自禁像海水一样，一波一波打到沙滩上。她想：做好了，没人夸奖，做"泼了"（坏事了），就自罚、自辞，除了郑丰收，别人会干吗……

此时，村委"一班人"围拢在郑丰收身旁，像是为他鸣不平，像是扪心自问该不该处罚。有的为他打抱不平，也附和主流民意，喊出了"不会的""不能辞"等口号；有的心口不一，像是幸灾乐祸……

一时半会儿，这事不会有结果。

村委和村民都期盼用事实说话，有的期待如期送来一个大

"陷饼"，有的巴不得再来一个"大陷阱"，让郑丰收辞职罚款而傻乐、偷着乐。

村民们陆续散会回家了。

郑丰收牵着春秀（母亲）的手，在众目睽睽之下，也回家了！

母亲感觉到了有人眼热她和老公"牵手"，也有人嫉妒，不怀好意讲坏话……

夜晚，他俩虽然说不上是老夫老妻，但实话实说一个是"大姐大"了，一个是"大哥大"了。尽管如此，丰收和春秀像是久别重逢，似有"小别胜新婚"的味道：如互相交谈分别后所见所闻、喜怒哀乐的琐事、烦心事等。尤其是丰收提及新茶叶货款如果不能在约定的三十天内收回，他将请辞和赔钱时，母亲怔了又怔，额角上不禁渗出数滴冷汗。她忍了又忍，忍不住了，就推开窗户说亮话："听你说请辞书记后，当场就有人小声嘀咕，你不是负责，而是撂担子、甩包袱，想去当镇里干部，过清静日子呢！"

郑丰收脸对脸，两眼凝视春秀，很是严肃地反驳："那是污蔑！污蔑！"然后，他又追问："你对此怎么看的？"

春姐叹了口气，坦诚地告诉道："我认为别人说的有道理。为什么？越是困难的时候，越需要有担当的干部，越不能以一辞了之。如果真这样，老百姓还会相信党员吗？党组织还是领导核心吗？不是！什么都不是！而村民的茶叶款收不回来，也是村民的苦难。你不能见难就请辞！虽说你负责赔偿，但村民认为那要等到猴年马月去。因此，你自以为用请辞加自赔来表示自责，村民不领这个情！村民希望的是你要负责到底——直至追回货款。在太平无事的时候请辞，老百姓还会惋惜、诧异，舍不得你！否则，老百姓会认为你不是条好汉，是认怂，怂人……"

"别说了！"丰收像是惭愧啦！他用手反复地摸擦下颌，然后右手握成拳敲打着左手掌心，"我是一条好汉，是一条铁汉子，中国式的村党支书，对老百姓又亲热又负责！为人民服务不能'半截子'，要一辈子。"

春姐高兴了！她好言相劝："你说的，我信！但老百姓信不信呢？上级领导会同意你这时候请辞、自罚、自赔吗？"

郑丰收蓦地从床上翻身起来，下床了，拢上鞋，脑壳上昂，朝她摆了摆手，径直朝另一房间走去。

春秀意识到：这是公然表示要"分手"了！至少也是"分房"而卧了。她下意识到：对丈夫也不能批评多了……

第二天早晨，郑丰收起床了，伸了伸懒腰，吐出了废气，吸入了新鲜空气，怀着好奇和示好的心情，走近他堂客床边，轻言细语地说："昨晚，我想了一晚，认为你的说法是对的！我不能在群众困难时以辞职甩包袱。这次我在沿海听说中国人正在大胆地搞'劳务输出'，开始我不懂'劳务输出'的意思，后打听才晓得：原来是出国打工赚钱!"

春秀很礼貌地翻身起来，附和说："昨晚的事让它过去吧，叫一页书揭过去了。桃姐告诉我，她一个亲戚想让秋菊莫考大学了，出国边打工边读书，划算得多。我是劝秋菊莫出去，小心上当受骗。"

郑丰收听后感到惊奇! 他为她点赞："你劝得对，国外的陷阱更多。你要继续劝桃姐，莫让女儿走小道邪道，要走光明大道!"

她边点头边表态："劝! 我会劝她，不晓得她听不听! 你跟桃姐讲一讲，可能还灵一点!"

"好!"郑丰收也随声表态。他吃了她给他做的好吃又营养的三个荷包蛋加红枣后，用热水漱了口，跟她打了个招呼，便转身去了村部。

第十二章　是圆是碎

（一）

正当郑丰收与堂客春秀（母亲）为"该不该此时宣布辞职"的争论闹成由"牵手"至"分房"的第二天，茶场向大培与场里的管理层也发生了"大冲突"，即该不该及时完成上半年对村上交承包费的问题。管理虽然只有三个人，却有两人反对及时完成村上交，主张用这笔钱搞设备维修，以利扩大再生产。

向大培内心很矛盾，究竟是先场后村，还是先村后场？

那天，他刚刚把货款交给出纳，横在沙发上看场里收入往来的账。一转眼，看见那出纳和副场长兼会计，幽怨和无奈的神情印在她和他的眉梢眼角。"难道兼会计的副场长和出纳的她有合谋？"向大培脑海里闪过这个念头。蓦然，向大培扔下手中的账本，一脸冷笑："嗤，你们要明白谁领导谁！不服从领导，可没有好日子过!"

说完这话,向大培心里想起王快乐,转身朝学校走出去。

今天正逢周六,村学校休假了。他没见到王快乐,心想:王快乐可能是复习去了。

果不其然,王快乐这天确实是关起门在屋里复习,且不止他一人,还有秋菊,一加一大于等于二的复习搭档,你情我愿,双方的父母都不反对,反对也是白搭,开明的父母索性做个顺手人情,且称为"黄金搭档"。因为王快乐擅长语文,秋菊擅长数学,优势互补,互教互长进。再谈物理属性: "男女搭配,干活不累。"

秋菊沉吟了一下,回答王快乐提出的如何使"1+1"大于或等于2。她平和地说:"像我们这样大女大男的,社会上有人讥笑,放下现成的工作不做,却偏要辞职复习参加高考,这岂不是'1-1'等于零,或归零吗?有人还嘲笑我们是自己给自己挖陷阱,然后又自己往陷阱里跳,企图在白日做梦地追'大馅饼'……"

王快乐打断了秋菊的话,突然霸气地问:"你是愿意走上坡路,还是愿意走下坡路?"

"当然愿意走上坡路呗!"秋菊冷静地答,"俗话说,上坡容易,下坡难。"

"那你观察过生活现象吧?凡是走上坡路的人,都要弯着腰,两手向前，似攀爬上山似的；凡是走下坡路的，都是挺着腰，两手向后，像是拖着什么绳子似的。所以说，我们辞职复习参加高考，实际上是在走上坡路，为了将来的过上好日子，就要躬行向上爬。不能挺腰向下滑……"

秋菊叫停了王快乐的演讲，像是很无奈地陈述："像我们大男大女的，父母催婚逼嫁，让我们当父母。可我呢，偏不想过早地当母亲，你呢？"她反问道。

王快乐似蛮有同感地响应："是的哩！我父母早就叫我结婚生子，当父母，还告诉我当父母教孩子的好多诀窍……"

秋菊再次打断快乐的演讲，好奇又觉新鲜地要求："什么诀窍，请说来听听！"

"那要交学费！我才教你！"

秋菊笑嘻嘻地说："你学孔夫子，教学生收三条腊肉？我可不是你的学生，而是你的同事、同志，还是同……"她故意卖了个关子，不肯说出最后一个关键字。

王快乐心里已猜出几分，考虑女孩子的害羞和面子，心领神会地打了收条"同伴"，然后侃侃而谈："语文与数学题……"

正说着，忽然向大培找上门来，咨询王老师紧要事情……

（二）

打发走了向大培，快乐老师十分慨叹地说："唉！我父母催我结婚不成，便改口叫我'剩男'，即剩在家里的男人。我回复他们'剩男'就'剩男'，没有什么了不得的！不过，为了照顾父母的面子，我答应提前做'实习父亲'，请教他们二老教我几招教子女之术。他们先后说了许许多多，概括起来，不外乎这几点：对孩子'四要'：一是要宠爱不要溺爱。宠爱宠坏孩子的，叫负能量的爱，也叫溺爱，这个是绝对不可取的，宠爱孩子多半藏于父母心里，少半表现于外，如问寒问暖，吃穿不少，轻打重骂也不少。二是爱孩子就要让他受劳动之苦，过好劳动关。教育孩子自力更生，胜过第一。说劳动之苦，离不开让孩子常做家务劳动。这点往往有的父母为孩子代劳而贻害孩子终身。什么衣来伸手、饭来张口、钱来出手，面子上是爱，其实是害。三是爱孩子就要让他受挫折之苦，培养孩子越挫越勇的大无畏精神。无数事实证明：适当地让孩子受一些挫折教育，是孩子人生成长的必修课。如果一个孩子在人生成长的路上，只能接受快乐顺境，不能承受挫折逆境的痛苦，问题是很严重很糟糕的！四是爱孩子就是要让他吃读书的苦。少怕读书，老怕看牛。父母再爱孩子，也要有意让他接受承受读书之苦。古人云：少壮不努力，老大徒伤悲。少年青年应主动以读书之苦为乐，为荣，壮年应自觉努力干事业为乐为荣。否则，等待孩子的将是'老大徒伤悲'。古人云：吃得苦中苦，方为人上人。"王快乐停止谈话，大概是渴了，呷了一口水，继续严肃地说教："总而言之，千万要时时刻刻提示孩子，孩子呀孩子，千万不要在小小年纪里选择偷懒安乐，千万不要在该读书长本事的年纪里，放弃学习读书。孔夫子指出：万般皆下品，唯有读书高……"

秋菊笑着打断王快乐的演讲，似乎有更高明更有效的教育孩子成长成才的"经典"。她接住话头郑重地说："王老师，你讲的教孩子'四要'堪称经典。但我有比你更经典的几条：一是宜严不宜宽。从郑家和黄家的实际案例来说，郑书记和母亲对他们的三女一儿教育从严，对郑梓的学习管得更严，稍有不行，重则竹桠子打背和屁股，轻是罚跪或罚站；从不无理性的宽容，从现在阶段性结局来看，儿子考上大学，女儿考上师范学校。这应该说是宜严不宜宽的结果。而黄家一儿五女，只宠爱，没有严管，任其自生自长，从目前的结局来看，儿子娇里娇气，草叶子都不想掐死一片。女儿也是任性自私，不孝父母，甚至与父母作对，凤凤就是典型中的典型，她把她的母亲夏莲说得像恶'佰老子'似的，当父亲的也不出来教育。二是宜苦不宜甜，我还是以郑、黄两家的孩子为例：用事实来说，郑家经济条件比黄家强，吃喝拉撒应该相对好些。但郑家有意教育孩子吃苦在前，享甜在后。如让孩子过好劳动苦、生活苦、穿着苦、读书苦'四关'；相反，黄家父母自己吃苦受累，也不让儿女吃苦受累，让孩子在'甜'水里养大，而今他家的儿女都不愿吃苦受累，见到苦累就偷懒挨干，做事不麻利，初一一下，十五一下，挨干躲懒……"

这时，外面传来喊秋菊的声音。她循声一听，原来是她妈派人来喊她和王快乐老师到她家吃中饭去。她"嗯"了一声，还补充答应："等一会儿就去。"

秋菊趁这一间隙，呷了一口茶，解了口中渴，继续以柔和的目光望着王快乐，麻麻利利地说："三是宜赞扬不宜歧视。我仍以郑、黄两家的事实说话，郑家有母亲这样善良的人，经常为孩子的进步，哪怕是一丁点的进步唱赞歌，也就是来自母亲对儿女的表扬哩。这样一两句平常地点赞，对孩子增强自信心很有益处，很有促进。而黄家不赞也不骂，对孩子的进步退步，像是没看见或没听见似的，任其自生自长。古人云：玉不琢，不成器。人不教，不成才。子不教，父之过。我认为要改为子女不教，父母之过……"

秋菊自己叫停自己的话，起身拉住王快乐的手，向室外指了一下，示意："走，去我家吃饭！"

王老师莞尔一笑："我还没跟你点赞哩……"

（三）

他俩边走边漫谈"教子经"，不，准确地说，他俩谈的"三观"即：世界观、人生观和价值观。快乐听了这番理论联系实际的说教，情不自禁地为她点赞："你讲得真好！真有说服力。我教育学生经常是这么教的，但有的家长不合作，使教育效果甚微。这或已成为一个社会问题。"他脸上流露出担心与焦虑。几分钟后，他把话题又转向郑丰收，深有感触地说："郑书记教育儿女可说是严父。我曾亲眼看见，他为了不让郑梓溺水或戏水，硬是把儿子拖到水塘边，先用竹桠子打，后拖入塘边把儿子的头按进水中淹了一下，呛得郑梓出气不赢，又拉起一下，严厉得很啦！"

"此法有效吗？"秋菊质疑地问。

"有效，蛮有效！据说郑梓再也没打过泡泅了。"快乐似有点惺惺相惜地答，"严厉的教育，可以为学生树立正确的'三观'，助力青少年茁壮成长。"

秋菊不禁产生对郑梓的怜惜之情。她低声自言自语："狠是狠了点。他能不再泅水了，也是自保自救的最好境界。"她再也没搭理王快乐的唠唠叨叨，而是边走边回想起往年她和郑梓就读于县三中初中和高中的校友情谊，不夸张地说，郑梓当年读高中时，确是德、智、体全面发展的"三好学生"，就拿体育说事吧！课余高中部同学组织篮球友谊赛，郑梓凭着身高和球技的出彩，经常获得前来观看球赛的男女同学的喝彩，其中秋菊是喝彩中最突出的一个女生。她不仅为他进球而鼓掌，还大喊："郑梓加油！郑梓加油！"他听到女生的呐喊，往往是一激动，二冲动，三回眸，一望友情生。这一场、二场、三场、四场的，慢慢地，她就

"嵌"在他的心中，而他也"入"了她的心中……

忽然，王快乐猛喊"秋菊——"一声，叫停了她的遐想。让她的思绪重回眼前的议题。王快乐好奇地逗她："刚才，你好像分神了。是不是想起了你心中的那个'最爱'的帅哥？"

秋菊矢口否认："哪里！哪里！？"

且说且走，他俩很快到了女儿湖组。满眼的红白荷花美极啦！他俩的第一感觉是"荷颜悦色"——自然、安然、怡然与清香四溢，顿时远方的帅哥身影退出了她的心神，眼前的美景让她忘了饥饿，不知归途，俯下身子，欲采那摇曳多姿的荷花！当他俩的手刚触及那鲜嫩欲滴的荷花瓣时，突然传来"扑通"一声水响，循声惊望，见到不远处一小船边泛起巨大的浪花，同时还有呼救声……王快乐应声"扑通"跳入湖中，双手推开荷叶荷梗，使出吃奶的劲冲向小船边，一手抓住小船，一手抓住荷梗向浪花中心冲去，冲去！他的手很快抓住了落水人，抹开她脸上的水草，双手将她拖上小船……在岸上的秋菊虽不胜水性，却是一个出彩的救人女指挥官。王快乐已认出落水者正是他们学校的女生，名叫王冬英。人称英儿。秋菊帮她挤出腹中水，口对口进行施救，没几分钟，她苏醒了，恢复了！

一场惊险很快被他俩化解了。

女生看到是王老师救她上岸，又是秋菊进行了人工施救，让她从惊险中胜出啦，自然是不胜感谢。

　　但是，这一事件还没完。王快乐、秋菊心里激起了千重浪，学生防溺水，为什么屡禁不止？是谁之责？

　　此时，围观的人越来越多，七嘴八舌地议论开了……

　　桃姐主任叫王快乐、秋菊，还牵着溺水女生英儿一起去他家吃中饭……

　　这时一首新鲜的歌谣仿佛唱响女儿湖：

<blockquote>

女儿湖呀女儿湖，

人来人往乐悠悠。

一湖荷莲花似海，

湖中鱼儿尽情游。

女儿湖呀女儿湖，

女儿落水有人救。

岸上女神口对口，

救死扶伤真是牛。

</blockquote>

　　王快乐如饥似渴地享用了一顿美餐，谢过桃姐和她老公后，起身欲走之时，却被秋菊拉到隔壁屋里，嘀嘀咕咕地讲了一席话，王快乐听后如雷贯耳，更焦虑了，急躁地低声地问："你的态度呢？"

"我就是不愿出国搞什么'边打工边读书'的鬼把戏。郑梓的母亲也反对！但我的父母却硬想让我去。如果我斗他们不过，你一定要帮我，让我圆梦大学，切不可大学梦碎……"

这时，房门被推开。桃姐和丈夫闯了进来，强把秋菊拖走了，并嚷着让王快乐快回去，别再邀菊儿补习了！

王快乐急忙尴尬地离开了。他默神：秋菊的大学梦是圆还是碎？其中的不确定性增大了多少倍……

第十三章　大抓经济

（一）

郑丰收回到村里后做的第二件事，便是带领村干部对当前的早稻生产、村办企业、村情民意做了一次比较深入的调查和指导。

他们所到之处，耳闻目睹的总印象是：喜忧各半。喜的是早稻已低头散籽，快要成熟，或是丰收在望啦！忧的是村办企业效益不景气。村情民意还是比较稳定，人心思安，人心盼丰产丰收。人心不安的仿佛是反对他"辞职"已然形成共识，其中特别戳脊梁骨的是直指他"郑丰收给老百姓挖了一个大陷阱，也画了一个大馅饼"……

好久好久，让丰收哭笑不得，特受委屈。随着看多了老百姓期待的目光，听多了老百姓善意话语，他破涕为笑！笑自己幼稚！笑自己不负责任！他开始意识到自己的"辞职说"是不是该申明作废了……

　　为此，他回村办的第三件事是邀茶场向大培去镇政府找向日培致谢和感恩。他俩带上好烟好酒，叫郑显开拖拉机接送他俩去办事。

　　当他俩风尘仆仆地赶到镇政府时，约定有变，向日培因急事去县城，他俩分别在电话里与之陈述去沿海某省办事始末，谢人办事意思到了，但谢人家的烟酒没送掉。大培认为没关系，丰收感觉关系大着呢，正在愁眉不展时，刘上秋治调主任来电求援……

　　他俩又风尘仆仆地赶回村里。大培去了场里。丰收没顾上吃饭喝水，便直奔刘上秋所在的乙组，该组史某是一个独子家庭，独子史双，因去县城打工，在途中他骑的自行车与汽车相撞，不幸当场死亡。此时这条省道上堵车闹事水泄不通。作为村书记郑丰收赶上前去，一边协助交警疏散车辆，一边主动做好本村史某和围观人群的工作，疏散人群，疏通交通，可是当事人双方都很急躁，死者家属悲痛欲绝，肇事人强词夺理撇清责任，大有打架斗殴之势。郑丰收和刘上秋耐心劝解，要求当事双方冷静、理性；同时，他俩又要依法维护本村史某的合法权益，能赔5万就争7万，这让史某及村民群众受到感动，认为他俩的胳膊还是往里拐的。因而，史某及其村民被感化，自觉自愿地听从他俩的指挥调停，及时化解了一场重大的群殴事件。通过依法维权，郑丰收不仅疏通了交通，而且还为死者史双父母获得理赔款12.9

万元。

农村工作复杂琐碎，往往是"上头千条线，下头一根针"，很多矛盾都自然而然地落在村一级班子头上。作为支书郑丰收，以他长期的真诚和宽容，耐心细致地做调解工作，及早及小地化解各种矛盾纠纷于萌芽之中。丙组村民张某和张某是亲兄弟，但因田土边界不清发生冲突，两兄弟反目成仇，且影响抢收抢种；治调主任知悉后上门调解三次了，都没有解决。郑丰收得知后，邀上刘上秋，再向"虎山行"，他俩先是讲理讲情，后普法执法，采取各自退让一步的策略，最终有效地化解了两兄弟的矛盾，变仇人为亲人，握手言和。

通过这些治安纠纷的调处，一些组长们意识到党支部是战斗堡垒，书记是火车头，组长是助推手，不管村里有多少难事，老大难的事，"老大"上阵就不难！

有人质疑说不见得。

（二）

一笔新茶叶货款该到了。

可是，对方联系不上。村里老百姓四处叫叫嚷嚷，像"满塘蛤蟆叫，不咬却闹人"。再者因为郑丰收初心以为茶叶货款出问题，他表态一是引咎"辞职"，二是"慢慢赔"或引得群众同情与宽容，反而引火上身，被人唾弃、嘲笑，这真是事与愿违。这个苦向谁诉？

他曾试着向人称母亲的春秀诉苦，被她绵里藏针地驳回；向镇里书记、镇长表忠心诉苦水，被严词驳回；向村民诉苦，被唾弃、嘲笑！因此，他下定决心，"树倒奔一头"，坚决要按时追回茶款。为此，他邀上茶场向大培场长，准备再向"虎山行"。

郑显接到通知要马上送郑丰收、向大培去镇政府。陈秘书在电话里反复叮嘱："马上，马上去！"然而，郑显乱弹琴，一杯酒端起，就只顾喝酒，不顾公务在身。拖延，再拖延已有半小时了。

郑丰收等得不耐烦了。他亲自给郑显打电话，命令似的叫他马上送他俩去镇政府。

郑显嘴巴上答应得干脆："马上，马上去。"不料，一口酒下肚，又将公务忘得干干净净，继续和他的酒朋友"猜拳"："两个你好啊……"

陈秋保对此放心不下，亲自跑到郑显家里，抢了他的酒杯，命令他马上去。在他的现场监督之下，郑显才被迫出车。

郑丰收还没上车，就闻到一股酒气扑鼻而来。他劝郑显说："喝酒莫开车，开车莫喝酒。"向大培也好言相劝。

郑显牛气十足："没事！这点小酒，只占我的酒量百分之一，保证没事！二位领导上车坐好。"他言语清楚且有礼，表面上似乎是没事。

手拖开到镇政府不远处，问题来了：郑显把车开到路边田里去了。幸好没伤着人，却打湿一身。郑、向二位气得脸色铁青，拍洗掉身上的泥水，边骂边捡拾掉在田里的烟酒，马上搭乘摩的到镇政府去了。

郑显翻身爬起来了，自言自语："哎，刚才不是翻车，是洗了个冷水澡……"路边的行人都嗤笑他，他却不当一回事，自取其乐。他对路人说："来！请帮忙把车拖上来，我还要去接我叔叔，他是村里的书记。我开车是他帮忙照顾的，我不能没良心。"

路人被感动了。众人一声吼，手拖乖乖地上路了。其中一个青年女子，帮他特别给力，不仅帮他推车，还帮他刷掉身上的泥水。郑显问她姓名，那女子大方地贴耳告诉……郑显给帮助他的人装烟抽，然后洗掉车上的泥巴，一发动便哒哒地启动了，车好如初。他乐意地笑了："我讲的没事吧。"他立马开车去接丰收和大培了。

话说大培和丰收，此次办事非常顺利，该送的送了，该说的说了，该催的催了。正准备招手打摩的回家时，郑显出现在他俩面前，一边赔不是，一边装烟，请他俩上车。

俗话说，官不打笑脸人。郑丰收和向大培来了个"就汤下面"，一抬腿上了郑显的车。郑显满以为是他俩原谅他了，却不知他俩是因办事非常顺利笑容未收，更不知他俩心里准备解除他的司机手工作……

　　回到村里的郑丰收没有立即解除郑显的工作，而是在精心安排如何让秋菊顺利参加高考。他从王快乐等人那里得知，临近高考三天以内，她父母绝不让她跑出去参加高考，为此，她父母日夜轮守不空岗，不换人。而秋菊复习功课更是一刻也未停歇，夜以继日，电灯关了，就点蜡烛，蜡烛烧尽，就打手电蒙在被窝里看书做试题（模拟的题目），可谓"严守死守"，好心人戏称："这是像守卫公主似的！"不满的人说："这像是看贼似的。"恨她的人讥讽："这像是守犯人！"

　　傍晚，王快乐接到郑丰收来他家共商对策的通知。王、郑加上母亲，经过商定：高考前一天下午，由郑丰收把秋菊父亲叫到村部来，母亲则去秋菊家，把桃姐叫到女儿湖对岸谈生意；王快乐则悄悄地去秋菊家，用郑显的手拖把他俩送到洞庭县一中考场附近，并藏起来。这叫"调虎离山"又把"虎"藏入深山峡谷——大街小巷中。

　　第二天午后，这场好戏如期拉开序幕，各自按分工出演相应的"角色"，一场依法维权与反维权的较量正在进行中：秋菊的爹已被丰收调出并派有两个民兵陪打牌；秋菊的妈也被母亲调离并被夏莲等三个女民兵陪打牌；王快乐带上手拖司机郑显，悄悄靠近秋菊的屋场和大门，在大门边低声叫喊秋菊几声："快出来，你父母已打牌玩去了！"

　　"大门被反锁了！我出不来了。"秋菊焦急地回答，然后出主意，"我从后窗跳窗出来，你俩来接我一下！快！快！王老师。"

"咣——"随着一声响，后门窗户被推开，秋菊轻轻地扒着墙往下"溜——溜下去"，原本认为这是保险的，不料出意外了。就在秋菊落地时，王快乐与郑显失手，让秋菊的脚崴了一下，她忍住剧痛，咬咬牙，跨上手拖箱子，躲进事前加做的篷布架子里，一路向县城狂跑、狂跑，只半小时，他们三人便藏身在一中附近的小旅店里。王快乐和秋菊开始紧张地临阵磨枪——复习……

郑显这回蛮聪明，绕开秋菊家屋场，安全地回洞庭村甲组自己的家里。

晚上，桃姐和老公回到家里，没进门就喊秋菊，喊了几声，没有回应。他俩慌了，恐怕女儿出事，当他俩奔到女儿门前，打开反锁，床铺上下搜遍，不见女儿踪影，只见窗户被推开，他俩押出脑壳往下瞧，却有不少的脚印，且脚印踩脚印，宽的压窄的，长的压短的脚印，一直向外延伸而去。

桃姐老公急了，不知如何是好。张桃秀第一时间想到报警，她跑到刘上秋家报警去，她老公紧随其后当保镖。

刘上秋见状忍不住发笑，郑重地告诉道："别报警，你女儿是郑书记、母亲和我们送她到县里学习三四天，完了马上就会回来，这是大好事！你们报么的警啰！"

桃姐一听是郑书记和支委安排的，抗拒不了，只好服输与服从，她赔笑着说："无论是不是好事，你们应该先和我通报一下，这是合理合情的吧!?"

"怕你不干!"刘上秋直接回复。

"兴许我会干的!"桃姐反驳说。

……

再看秋菊和王快乐在三天的高考中，尤其是秋菊崴了脚，是怎么进去考场的，据他俩回来后，跟桃姐汇报：搭帮王快乐的悉心照顾，背秋菊一截，牵秋菊一程，这样且牵且背地在考场周边来来去去!

桃姐夫妇动容了，一行行热泪掉落下来，由衷地感谢王老师对他女儿的关照……

当问及考试成绩如何时，秋菊和王快乐都只是一笑而过，没作具体的表态，亲戚朋友也理解，没再问了!只是企盼他俩"金榜题名，鲤鱼跃龙门"!

然而，也有人希望王快乐和秋菊考上，目的是为她自己顶替民办教师的岗位。

（三）

功夫不负苦心人。

向大培为了跟沿海某县林老板联系上，费了好多工夫。终于功夫不负苦心人。他联系上了林贵贵，说了几句客套话后，开口催讨茶叶货款。然而，林贵贵岔开问题说："茶叶质量有问题，主要问题是农药残留超标……"

向大培大惊失色，愣了一下，正儿八经地向对方信誓旦旦地表态："不可能啦！我们的鲜茶叶根本就没打农药！搞的生物防治。怎么会有农药残留超标？"

林贵贵反唇相讥说："你有证据？有合法的证据吗？"

"有！天王老子的证据我都可以提供。"

"别吹牛！别撒谎。"

"没吹牛，没撒谎。"

"那好！你马上提供一份县以上的食品药品质监局的检测农药残留的报告，邮快件来！"

"好的！三天内见报告。"

向大培这下表现出了大智慧：他提了一袋刚采的鲜茶，从镇政府镇长那里搞到红头文件，再到县食药监局找到一把手局长签批，再找到检测科技术员一摆，说上几句好话、软话，还许诺请他们吃大餐。

在等结果的时间里，他给郑丰收回电话，汇报这次来县办事十分顺利。请他不要急躁，耐心等他的佳音。

郑丰收听到这条消息，脸色一下平和起来，心情也安稳了。他想：这次，我是有意让大培单独去，看看他的活动能力如何，虽然最终结果没拿到手，至少有一半成功的把握。由此看来，要有计划、有目的培养接班人。陈秘书和刘上秋都是复员军人回乡村。陈秘书的个性特点：有水平，办事能力较强，私心少，老百姓比较欢迎他；刘上秋的性格是办事果断，有军人气概，但他呢性子躁，做过细的工作要加强些，不能急躁。两人都年轻，可以让他俩在村级经济建设上大展拳脚，大显身手，拟作党支书接班人培养……

想谁谁就来到了眼前。陈秋保负责农村土地经营，田土承包政策、法规以及协调处理这类问题。当他向郑丰收汇报农业税费"三提五统"的枝枝叶叶时，郑丰收听后蛮满意，讲了原则性意见，吩咐陈秘书放开手脚，大胆谨慎地办理，不必事事汇报请示！

陈秘书心中热烘烘的，领命去了。

刘上秋又来了。他汇报了三起治安纠纷：一是"争水"；二是村卫生室医患矛盾；三是婆婆和媳妇的纠纷……

郑丰收也照上述经路表态："你是复员军人，年轻人正是做事担当的时候，你大胆慎重地去调处，中、小事情不必都请示汇报。"

刘上秋有些小兴奋。急躁性子已显露出来，没让丰收说完，他忙着表态："谢谢！谢谢书记信任。我将尽力而为和担当，争取少上交矛盾。"他转身而去。

午后，郑丰收迎来他最关注的"茶叶质检报告"。向大培来到村部，把报告复印件展示给郑丰收阅示，还强调说："原件已从县邮局发快件发给林贵贵，不出意外的话明天就能收到报告。"正在细阅报告的丰收，见检测结果是："经检测，未发现农药残留超标。"顿时，他像小青年似的，高兴得跳了起来。

向大培还带着满满的喜悦说："今天中午，我特地点了一盆甲鱼，野生的，雄性的，五斤重，请检测科的人享用。正如有人说的：'桌上有块壳，你吃裙边我吃脚，一切都好说好说！'此话不假，检测报告很快就出炉了！"

"向场长——你是条好汉子。"郑丰收双眼满带佩服和感谢的神采，为他点赞。

"过奖了！是书记领导有方。"向大培伸出大拇指向其致敬！

……

郑丰收、向大培掰着手指数汇款期，此期已进入倒数第三天。他俩在倒数三天、二天时，时聚时散，进入倒数第一天，"天各一方，梦中相聚"。

这天上午，郑丰收独自一人待在办公室，焦急不安地等着海林贵贵的电话，也等着向大培的报信。他们的茶叶款是否如期汇来就在今天揭晓！

时间到了 11 点，电话还没来，来的却是陈秘书。他带来一个坏消息：村里的水费电费没按时交，停电了。而全村正急需电抗旱排渍，有三个组缺电告急，牵涉到一百多亩良田、两百多村民的利益。怎么办？陈秋保建议动用公路建设资金。郑丰收咬了咬牙，发蛮地点头同意："只能挪用这笔钱啦！"他的手向外挥了挥，示意陈秘书去办！

这时，从门外传来粗大而急促的喘气声，瞬间，向大培闯了进来，他脸上缀满了大小汗珠。郑丰收心里明白八九分，茶叶款恐怕打了水漂，由馅饼变成大陷阱了。他强迫自己做出镇静的样子，似早有所料地说："莫急！莫急！或是对方发的货款已在路上哩！"紧接着，郑丰收冷静一笑，打开村广播，坚定地说："我要向全村村民宣布，我不辞职了！一直干到上下都不需要我干为止。今天货款未到账，请村民尤其是茶农的心先稳定下来，我一定帮你们追回茶叶货款，更好地发展茶叶生产加工……"

这时，李童坦诚地出现在郑丰收面前，和气地说："不急！货款迟几天或几十天，都不要急，水缸里不得走瓢的！"他停了几秒钟，加重语气强调："书记申明不辞职了，真好！这下稳定了大家的心，更稳定了茶农的心。大家都拥护你当我们的头头！"

郑丰收赔笑了一下："谢谢，过奖了！"

向大培还待在那里，听了李童和郑丰收这一席对话，心舒展开了，又是赔笑，又是装烟，还讲了一些对茶叶款收回有信心、有底气的话……

这样，他们都放心啦！

远处，母亲和夏莲两姊妹听了广播，却没有轻松，反而更不安；王快乐和秋菊会心地笑了；陈秋保和刘上秋等都边听广播边议论，也都放心啦！

不放心的人还有吗？

第十四章　追债大捷

（一）

时间已进入汇款倒计时的最后一小时。

且看村"两委"会议室，五个村委负责人，再加上茶叶场长向大培，众人的脸色除了显出焦虑，还是焦虑，他们快要憋屈得扛不住了。不！已经憋不住了，爆发了：有人说，建议郑丰收、向大培再上"井冈山"即再去一趟沿海某省某县工商局及贵贵茶叶科技公司，找回货款，当一回有名有实的"债主"；有人建议，从本地工商局开始报案，一直追索到沿海省某县工商部门、公安部门、法院打"官司"去，当一回正儿八经的"原告"；还有的献计，请"打手"黑夜绑人去，将林贵贵绑回洞庭湖来，让他喝"水"还"钱"；还有的自认为是"金点子"，欲重复说，可是没机会了，别人一听就认为太邪乎，不愿听，所以"只有火烧牛皮自转弯"，就此被打住了。

作为"班长"的郑丰收，他也曾浮躁过，但马上被自己"镇"住了；他也曾打过"退堂鼓"或"撂担子"即"辞职"，并由此引发的"辞职批评潮"，他也得到过大家的指教，"越是困难越向前，这就是一个共产党员的气概！"鉴此，他对大家的各种议论，焦虑和后悔情绪，都能理解！他不埋怨任何人。

但对一种情绪不可接受，更不能理解，即搞好了，没人点赞或表扬；搞差了，埋怨、责难、批评的人，比比皆是！这是一种不公道的现象，也是不允许干部在改革中犯错误，他恨这种现象！更恨这种现象有市场、有势力！所以，他要站出来，讲公道话，办公道事，他为向大培讲的第一句公道话是："大培场长大公无私，拒绝对方的利诱或贿赂5000元现金，坚持不懈地追回公款8万元人民币。"他为向大培做的第一件公道事是："从村办企业利润中提取6000元奖给大培场长，名叫公道大奖，为人民服务大奖。"

这一说一做是最佳决策。也是被逼出来的。这激起了村委全体干部的赞扬，但是，也还原了一个大事实。向大培说："这个事是郑书记首先拒绝的。要表扬、要奖励，得先表扬他，先奖励他……"

在场的村"两委"负责人茅塞顿开，一方面赞扬向大培说出了真相、真实和事实。一方面对郑丰收这一说法，一度认为他是

"表扬与自我表扬",究竟该不该对郑丰收也给予 6000 元的奖励,一时没能完全统一。

郑丰收对此,主动站出来坚定地表示:"这是应该做的!我绝不能接受这笔奖金。"

他们正为"接受"与"不接受"讨论热烈时,向大培也抻出脑壳来,坚持说:"如果,大家认为我该得到奖金,那郑书记更该得奖金。这叫'一视同仁',或叫'一碗水端平'。还或叫'公平公正',不然的话,我就向镇党委报告请奖……"

这时,有人叫喊向大培,向大培来了特快电报。邮递员双手把电报递给他,他忐忑不安地当众拆开一看,电文上赫然写道:"茶叶货款壹拾贰万元已汇至农业银行,请收款!""哎呀!"向大培第一个叫喊出来了:"谢天!谢地!"

大家急聚拢来,争看明白后,一齐欢呼雀跃,呐喊:"哎呀!诚信的好朋友……"

此时,郑丰收聚目看时钟,时针正好是准时准分,不差分秒。这回,他还真的怦然心动,激动了一回;他伸开双臂和向大培抱成一团,又叫又蹦,相拥而泣……隐约间,他俩异口同声道:"大馅饼从沿海飞来!飞来!"

鉴此,其他支委也是情不自禁地自发地跟"班长"、场长抱团欢呼胜利!仿佛也在喃喃嚷道:"大馅饼来之不易!大陷阱变成大馅饼,你看巧不巧……"

（二）

村部上演了因"钱"而喜而泣的喜剧后，村妇女主任张桃秀家却上演了因"美女"而愁而闹的悲剧。为什么？

事情还得从高考信息传来说起：从秋菊和王快乐老师参加高考三十五天后，传来口头信息：他俩极有可能双双题名金榜，秋菊可能被南方医学院录取，王快乐可能被南方师范学院录取。因为查分结果所示，他俩的考分分别高出这两所高校录取分数线六十多分。用社会上的谚语来说是"甑坛里摸乌龟——稳捉擒拿"。由于他俩成了准大学生，身价陡然上涨，丢下王快乐暂且不表，独说说秋菊，她原本就是天生丽质，十个小伙见了九个爱，而今又成了准大学生，且是社会上最吃香的专业学院：临床医学专业，还加上女生当医生，更逗男生青睐，因为若是娶这样的女生为妻，就等于娶了个保健医师回家，对其丈夫和丈夫一家人的保健算是找到了一个可依靠的支撑点。谁不喜欢呢？除非是傻子！

可是，年轻人当中傻子毕竟是极少数。大多数都是聪明的小伙。小伙心动了，其父母巴不得猫儿上板壁，一蹴而上。而今，明摆着的就有郑显以及郑显的姨老表兄（即介绍秋菊出外国打工赚大钱的那小伙子），还有王快乐以及郑丰收之子郑梓。这两个小伙子的父母，有的请夏莲做媒，有的请甲组组长马华中提亲，一时间，张桃秀家门槛都跨"骚"了（容易来客多），张桃秀和她老公开始还以为是好事，心中偷着乐，渐渐地随着四小伙子争一个美女，矛盾的突出或激发，他俩犯愁了！愁的是又要听女儿的，又不能全听女儿的，做父母的至少要当一半家，才心甘情愿。问题出来了，他俩一半家都当不了。秋菊脾气傲且倔，反对父母插手她的恋爱和婚姻，更反对别人"狗捉老鼠，多管闲事"。

对此，两个媒人心生两计：一是搞传统的——请算命先生合"八字"；二是搞现代的——《婚姻法》知识抢答赛，胜出者，与秋菊订婚。

张桃秀听后，觉得不是没有道理。她悄悄地与老公商量，结果是"通过"，并希望先选第一方案："合八字"。两个人一起请到王快乐的父亲，他懂阴阳八字，又是开商店的人，会算账。经过他一合一算，他说他的儿子王快乐和秋菊是"天生一对"，很般配，其余的不是火，就是水，水火不融洽，唯有王快乐与秋菊"水火"均衡，相生共生，般配得很。两个媒人中只有一个满意，那就是马华中，他与王快乐关系好，又是王快乐委托的媒人。另一个是夏莲很恼火，明目张胆地表示反对，极力主张选择"法律知识抢答赛"。

桃姐和她老公心里竟然不反对，悄悄地把这一结果告诉女儿秋菊，不料女儿不满意。这样一来，这一方案自然淘汰了。

他们的目光都聚焦在夏莲提出的第二方案上，可是问题又来了，谁出题？谁主持大赛？四个小伙，郑梓明摆着不能到场，他在黄河岸畔某大学读书，另三人可到场。人没到齐，也不能进行啊！如果霸蛮举行，对缺席人不公平。是否可以请人代替？又请谁代替？

桃姐带着这个问题悄悄地跟秋菊商量，秋菊开始是反对，后来她提了一个建议，如果郑梓委托人家，而那人又愿意被委托，即让这个代理人抢答，她表示同意试一试。

夏莲被桃姐叫去，当面面授机宜。

夏莲立马找到母亲，说明了缘由，并请母亲和她一起到村部给北方的儿子打电话，征求儿子郑梓的意见。当母亲跟儿子打电话说明情况时，她和夏莲心里忐忑不安，生怕儿子一口拒绝，甚至还批评大人管多了。

可喜的是，郑梓不但没有批评或指责母亲和小姨，反而还感谢她俩的关爱。至于他来洞庭湖老家村来应答，他谢绝了。但他又给了一个再好不过的回答："那就请秋菊为代理人，代我参加法律知识抢答赛。"

很快地，媒人夏莲把这一表态转告给桃姐和秋菊以及马华中。

桃姐再次悄悄地跟女儿秋菊商量，问她行不行。秋菊的脸上仿佛写着"怕羞"二字，但内心则是由衷地满意。她母亲观其颜，察其行，来了个"就汤下面"地说："菊儿，既然郑梓都请你啦！那你就得给人家一个面子，不然的话，在郑书记、母亲那里都不好意思……"

秋菊没让娘继续说下去，也乖乖地给娘一个面子，答应了这桩"代理人"的事。

可秋菊心里或装着"要胜出了，就要与郑梓试订婚，该有多幸福啊"！她在白日做梦，梦见嫁给郑梓啦！

一天，郑丰收指定陈秘书和刘上秋主持《婚姻法》知识抢答赛，有意者郑显、王快乐、秋菊（代郑梓），还有一个王老板（郑显的姨老表）四个都到齐了。主持人陈秋保宣布比赛规划……主持人刘上秋记分。陈秋保出了"什么叫婚姻法？""婚姻法对男女婚龄有什么规定？"等五道抢答题。

经过面试计分，刘上秋宣布秋菊也就是郑梓胜出。按约定，郑梓将与秋菊试订婚，这个兴不兴？参与者持怀疑心理。

桃姐和她老公等观众耳闻目睹了这场《婚姻法》知识抢答赛，她俩长了法律知识，也见证了女儿的知识水平非凡，或很抢眼，不禁自信加自豪起来，炫耀说："我早就料到我女儿会赢！会赢。不过，代理人并不能完全代理，代理一半就不错了……"

秋菊还是怕羞，制止她娘张桃秀继续说下去，一把拽着娘，由内而外地洋溢着兴奋地离开了赛场。

观众问：这到底兴不兴？作不作数？且听后面分解！

（三）

俗话说，日月如梭，光阴似箭。

一晃时间到了九月，开学季到来了。秋菊和王快乐真的如期待的那样，早就收到了大学录取通知书。这证明当时口头传说的他们高考成绩高出南方医学院、南方师院六十多分的消息，是准确的！因为消息来自县教育局招生办，系官方消息，不是旁门左道。这叫作踏踏实实的事实。

可是，村里有人后悔，为他（她）扼腕叹息：这一对帅哥靓妹，如果早晓得分数高的消息，报考清华、北大都可能录取，可惜啊！张桃秀跟王快乐的老爹说，这叹惜的人们还包括像母亲这样的人。她还说，母亲个性是心窄，怎么变成心大啦？

王老倌回复说："这不奇怪，开始怕考不起，一旦知晓考得好，心里期待目标自然而然地提高了，这叫'矮子爬楼梯，求的是步步高升'。"

一说到母亲，早就撮合着郑丰收出面组织，为秋菊和王老师考上大学举办一场欢送餐会。农村妇女文化不高，不兴讲什么"宴会"，能有这个心意就让王老倌和桃姐激动不已，也让秋菊和王快乐对母亲敬佩不已。尤其是秋菊，心里还在为郑梓当答辩代理人胜出而高兴，悄悄地高兴，表面上人家为她送恭贺，她面若无情，冷若冰霜！实际上，她比任何人都期待能早日出席母亲和郑书记举办的饯行餐会……

秋菊心想事成。而今，欢送她读大学的餐会，不但马上举行，而且还由家餐会升格为村党支部欢送宴会。为什么？因为在20世纪80年代，一个村同时出两个大学生，那是大喜事，可载入村史大事记。不说是大学生，就连读了高中或中专的都蛮吃香，能找到好工作，或当国家干部，或当兵入伍都提拔当军官哩！正好，王长福的儿子王平从县一中毕业并在校参军体检合格的消息传来了。王平和王长福也应邀参加了欢送会。

中午，全体村干部和秋菊、王快乐、王平都齐聚郑丰收和母亲家，母亲掌锅铲，主管烹饪，调出人生百味百态。郑丰收和其他村干部像是办婚庆喜事似的，心里热乎乎的，脸上笑盈盈的，杀鸡、破鱼、拣洗菜，忙得不亦乐乎。秋菊、王快乐也忙在其中，乐在其中，像是半个主人似的，帮助调摆出力……

开饭前，他们谈论最多的话题是儿女情愫吗？错！而是家国情怀。母亲边弄饭边听，没机会发言。郑丰收唱主角，他满含深情地说："今天，我们村党支部为秋菊、王快乐读大学，王平参军入伍举行的村宴，我们多么希望你们好好读书，学习成才，更希望你们学成归来，报答父老乡亲，建设新农村……"他略停了一下，像是欲言又止。大家见状，都鼓励他敞开说，不必顾虑那么多。因此，他铆足了勇气说："我儿子大学毕业后，我和他娘都希望他回本省本县工作。我认为，在外边当个县委书记，不如在本县当个乡镇党委书记……"

一阵热烈的掌声，压倒了郑丰收的精彩讲话！听者无不认为，他说的是大道理——爱家就是爱国，爱父老乡亲就是爱中国人民。他更是说得大实话，朴素地回答了大学生从哪里来到哪里去，为什么？干什么？当兵入伍，保家卫国，更光荣。

其他的支委也都对他们提出了希望和祝福！

母亲不善言辞，第一次以酒敬两位大学生和一名解放军，就说了一句话："不论官大官小，都要为老百姓着想。为家乡的老百姓做点好事，实在事，幸福事。"

秋菊、王快乐和王平举杯共敬郑书记、母亲和全体村干部，信誓旦旦地说了些话，表了些态。

日后兑不兑得现？村干部和乡亲们拭目以待！

第十五章 秋愁丰收

（一）

十月份，正当村民们忙着收割晚稻，捡油茶籽，挖红薯的时候，村党支部一班人感到"村风变了"。他们一人一句，像是演"四句半"小品似的，说开了："稻谷遍田金黄，山上茶籽装满筐，地里红薯堆成山，收谷捡籽挖红薯，真忙——"

"哎呀！我的天，丰收啦！"张桃秀主任见人就这么炫耀、炫富："人家接村干部喝丰收酒，硬是喝不赢哩……"这一席话，她今天不知说了多少次了。可这次是在下午时候，在村部见到郑丰收和陈秋保秘书时说的。

郑丰收因为有同感，没让她说完，就岔断她的话题，继续喜中带忧地说："这个丰收呀，把社情民意都改变了。我们是要开会研究一下，对村民群众的这一吃请，如何应对？"

陈秘书、张主任一齐同声赞成。

两天后，村部召开党支委会。郑丰收主持，他开门见山地对支委们说："今年，我们村获得农业大丰收，全靠党的政策好，也靠村民群众勤劳，当然也靠党支部起带头作用，模范作用分不开。群众丰收了，首先，他们没有忘记交公粮，交爱国粮，各家各户呢，强壮劳力都肩挑或推车，挑的推的都是交公粮，交爱国粮。人如潮，谷如山，丰收的歌儿唱不完，非常热闹，特别喜气！这场景千言万语也说不完……乡亲们也没有忘记我们，可能各位都有被村民接去喝丰收酒的情况吧？"他听到其他支委一齐回答声："有！确实还蛮多。"他接着说："面对老百姓的盛情，我们是去还是不去？去吧，怕增加他们的负担，不去吧，又怕得罪人。这是一个'两难'的选择。今天，大家讨论一下，充分发表意见，好不好？"

"……"

怎么不好？大家说了许多，归纳起来就三个字："适当去"。何谓"适当去"？他们共同的约定是：能推则推，硬是推三阻四还推不掉的，则去。去了，吃了，喝了，不乱表态，不白吃，给几块钱的酒钱……

他们达成了共识，书记拍板决定，分头执行。

老百姓真可爱。家里杀年猪，收媳妇嫁女的，起新屋的，都要来请书记或村干部去喝酒，如果不去，还真会搞"得罪"。

郑丰收的酒局，就是人称"母亲"的给他接"单子"、排"单子"。有一天，几个人都来请他，他又没有分身术，母亲就建议让其他村干部去代替，可东家不干，非得要请郑丰收到家。鉴于这种情况，郑丰收采取一部分派人代替，一部分采取"蜻蜓点水"似的，到东家吃坐十多分钟，再到西家吃坐十多分钟，以满群众的意。

一月后，郑丰收把支委召拢来，进行一次"回头看"，看在"请吃"活动中，决定执行得怎么样。综合四个支委的发言，执行得比较好。个别的户没收酒钱，郑丰收认为也正常，也就睁一只眼闭一只眼过去了。但他强调："不要逗得人家讨嫌！村干部要有尊严……"

会上，上秋和秋保提出一个最新建议：年底搞一次村文艺汇演，打一场村篮球赛。他们美其名曰：吃文化，玩文化，靠文化发财致富。

对此，郑丰收表态同意，并明确陈秋保、刘上秋两名复员军人负责。李童副书记却不同意，他认为会耽搁农事季节……

对于李童的突然"变卦"，郑丰收感到意外。会后，他听陈秘书告诉："是因为没有明确他负责。这事是个出风头的事，而李童最爱的就是这一环！"陈秘书有点胆怯，生怕人家说他告"阴状"。

郑丰收严肃地回答："反对无效！少数服从多数。你们两人要抓紧抓好，让群众享受文化娱乐。"

陈秋保自信地承诺："保证完成任务。"他还炫耀说："我在部队是营里的文体员。我已作好一副对联：昔日，西风冷雨防秋愁；今朝，搭台唱戏庆丰收！横批：党的政策好！"

"好！不要等了。现在写好后贴在村部。"郑丰收命令似的安排他，同时，用赞颂的口气夸奖，"你是最牛的！"

"……"

当天，这副对联庄重地贴在村部门楣左右上三方，来村的人，无不驻足观看，或自言自语念叨，或自编成快板词像演竹快板一样，边念边手舞足蹈起来。一时间，这副对联成了村民口中的"热辞"，他们内心期待着年底的文化大餐。尤其引人费解的是一个残疾人，居然肩挑两箩筐稻谷来到村部，说听都有语言障碍的他，只好拿扁担在地上"指手画脚"，可是，村干部还是搞不懂他的意思。他，见领导不懂他的意思，脸急红了，声音变嘶哑了。与他随行的小青年帮腔说："我爹叫曾富友，是个聋哑人。他今年丰收了。他说要送 100 斤谷给村里，作为搭台唱戏的赞助……"

接待他的村干部是桃姐，听了很受感动，不禁热泪盈眶，她谢绝说："老曾啊！这可不能收，你是残疾人，村里本应援助你，不应该收你的赞助。"

曾富友又指指画画，随行的小青年继续帮腔说："他有高血压、心脏病，你们不收，他的血压会陡升，心脏会加快跳……"

桃姐对老曾拱手行礼，微笑着求他："老曾，你的心意领了。谷不能收，你一定要挑回去。"说罢，她跑进她在村部的办公室，拿了两包"德山"牌的香烟，一人塞给一包，并请随行小青年代老曾挑回去。

随行人收了香烟，他拉起扁担，挑起那担谷，拽着曾富友转身送他回去了。旁边看热闹的人，告诉桃姐那小青年叫曾刚，是曾老倌的儿子。

桃姐长吁一口气，如释重负，伸了伸懒腰，转身去家里。她走了一截，改主意了。她听说马华中组里有人买了 14 寸的电视机，还有人买了音响，何不去动员这些有音乐细胞的人，开始自编自练节目，准备年底上台演出。她边想边走，一会儿到了甲组，果然看见有人在看电视，黑白的；有人在学唱音响里放的好听的歌曲，比如好听的刘海砍樵戏曲……

她上前进行了热情的鼓励与表彰。她说："村党支部大力支持村民群众自发的自演自编自导各种形式的文艺节目。形式不拘一格，内容要求阳光、进步、革命的文艺节目。"

……

一月后的一天上午，阳光普照人身暖，村民人人收获忙。

当天，轮到张桃秀值班。桃姐按要求来到村部刚坐下，可巧的是，她接待的第一人，不是达官显贵，也不是帅哥，而是那个残疾人曾富友。他今天带了一袋猪肉，在地上用手比比画画，刚儿翻译说："他今天杀了年猪，给村里赠送小半边鲜肉，请村干部和演员享用。"

桃姐边微笑边自嘲地说："我的运气怎么这样好，今天又碰到残疾人送猪肉，上次是送的一担稻谷。我们说什么也不能收！"

曾富友不依不饶，但语塞，只晓得继续在地上指指画画。

随行的刚儿，无奈又做了一番苦口婆心的解释。

桃姐铁了心了，拒收！

可巧的是，陈秘书、刘上秋来了。他俩一听二看，明白缘由之后，也苦口婆心地跟曾富友和随行人员刚儿做了一番工作，好不容易把他俩打发走哩！等曾富友转身后，刘上秋追上去，一人送了一包烟，烟是什么牌子的？桃姐没看清白，估计不贵，和普白沙的差不多。

此时，桃姐向他俩行拱手礼："谢谢！"

（二）

早晨，阳光洒满了大地，气温降了，气候宜人，人身沐浴阳光，欣欣向荣，企盼着心想事成！

此时，在村部前往村小学的路上行走着两个男青年，一个叫陈秋保，一个叫刘上秋，他们一面走，一面交谈着一两句简单的话儿。忽然，陈秋保性急地叫喊："完了，完了，忘了给李芳老师带的礼物！看来我得马上回村部去拿，你稍等我一下！"说罢，他转回身，心急火燎地奔向村部。

刘上秋只是"嗯"了一声，原地蹲下等他，他顺手拿了一根干竹枝子，在地上划了一行字"打转身，出师不利"。他心里想着如何克服不利。

没过三五分钟，秋保拎上礼物，走到了上秋跟前。他俩接着向村小学校直奔而去。

李芳，年轻女教师。师范毕业生，正青春韶华。她的降临给村小增添了几分光彩，也给村小增加一个才女，重要的是给郑丰收、母亲减少了欲当民办教师的夏莲之女凤凤错怪人的理由。说得更直白一点：如果不是教育局和镇联校空降老师，而是从本村选定民办教师，就非选凤凤不可。不然的话，母亲或被硬生生地"气死"，郑丰收或被硬生生地"骂死"。然而，这些可怕的结局都未曾发生，实在是值得庆幸啊！

难道说，今天陈、刘二人是为此去感谢李芳？不是！绝对不是！听听，他俩此时正与李芳在教室进行和谐的交谈哩！

"李芳老师，您好！"秋保和颜悦色地说，"我们今天是代表党支部一班人来看您、慰问您，并和您商定年底村文艺汇演和篮球赛的事，还要请您大力支持参与啊！"

"李老师，这是陈秘书。"刘上秋看着她的脸，眼神互相照应了一下，接着说，"我是叫刘上秋，也是村支委、治调主任，刚才，陈秘书说了我们的来意。我具体建议一下，村文艺晚会，你们学校要唱主角，如儿童合唱、独唱、小品等，出的节目越多越好，村小球场要修补一下，您看是我们搞还是你们负责？"

……

他们三人过细地商量后确定：村文艺汇演以村小为主准备节目。村小球场以村党支部为主负责修复，资金也由村里出。

临别时，李芳笑容可掬地问："你们开口闭口都说'您'，不说'你'，是跟谁学的？还是盼我老了？"

"李老师，这是因为我们尊重您，我们在北京、哈尔滨当过兵，学的北京话或东北话，你不老，蛮年轻，且漂亮……"秋保一脸笑得稀稀烂烂，"稀"是希望她支持，"烂"是灿烂的阳光，照得人心暖呢！

上秋一度语塞。但马上也来劲了，他俏皮地说："刚才，给你带的小礼物——茶叶、藕粉、干鱼都是村企业的土特产，你别嫌弃啊，趁新鲜吃。"

听得出他立马改口了，改"您"为"你"，李芳对他产生了好感！她又瞅了他一眼，眼光是否有情？概莫能知。因为，她又瞅了秋保一眼，此眼和彼眼是否不同？在操场上的老师和学生们不觉奇怪，但陈、刘、李三人，各自在兹念兹，内心留下了美好的记忆！

经过几个月的紧锣密鼓、忙里偷闲的筹备，一场全民老少参加的新年元旦文艺汇演终于拉开帷幕，其中王快乐、秋菊、郑梓、李芳等特引人注目。

首场，村民篮球友谊赛。甲队队长郑梓，副队长王快乐。他俩曾在村教书时，就敢于挑战邻乡镇中学并与之开展篮球赛。乙队队长邻乡镇洋湖中学队长余爱华，副队长马大勇，他俩曾和省市篮球运动员同场竞技，一比优劣。

这场篮球赛有什么看点？县镇记者是这样说的：村办篮球赛是好事，是群众性体育活动的重要形式，它的主要特点是："两多、两好"。观众多：据统计有邻近四乡镇十六个村的观众来此观摩，人数约一千人；助兴多：有许多人送矿泉水、送热茶给运动员，论年龄大的有八十多岁的老婆婆，小的有七八岁的小学生，还有那残疾人曾富友背了一包红薯来送给运动员，运动员没人理他，他又找，七找八找找到张桃秀，桃姐见状，不理不行，理了接待了他的盛情，但不肯接收他的红薯，桃姐先请富友随行的儿子，帮忙说服他爹，他儿子解释道："我爹爹今年搭帮党支部，丰收了，一送谷，二送肉，三送红薯，如果红薯都不收，他会发气（生气）……"

记者概括的两好：即文化氛围好，玩的是文化篮球；团结气氛好，甲乙两队球风好，友谊深，比赛时是对手，比赛完了是朋友。村队获第一名，洋中第二名。可喜的是洋中与村队亲如兄弟，老二请老大的客。

有人说：乐极生悲。球赛结束时，全场轰动如潮，人声鼎沸，好一派热闹快乐景象。不料，曾富友一乐，发病了，倒地口吐白沫，晕过去了。

桃姐急得不知所措，秋保、上秋怕出大事，急得汗流不止，头发都在滴水，慌忙建议书记取消文艺汇演。这时，郑丰收毫不犹豫，郑重地指示："桃姐和李童送曾残疾上县里就医，文艺演出照常举行。"对此，有人吟诗一首：

残疾三送表忠心，

大病一发险丧命。

书记指示送县医，

但愿富友得重生。

危难之中，党支部发挥了战斗堡垒作用，支部书记起到了抵砥中流的担当。一切重归如初，该演出的演出，该送医的送医，人们又回到了新年元旦文化大餐的欢乐之中。

主持人李芳真的当主角，她宣布第一个节目：儿童大合唱《谁不说俺家乡好》，几分钟之后，只听得掌声雷动，欢呼阵阵；她宣布第二个节目：《我和家乡有个约定》，表演者郑梓、秋菊、慧慧、王快乐，郑梓演唱，其他三人舞伴歌。四人悉数登场。所有观众没有鼓掌，而且双目聚焦他们，看其"形"，听其"音"，观其"神"，不少的观众情不自禁地赞叹："他们的外形，堪称帅哥美女。"母亲坐在第三排，看她的儿子，也看她未来的儿媳妇，油然而赞："儿不嫌母丑，母丑儿子帅。"母亲心中继续为儿子点赞："他这次回家后，特地去看了彭书记，感恩之心更'帅'。"

其实，母亲用不着贬低自己，因为她长得美，村民是公认的，至于她的儿子长得帅，又有大学文化，那时的大学生特别吃香，背后跟着追的美女可有的是，更是村民公认且引以为自豪的。

这时，郑梓开腔了："乡亲们，大家晚上好！今天由我演唱的《我和家乡有个约定》，是《我和草原有个约定》的原词原曲，但其中的'草原'我改成了'家乡'，以示对'家乡'的怀念，不是盗版，特别说明一下。"然后，他向乡亲们深深地鞠了一躬，另两女一男摆出了舞姿，只等他一开唱，舞伴歌立马舞起来。他开唱了：

　　　　总想看看你的笑脸，总想听听你的声音。

　　　　总想住住你的毡房，总想带带你的酒樽。

　　　　我和家乡有个约定，相约在寻找共同的根。

　　　　如今踏上了回乡的路，走进阳光迎来春。

　　　　看到你笑脸如此纯真，听到你声音如此动人。

　　　　住在你毡房如此温暖，尝到你奶酒如此甘醇。

我和家乡有个约定，相约在祭拜心中的神。

如今万进回家的门，忍不住热泪激荡我心。

我曾在远方把你眺望，我曾在梦乡把你亲近。

我曾在默默为你祈祷，我曾深深为你牵魂。

我和家乡有个约定，相约诉说思念的情。

如今依偎在家乡的怀抱，就让这约定凝成永恒。

……

哎呀！观众们报以经久不息的掌声。能歌善舞的帅哥美女，恰似春风吹得众人醉！

李芳站出来，双手示意压下欢呼、呐喊声，可是无效，她再次力压双手，高声说："下个节目诗朗诵，题目是《中华儿女多奇志》，领诵人陈秋保、刘上秋。"说到这里，台下恢复安静。观众们对这一首毛泽东主席诗格外熟悉，没有注意听诗句，而是关注陈秋保等十八个青年民兵的表演，似气吞山河，臂如铁，拳如磐，虎狼之师震撼河山……为其叫好声，也像一浪高过一浪，后浪胜过前浪。

李芳在掌声中报道："下一个节目快板《企业家表演三句半》。"郑河海人称老干部，砖场场长，还有茶场场长向大培，渔场场长王长福，湘莲场场长刘长保，这四位场长，大多数观众都认识，他们说除了郑河海年纪大，其余的都是年轻人，朝气蓬勃。他们边说边打竹快板，忽闻：

> 砖瓦场长做金砖，茶叶场长做砖茶，
> 渔场场长跳龙门，我是小湘莲。
> 金砖销路远又长，茶叶飘香到海洋，
> 鲫鲤鲢鳙味好鲜，幸福又吉祥。
> ……

又是一阵呐喊声好生了得，有人问母亲好不好看。母亲笑答："好看！蛮好看！"又一老媪跟母亲搭腔："咯几个是人才。"母亲又笑答："扁担下面压住好多状元郎……"

这时，只听得李芳再次用她有点嘶哑的语调叫停观众的热评声："请听更加好听的男女大合唱《二十年后再相会》。"观众们见台上有三十多人，男女老少，活力四射。嘹亮的歌声随着李芳的指挥响起：

> 来不及等待，来不及沉醉，
> 噢来不及沉醉……

观众们一边听歌，一边默默想：时光如电，逝者如斯夫，爱的恨的转眼都变淡，人生苦短真情永不变，谁又能逃出痴心想念。风霜长伴悲欢挑在肩，想的盼的不能都如愿。你情我愿如一场春宴，我不管哪天说散就散。再过二十年，再过二十年，看看我说的实没实现？把你记在心间，记在心间，给我千金也不换。再过二十年，我还是这样一往无前。

以上之歌是唯一能让郑梓、秋菊、慧慧、王快乐如此兴奋的歌，简直都快要跳舞了！至于观众，也是如此澎湃，如此兴奋，真有那流连忘返之感……

新年元旦晚会，徐徐落幕啦！

（三）

新年元旦文艺晚会落幕了。广大村民对晚会的关注却没有落幕，好像关注度正趋向广度和深度以及更有情感度。于是乎，他们期待一年一次或两年一次，对那二十年再相会，确实感到太遥远，"来不及等待，来不及沉醉，噢，来不及沉醉……"

有人问甲组组长马华中对元旦文艺晚会有何期待。一年一次最好，不过那搞不赢；两年一次比较好，那也是不可能的。有人问与母亲搭腔的那位老媪，她说：手里要有粮，身上要有钱，才搞得起来，看戏的人就多。关于"戏"，农村里有些人习惯把唱歌、诗朗诵、小品、地花鼓等，统称为"戏"，这和国学中的"戏"，概念不一样。这就是洞庭县的地方语言特色。还有人也表示出不满足，如时间短了，节目水平高、形式不丰富，没有唱地花鼓戏，如"清早起""采茶"……

总之，说好的、点赞的占大多数，说不满足的，唱衰的，卖"别淡"的也有。

这一现象就叫社会现象。一个三千多人的行政村，搞一场元旦文艺晚会，牵动了邻近几个乡镇的三四千人，这不是奇迹，像是美国好莱坞的"中国人足迹"，永不磨灭！

郑丰收、李童没有公开露面，在默默地做安保工作，老百姓无不为之点赞！更不会忘记是郑丰收的担当，使得晚会如期举行，还使得残疾人曾富友捡回来一条命，为什么？因为，当时有不少人劝说"放弃治疗"，有担当精神的郑丰收，反对"放弃"，当即果断指示："送县医。"经抢救治疗，曾富友已脱离危险期……

有人正问及那天来了记者，为什么没见报道？一个肩挎绿色邮包的乡邮员满脸喜气地走近在村部上班的郑丰收身边，恭贺说："郑书记，贵村上了《湖南日报》头版，您的喜事啊……"

郑丰收欣喜地接过《湖南日报》一看："啊！真是的！"他情不自禁地说："题目是《西洞庭湖畔盛开的鲜花》，小标题《记洞庭县洞庭村新年元旦晚会》。"他愣了一下，称赞道，"县镇记者真牛！乡亲们更牛！"

这时，在村部的人，早已聚集在他的周围，分享这幸福颂歌！

有人接过报纸念道："一首《二十年后再相会》，一首《我和家乡有个约定》，优美抒情，百听不厌……"

其实，热心的村民们还早就关注到了唱这两首歌的帅哥美女，表面上，郑梓与秋菊、慧慧相好，但王快乐与秋菊更好，那不成了"三角恋爱"吗？或许是的！因为夏莲、桃姐、凤凤、马华中等都看见秋菊、慧慧在郑梓家过年并吃年夜饭，葡萄美酒夜光杯，相敬如宾又胜宾客。那种亲热劲儿不亚于热恋中人。

再看，王快乐又到秋菊家吃年饭、守岁，还给秋菊的父母送红包，至于包了多少钱，一时搞不清楚，也没必要搞清楚。秋菊又在正月初二到王快乐家，两人同时给王快乐父母亲拜年，喊得是亲热尚达，仿佛新婚小两口热络不差多少。难道说，秋菊脚踩"两条船"？也不得而知！也不能这么说青年人。由此及彼，难道郑梓"一双手抓两条鱼"？他与秋菊和慧慧妹妹仿佛都相知相爱？郑梓的父亲没把这事当一回事，看之任之，以为是同乡与同学的关系。郑梓的母亲心窄，生怕儿子今后耽误别人家的女儿，那就是叫缺德。所以，在春节后离别时，母亲把儿子叫到一边，叮嘱道："双手只能抓一条鱼，不可双手抓两条鱼。谈爱找对象，也是同样的道理，要早点明确关系，不要哄骗别人家的女儿……"

郑梓孝顺母亲，唯命是听，有理则从。他跟母亲点头表态："妮娘，您放心，这个婚姻大事不是小儿游戏，不骗人家，就是不骗自己。最近几年，将会娶妻回家，肯定只娶其中一个，绝不会娶两个的！"他傻笑着还在说……

慧慧和秋菊年纪不相上下，她与郑梓是中学校友，一个读初中，一个读高中，在打篮球时，男女学生打球与看球时认识的……他曾对她写信："人生自是有情痴，此恨不关风与月。"而今，春节之后都要读书去了。他与她分别时，吟诗道："直须看尽洛城花，始共春风容易别。"

可巧的是，王快乐与秋菊分别时，也是引用了欧阳修这道《玉楼春》，赠予对方："离歌且莫翻新阕，一曲能教肠寸结……"

更巧的是，他们四人临别时，异口同声念的诗词是："尊前拟把归期说，未语春容先惨咽。"看来，女子最易动情，这里的春容指的就是美女，早早地喉咙哽咽，难舍难分！而男生，只是有礼貌地把归期说与心中的情人，没有像女生那样欲哭有泪，泪往心里流……

郑梓凝望他们，诙谐地吟诵："汽笛一声肠已断，从此天涯孤旅。"

王快乐其乐融融地补充道："这是毛主席的好诗！同感！同感。"说罢，各自挥手告别，各奔东西南北！

第十六章　破旧立新

（一）

　　僻静的村子里，热闹了一晌。在这热闹的背后，问题来了，首先从郑丰收说起，春秀（母亲）看到他经常在老百姓家喝酒，回到家里就醉醺醺的，他几天都是蔫的，有时还呕吐一地，像是母猪下崽似的——满地都是……

　　春姐心想，一次两次也就算了。次数多了伤身体，又伤百姓的财富，还污染家里空气。她不忍了，决心摸摸这"老虎"的屁股，她等他精力恢复时，轻言细语地劝道："你喝酒，我不反对，但喝醉了，伤身体，浪费人家的钱，还污染家庭，我反对！真的反对！我劝你不要喝那么多，去的人家有的可推辞掉，有的是有事找你帮忙，俗话说，吃人嘴软……"

　　郑丰收望了望她，原本想发脾气的，但看到她态度是善意的，语调是和气的，说得也是对的，凭什么发脾气？他自然把脾气压制下去了。只是以"嗯嗯"几声，应付她一下，得嘞！

再看李童在外的表现：他听到有人请他喝酒，一根丝线都带得动，满口答应，从不推辞的，他堂客讲，他有蹭饭吃的习惯，到别人家喝酒，酒是别人的，他放肆喝，喝得脖子上暴青筋，走路打跪，回到家倒床就呕吐，他堂客姓谢，人称谢姐，她是蛮不情愿搞卫生，时不时数落他几句："你像猪，吃了就吐，不晓得少吃点……"

李童不服气，反抗道："你是猪，不吃白不吃，吃了还想吃。这叫和群众打成一片！"他略有所忆，停了片刻又自愧地说："哎！人家请吃是有问题想找我帮忙，我当不得家，就往郑那里推，叫他们找郑去。"他又停了停，最终鼓足勇气说："这样还是蛮尴尬的！吃人家的又不能给人家办事。"

最后说说桃姐的情况：她老公对她经常不回家做饭早有意见，几次发牢骚要请一个女的来家里做饭，桃姐板起脸狠狠地骂了老公几回，打压下去了。桃姐对此心知肚明，装作糊涂。她，在别人家吃饭时不吃酒的，只是以茶代酒。这应该没问题呀？但是，问题就出在她最近学会了打牌兴小钱的，所以"三缺一"时，就有人邀她，她在这个牌上也是一根丝线都带得动，一打就是一天。她也晓得这不行，对老公不住，可就是上了瘾，改不了！她学乖了，时不时在老公面前服软，撒娇，逗老公开心，放她一马……

在日常生活中，郑丰收不断地听到老百姓的议论：什么适度参加，看来是一个糊涂概念，不好掌握，也不能继续下去了。对此，他下定决心，他心里已做了自我批评，决定改变这个说法，改为"原则上不参加，个别问题个别对待"。他主持召开支委会，他公开做了自我批评："所谓适度参加是错的，特此更正，现在吃喝风，打牌风，赈酒风，我当'班长'的，没带好头，从今以后，我改！我带头改正错误，希望班子成员都要改，绝不要再继续下去了……"

真好啊！因为郑丰收"见喝酒有收敛，他不打牌，也不赈酒"的决定，虽然没有上级党委政府的"尚方宝剑"，但是有自发的坚强的"老婆基础"，所以，一令即出，四方响应，扎扎实实地做到了拒请吃，拒打牌，拒赈酒（红白喜事外，三、六、九生日和搬家酒这类庸俗赈酒）。为了让群众自觉遵守，他决定交给群众讨论，修改，一直到形成共识，叫"村规民约"。

这个"村规民约"事实证明带来了"三大变化"。一是夫妻关系和谐了；二是干群关系纯真了；三是集中精力搞生产的劲头由表及里，由内而外地发挥出来了！这个是陈秘书、刘上秋给湖南日报投稿并被采用的报道。上级党委政府领导看到此报道后，无不为之点赞！新来的镇党张书记又来村里，对村办企业检查了一遍，再对社情民意了解了一下，都是给的"优秀"评语。

张书记等真满意了，中午，他又来母亲家分享味美饭香的菜饭啦！

（二）

村党支部刹"三风"的决定执行一晌以后，说好说坏的都有，不瞒读者，说坏的或还多了很多。怎么办？面对又一阵"满塘蛤蟆叫，它不咬人但闹人"，它影响支部一班人的关注力，影响心情，如：拒吃请，是摆"官"架子，脱离老百姓；禁打牌赌博，是小题大做，图表现，往上爬；禁乱赈酒，是"冷血动物"，不近人情等。

虽然镇党委支持，也上了《湖南日报》，但是"远水不解近渴"。郑丰收在"十字路口"徘徊，是向东还是向西、是进还是退的关键时刻，他想起了"有时真理掌握在少数人手里"的名人名言，他下决心："向东"和"进"！

具体"向东"和"进"的策略有吗？经过走访老百姓，上求援镇党委，良策来了，正是县送文化、送医药、送科技"三下乡"的热潮时，镇党委把村列入镇优先"三下乡"村。良策虽好，也要配上良法。郑丰收和班子成员研讨这个问题时，找到了"三送"第一对象：残疾人曾富友。

而此时的曾富友，从县医院治疗回家后正处于缺药无医的状况，需要帮助却无助，无助也无奈。他儿子曾刚也做了努力，一是想求人搭便车去县医院为父拿药，无门；二是电话接医生来家复诊，无望；三是有人怂恿他把父亲抬到村部去闹，他觉得没良心，也不是良法，断然拒绝了；四是下决定靠自己的两条腿徒步去县医院求诊买药。当他哭丧着脸，眼泪止不住往下掉地走了一截又一截时，巧遇郑丰收、桃姐带着一群人，正和他迎面相遇，桃姐跟曾刚打听后，晓得原来是这样的情况，她立马告诉道："刚儿，不急！县医送药下乡村，正好第一个去你家呢，快打转身，带路回去。"

曾刚乍一听，不相信。他求证地问："我刚才是听错了吧！你们第一个去我家送药？"

桃姐、郑丰收异口同声答："是的！刚儿，你走前头带路！"桃姐向县里的医务人员介绍这刚儿就是残疾人曾富友的儿子。他妈妈也是残疾人——腿脚残疾，不能行走。他父母都是残疾，生养一个儿子，却是健康、健全人。医生们一个二个漫议，这是可能的。这不奇怪哩！相反，健康、健全的爹妈，却有生养残疾儿女的……所以说，不能歧视残疾人。

曾富友和老婆在家，一个是一副哭皮脸，可怜巴巴，一个是一副无奈样，无助可怜，但他俩都盼望刚儿早点回来，送药吃药，不然的话，恐怕又闹第二次脑中风，造成不可逆的瘫痪……

时来运转。无助的残疾人却盼来了"大助"。县医生们真的送药上门。一个主治医师正好是曾富友住院时的主治医生，对他的病史记忆犹新，一听诊一问诊，立马给他开出了药，拿来了药，几个医生叮嘱他按时按剂量吃药，并宽慰地说："不急！很快就会好的！"

病人最信医生的话，曾富友虽听不清楚，但经曾刚的手语翻译之后，顿时云开雾散，见到了阳光，破涕为笑。他用棍子在地上画表示感谢感恩！

刚儿看得懂，解释说："感谢！感谢你们送来了'及时雨'，解了残疾人忧，暖了残疾人心。感恩，感恩党和政府！"

郑丰收、桃姐回谢了。

他俩把刚儿拉到一边，小声问："刚儿，你想不想当村里的拖拉机手？"

"什么？"刚儿被蒙住了，不禁确认道，"想不想当拖拉机手？"

"是的！"桃姐肯定地回答。

"想！非常想！"刚儿一脸喜欢，得意地说，"如果让我学开拖拉机，我保证听领导的话，也保证不为我爹的事再麻烦领导……"这像是天上掉下一个"林妹妹"，刚儿的话也像开闸的水滔滔不绝。

可是，没时间让他倾诉激情。郑丰收、桃姐带领县医生去了其他残疾人、特困共产党员之家。

他们每到一家，都边问诊送药边进行医学保健科普。知情的村民无不为此点赞："这个流动医院真好。好就好在是'及时雨'，解民忧，暖民心。"

听了这些点赞，桃姐双眼望着郑丰收，感慨地说："我们这一善举，不会又被某些不怀好心的人，说成是图表现，想往上爬吧?"

郑丰收对视桃姐后，果断地答道："莫理那些人，我们以行动来回应不讲理的人，一次善举，胜过十次恶言恶语。"

……

（三）

黄昏，母亲倚着灶门框，坐在小矮板凳上，两眼远眺，路人以为她又在思念远在黄河边上读大学的儿子哩！其实，她这次不仅是思念儿子，还盼望去县里为儿子调回洞庭县工作找领导的丈夫早点归家，期待一起分享好消息哩！她还憧憬着儿子调回来后，参与建设家乡，是多么有意义的事啊！她忽然想到上次镇党委张书记动员自己加入中国共产党的事。张书记对她说："母亲啊！以你的思想觉悟，助人为乐、为人善良、积极向上的品质，就已具备了成为一个共产党员的条件。所以，我希望你能申请入党，党组织需要你这样的人当党员……"

母亲当时感到惊喜。她一面点头，一面反问自己："我能行吗？够不够格？"

在场的郑丰收和其他的人都在给予肯定和鼓励她写申请。他们晓得她从小没读过书，不晓得写字，便给她开方便之门："你就口头申请，请陈秘书代写，也行啊。"

母亲这下喜形于色，反诘道："是真的吗？"

众人一齐回道："是真的！"

正想着、看着，母亲家养的一条狗像是嗅到了什么，立马从窝里窜起，猛然朝禾场外边跑去，"汪汪"几声，然后，轻轻地摇头摆尾来到母亲身边，依偎在她的脚边，眼睁睁地看着围墙门边。

母亲的眼光厉害得很，深知是狗狗熟悉的人要来了。它熟悉的人，这不就是郑丰收吗？她站起来，欲出门看个究竟。没走上几步，郑丰收已来到了她眼前。母亲连忙给丈夫端了一把木椅子，请他坐下歇会儿，还给他端来一杯茶水，送到他的手上。

郑丰收深知妻子急于了解儿子工作调动的事，呷了几口茶，便快快道来："县领导说，要等儿子先结婚，后以照顾夫妻关系为由，洞庭县人事部门才好给湖南某市人事部出商调函……"这在二十世纪八十年代时兴的。这个时代的大学毕业生国家包分配的，不要自谋就业。幸好，儿子听话，他原本是分配在西北某大城市工作，是他找领导求情，才改分配回湖南。回湖南好，但没有回家乡洞庭县，因此还须努力，才能调回家乡，建设家乡。这里的家乡，不是指本村，也不是指本镇，而是指本县，本县是全国有名的鱼米之乡，多好啊……

春姐听到这里，心凉了半截。她想：等到儿子结婚，那位县领导讲的话，还作不作数？因此，心凉心急心愁。突然，门外大树上传来蝉鸣声："蝉，又名知了，居高声自远，非是藉秋风。"蝉，是凭自己的实力，登高声自远。而今的蝉，秋蝉不如夏蝉兴旺和有味。夏，听蝉声，退烦愁，清风徐来，悠然心舟。炎热伏天，蝉鸣声不绝，昼夜常在，让人心驰神往！她的心仿佛到了梦中的那片海，那里的诗和远方……

郑丰收跟妻子继续分析说，领导说，如论发展前途，郑梓在某市委宣传部工作，比在县某部门工作要高一个级别，台阶高，发展空间肯定大些；如论孝道，孔夫子有言，父母在儿子不远游，照顾父母和家人肯定来得早些，快些，好些！

他俩通过一番比较，决定选择让儿子调回县里工作，郑丰收还是那句老话："到外边当个县委书记，还不如在家乡当个乡镇党委书记。"母亲听到这句话，心愁仿佛少了一些。她笑了笑说："我们就只一个儿子，留在身边是好些，咯或是自私？也或不是自私。我希望你把县领导讲的'结婚理由'明天就告诉儿子，父母盼望他早日结婚，好调回来。"

郑丰收满口答应了。苦于家里没有电话，硬要跑到村部去，才有电话可用。对此，他感到不方便，决定尽早在家里安上电话！

春姐还跟丈夫讲起夏莲的女儿，因没能去当民办老师，与其父母闹得蛮凶，几个月没理夏莲了。夏莲也气得很，无处诉苦，只好经常找她来诉苦。她央求丈夫考虑一下。

郑丰收恼火地回复说："原来给凤凤一个机会，当镇工作队员，原本是作培养提拔对象去的，一年后，人家都入党录干。她原帖打回，只因表现不好吧！而今，又要闹着去教书，谁信她教不教得好？别理她！"

随着这事的难办和蝉鸣声的断断续续少气力，似乎让他俩又添几分秋愁、秋躁！

"夜深了。睡觉去吧！"郑丰收邀妻子去睡了。

计划赶不上变化。这时，门外传来敲门和呼喊声："姐姐，是我来了……"

春姐听出来了，来人是夏莲妹妹。她本不想开门，但无奈地还是开门了，愁脸改作笑脸听妹妹的老调重弹……

郑丰收在隔壁房没理她。

第十七章　特色特孝

（一）

早晨，村广播室再次播出开会通知："各位村组干部和全体党员，请在上午九点前，赶到村部会议室开会。会议精神非常重要，不要迟到，不要缺席，不要请假……"

原来，这个通知从昨天就开始广播通知。有心的人，记了一下，这个通知至少已经播出六次了，足见此会议的非常重要，或许又是一个新的转折点。其实，还真让人家猜对了。前不久，洞庭县委召开县、乡、村三级干部大会，传达中央、省、市委精神，部署今后一段时间的经济社会发展工作。郑丰收参加了大会，他还作为村支书的代表在大会上发言，得到了县委书记的充分肯定和表扬。

凡是在政界工作过的人，或都有一个共同的认识，那就是能得到上级的领导表扬，那真是罕见的，用老百姓的话来说："那是祖坟上冒青烟，先祖在天之灵显灵了。"因此，郑丰收和春姐（母亲），硬是激动了几天，更为激动的是郑丰收在主席台发言后，县委书记听人说，他儿子想调回本县工作，县委书记跟他确认后，爽快地答应了，并郑重地说："你儿子是大学毕业生，是人才，要作为人才引进县里工作。"郑丰收不胜高兴，感动不已。也因此，镇村负责人对郑丰收，也是刮目相看，加倍的羡慕！

看吧！镇党委新调来的邱书记也乘兴告诉郑丰收："春姐入党的事，镇党委和县委组织部批准了，镇党委拟安排她当支部副书记……"

郑丰收兴奋得不知说什么好，连连点头，以示感谢……

村里的大会如时举行了。

村部会议室坐满了人，陈秘书清点人数，全部到齐，一共38人。会议室安静，静得一根针掉地也能听到响声，与会人员认识到这次会议精神非同一般，好像还是1982年中央下达关于农村农业"一号文件"，学习宣传贯彻时出现过。今天，年轮已转到了1989年底，时间一晃7年过去了。

这时，与会人员正在听郑丰收报告：同志们，按照中央、省、市、县委的精神，如果说过去的几年是实施家庭联产承包责任制为主要形式生产责任制，不如说是全面坚持有中国特色的社会主义理论的探索时期……

郑丰收指出："按照上级指示，结合我村的实际，今后一段时间是继续坚持做好三件大事：一是进一步完善农业家庭联产承包责任制；二是进一步发展壮大村办集体企业；三是进一步突出抓紧抓好水利基础设施建设……"

郑丰收强调："当前，正值改革，发展和稳定的关键时期，我们一定要积极贯彻落实党的经济建设为中心的指示，全力以赴，抓好改革，发展和稳定……"

与会人员分组进行了讨论，学习和表态。用副书记李童的话来说："思想进一步统一，行动将会更好更快……"

春姐或成为村班子成员，有幸参加了这次盛会。

与会人员吃了会议餐后，各自回到了家里。

母亲参会回家后，久久未能入眠，想到村里大会盛况，总感觉缺了点什么，不禁心里有些慌。她极力驱散这种坏情绪的干扰，把注意力集中在儿子身上：他很快要调回本县工作，为建设家乡出力。母子也因此可以经常见面，问寒问暖，多好啊！曾记得，早两年为儿子办婚事，没有搞什么"三机一响"（即电视机、收音机、洗衣机和音响），也没摆酒、赈酒，更没有扰民；简单地为儿子儿媳弄了一桌饭菜，儿子用自行车把媳妇慧慧驮回家，跟神堂祖先拜了拜，跟父母拜了拜，夫妻互拜，就算完成了婚礼！这给村民带了好头！树了新风！

郑丰收和家人都觉得好！但他们的亲戚们却反唇相讥，说什么没接他们吃酒，小气等。母亲对此嗤之以鼻，用本地方言讲，不齿他们，齿他们便没完没了。

而郑丰收的亲哥哥郑河海为儿子办婚事可是大操大办，张灯结彩，唱戏，热闹非常。更有热闹非常的事是：郑显娶的媳妇是哪家小姐？他竟然娶的是在他翻车时，帮他推车，洗刷他身上泥水的王华华小姐！这真是有缘，翻车也成亲，郑河海曾跟老弟丰收通报过，因郑显贪酒杯，误事误人，他想借此给儿子冲冲喜，用喜气冲去晦气、霉气。郑显原先开砖厂拖拉机，郑河海怕他再出事，剥夺了他司机的权力。在他弟的撮合下，村、场合作买了一台新拖拉机，让曾刚来开。曾刚学几天就学会了开拖拉机，一直以来开得好，从不误人误事，比显儿强得多。

可怜天下父母心。郑显娶了媳妇，但坏性格依然如旧，甚至有过之而无不及。

郑丰收念及哥的处境，也怜惜侄儿，怜悯心大发，给了显儿第二次工作机会：让他到镇供销分社当厨师去，这有吃有喝，适合他的个性。

与郑显同龄的人看到显儿又搞到一份好工作，打心眼儿里羡慕嫉妒恨，可是奈他不何，谁叫他有个当书记的叔叔嘞！不过，有人还是撂下一句狠毒的话："搞得三天好的！"

……

第二天，郑丰收照例去村部上班，他还没进办公室，就听见电话铃响了。他也照例接过听筒，以为是有什么好消息呢。始料不及的是镇党委书记邱德大打来的电话，他询问说："丰收书记，你昨天开村组党员大会，是不是把计划生育给忘了，没作大事安排？"

郑丰收愣了一下，顿然记起来了："是的！真的是忘其踪影了。"

"那是犯了大错误！"邱德大坦率地说，"县计生委接到告状信，他们要来调查处理，被我拦住了。你马上打开广播开一个专题计生会，弥补一下，这是命令……"

"好！好！马上办！"郑丰收对这一突发事件，真的做梦都没有想到，因此，他显得十分焦躁不安，也唯命是从地表了态。

二十世纪七八十年代后，全国计划生育是作为国策来贯彻的，洞庭湖某地的计生，在全省是先进！但用有的老百姓的话来说是：搞得蛮厉害的，强推"一胎结扎"，搞得人心惶惶……

（二）

清明时节到了。俗话说"清明要明"，今天可是好天色。

洞庭村的父老乡亲无论是住在本地，还是身处异乡别国，都要赶在清明节给先祖挂山（普通话称扫墓），这是乡风民俗之一。如果论心态，有的是混得好的，祈盼芝麻开花节节高，好上加好；有的是混得差的，祈盼摆脱厄运，走上幸福运；有的混得不好也不差的，祈盼祖人保佑时来运转，只进不退……这是很接地气的心态，否则，那就是"乱弹琴"。

郑河海赶在清明节前一天纪念介子推的寒食节，特地约了其弟郑丰收一同为他们已故爷爷奶奶、父亲母亲挂山（方言，指扫墓），包括立碑，碑是水泥做的，结实。

郑丰收如约而至。

两兄弟各带上锄头、刀和事先做好的水泥碑，都装在刚儿的拖拉机里，十多分钟便拖到了祖山。

祖山风景好，背有山靠，前有水流，用乡亲们的话说叫"靠山山如金，流水水如银"，这当然叫好！这里是姓郑的祖山，一大片坟茔有二十多亩地。这天，挂山立碑是选择了黄道吉日的。礼炮鞭炮声声响，立碑的人也有几家。河海揿出脑壳，数了数，一、二、三……有七八家。他和郑丰收，一边立碑一边念记祖辈的艰辛和贫穷，勤劳善良，正义正道。远的百年以上，他们不太清楚，近百年以来，从爷字辈起至他们的儿孙没有作恶称霸的，往往是受人欺负，受地主、土豪的压迫，而今，两兄弟都加入中国共产党，郑丰收还当上村支书这样副科级干部的芝麻官；郑河海还当上企业家，人称"老干部"，外号不俗而雅，总和干部沾边儿了……

然而，近几年不顺利，郑丰收跌了又爬起来了。郑河海烧砖不走运，不是烧"老"了，就是烧"嫩"了，火色总是走"火"（偏），如果再这么下去，他怕是要破产了。他祈求祖人在天之灵保佑他万事顺利，走好运，走财运。他正祈求时，身后来了两位堂弟兄，跟他们打招呼说："海哥、丰哥，你们孝心好，给祖人立碑挂山，会走更好的官运、财运！"

郑丰收、郑河海异口同声表示："谢谢吉言！"

"怎么两个侄儿没带来？"这堂兄问。

"啊！显儿去给媳妇家挂山了，梓儿刚调回县里工作，忙得很嘞！"郑河海答道。

郑丰收忙给两堂兄弟装烟点火，进一步补充："没有喊梓儿，他忙，听说陪县委书记下乡搞检查去了。"

"好呀！你们坟山出了大学生，而今的大学生，相当于旧社会的秀才、进士，是文曲星哩！"

"过奖了！谢谢！"

……

那两堂兄弟还帮忙立碑，烧点纸钱，一会儿立碑大事顺利完成。两兄弟站在祖先和先父母的坟前，明白了清明时节是清洁、清廉、清净、清白；明事、明礼、明法……

郑河海、郑丰收行跪拜礼后，与先祖告别了。

郑丰收跟哥搭上刚儿开的拖拉机，径直来到郑河海的砖厂，开始了现场分析，解剖砖厂的顽瘴痼疾——为何亏损？

他在听其兄介绍经营情况时，叫刚儿把村干部都叫来，来一场集体办公，决心拉其兄一把，让他的厂子早日扭亏为盈。

对此，郑河海早已盼望着村干部来、银行老板来、买砖的大客户来。

半小时后，村干部们悉数来到砖厂。

郑河海带他们看做砖现场。郑丰收凑到他哥耳边，悄悄地问："厂里做事的人少了，显儿去哪里了？"

"去给他岳老家挂山了！"郑河海低声答。

"我不相信，我要单独检查你的砖厂，看到底是什么问题作怪？"郑丰收厉声且板着脸吩咐道，"你带大队人马检查去。"

郑河海开始怀疑显儿或骗了自己，但他没有显露出来，装作什么也没发生似的，面带微笑地带着村干部看究竟，查问题。

而郑丰收却单人独马看究竟，经个别打听厨师、走访会计、出纳，了解到内部管理出理了问题：如出工不出力，显儿或藏在值班室小阁楼……郑丰收心里有数了。他拿了一根木棒叫"单棒捉内鬼"。为了不打草惊蛇，他轻手轻脚，半声不吭地直奔值班室，见门半掩半开，没见人影，也没听声响。他怀疑走漏了消息，想抽身回走。但厨师畏惧的目光闪现在他的脑海，他决定再轻点声音，直捣小阁楼，见阁楼门紧闭，蚊子飞过的声音也没有，再等候静观几分钟，安静得针掉地上都能听到。他把耳贴在楼门边，三五分钟后，就在他欲打"退堂鼓"时，门内传出叹气声和酒味儿。

他断定，阁楼内很可能有人。为了抓现场逮正着，他晓得自己不能离开，周围又没有人，踹门而入？不妥！采取智慧开门而入？可行！于是，他佯装喊道："显儿，快开门，我看见你了！"

这句话像是火力侦察弹，一下"炸"开了里面人的"防火墙"，只听得"哎呀！快去开门"，随后又有人反对开门的声音传出来："莫开门！诈我们的。"郑丰收转身欲喊哥来！

正在胶着之中，郑河海带村干部到了值班室。他悄悄告诉老哥说里面有人，他哥踹开楼门，却见显儿和几个酒朋友喝酒喝得烂醉，再问陪他喝酒的人，都是做砖的工人，有的是车间骨干。上班时间，青天白日不做工，竟然躲起来喝酒，自己喝都算了，竟然邀的是工人和骨干偷工喝酒，这样企业管理，不亏才怪呢！

问题昭然若揭。郑河海扇了显儿两耳光，气得吐血，真的吐血哩！一口血溅了显儿一脸，显儿还漫不经心地打调儿："吐就吐，还吐在我脸上做甚？"

在场的村干部一时无语。

郑丰收也无语。他怕自己的儿子像显儿一样变坏，特地跑到厂办打电话找儿子，查岗、问去处。县委办的小青年告诉他，郑梓确实跟随县委王书记下乡检查工作去了。他仰天长叹一气，蛮有感悟地道："学好千日不足，学坏一日有余。梓儿，加油干！"

接下来，郑丰收原本是继续开展企业检查，可是身不由己，他接到电话通知：明天，县镇计生委来村检查。小检查让路给大检查。他深知计生风波远未平息，没有靠山的人，只有靠自己苦干实干加巧干，才能撑起这片三千多人的天。否则，他就要跌进别人设置的"大陷阱"，或永远翻不了身……

村干部看到郑丰收脸色凝重，头顶似有山雨欲来风满楼之势。陈秘书当代表发言："书记——有什么大事小情，我们帮你扛，天不会塌下来……"

"是！天不会塌下来。"其余村干部一齐表态，壮胆撑腰。危难之时，这句话还真起到了关键性的作用。

"那好！"郑丰收心里蛮受感动，举重若轻地继续说，"从此时起，村企业检查告停，马上开启计划生育大检查，3 天内争取上环、流引产等计育手术达 50 例，也就是说人均 10 例，包组包户包到人，大家有没有信心？"

"有！坚决完成任务。"铿锵的回答声，多少让郑丰收恼火的心得到许多的安慰。

大家说干就干，各奔东西检查去了。

第二天，县和镇计生委办果然准时来村检查了。他们采取的什么方式？用老百姓的话来形容是"三个一"，即暗访了一圈，把村干部骂了一顿，吃了一餐。临走时，把郑丰收叫到一边，为首的摸摸脑袋，吓唬说："你们村计生问题大得很，如果还不下死决心，杜绝计划外生育，那是要严肃处分干部的，尤其是处分书记……"

"虚心接受处分!"郑丰收脸色更加凝重地表态:"下死决心抓计生大事。"

为首的拍了拍屁股,登上吉普车,拖着青烟走了。

一群老百姓调侃说:"这些人站着说话不腰痛,尽说些屁话,吓人的话,我们就不能告他们官僚主义吧!?"

为了息事宁人,郑丰收招呼这些人:"莫讲,莫讲啰!"

从今往后,村干部或有一半时间和精力都去搞计生工作了,一直搞到跨世纪!

(三)

青山依旧在,几度夕阳红。

白发渔樵江渚上,惯看秋月春风。

一壶浊酒喜相逢。

古今多少事,都付笑谈中。

一天,郑梓、王快乐、秋菊等一群真心朋友在洞庭县城某酒店邂逅,别后情况一言难尽。为了庆幸这次遇见,他们走进这名叫"来雅客"的酒店,边喝酒,边笑谈今昔事。郑梓兴奋地回忆道,自他大学毕业后,几经调改毕业分配方案(此时至20世纪90年代,大学毕业生是包分配工作的),给予分配回湖南南方某地级市委宣传部门，后经父亲的努力和他自己的强烈要求，才调回本县……王快乐得意且轻松地说，他从南方师范学院毕业，即顺利分配在县一中教书；秋菊淡定地讲，她比王快乐晚毕业一年，从南方医学院毕业，被分配在县人医工作。

王快乐与郑梓喝的白酒。秋菊喝的牛奶。

酒和奶越喝越使人兴奋，秋菊情不自禁地喝了一杯白酒，越喝越激起对家乡的热爱与乡愁……

最后，他们三人商定，上报组织人事部门，申请回到生养的小村——洞庭村，像昔日那样，与乡亲们一起建设家乡，报效乡亲们。鉴于郑梓在县委办工作，在书记身边，争取得到县委书记的同意和支持，一切难事或化为易事或立马成功！对王快乐、秋菊的委托，郑梓点头答应试试看，立刻，只听得酒杯碰得"铛铛"响，又一杯酒下肚了。

王快乐酒兴上来了。他梦幻般地念起明代杨慎的词："青山依旧在，几度夕阳红……"

郑梓快言快语地续诵："白发渔樵江渚上，惯看秋月春风……"

秋菊不甘落后，情满意浓地道："一壶浊酒喜相逢……"

他们三人不约而同地朗诵："古今多少事，都付笑谈中。"

大堂里，不少帅哥靓妹在窃听窃看，无不为他们两男一女的酒会感到新奇，对诗意般的情景而羡慕。众人目送着他们三人慢慢地离开！众人却拢来再喝酒猜拳。

这时，新年的钟声已敲响，人们热烈欢呼 1990 年元旦的到来。

农村里不兴元旦夜守岁的。这一晚，春姐和郑丰收睡得比较早，也是在鸡叫狗咬声中入睡的。

次日，春姐轻揉了几下睡眼惺忪，饶有兴趣地对老公说："昨晚，我像是做了一个怪梦，梦见我挑一担很重的东西，压得喘粗气。我便放下担子翻了又翻是何东西，为何这么重？"

郑丰收赔笑着说："好梦啦！箩筐里可能装的是金银财宝，不然怎么会那么重呢？"

"不是！不是！"母亲连说两个"不是"，然后诧异不快地告诉说："我左看右看，原来是挑的一担麻纱，且是压缩成坨的麻纱。"从此，她的眉头往往是紧锁的，极少舒展一笑。

"两坨麻纱？"郑丰收心里想，欲道破又止，恐怕影响她的心情，故意装成泰若无事地安慰，"也好啊！是个好梦！麻纱压缩了，不亚于金银财宝，卖到纱厂，准赚大钱！"他咳吐了一口痰，回忆说，"昨晚，我也做了梦，梦见丢掉一担箩筐，平步青云上天去了！"

母亲听后觉得老公这梦不吉利，心中充满着恐怖和担心。

……

10 点多，郑丰收接到镇党委书记邱德大来电说："当前，根据省、市、县委的指示，各地要主抓村企业、上交提留如水电费和农业税，秋冬水利建设以及计划生育。这是第一件事，第二件事，刘春秀已是正式党员多年，党委研究决定她任村支部副书记，工作由你分配。第三件事，你在村搞一年或半年后，要调回镇里另有任用……"

翌日，郑丰收召开支委会，镇组织委员及时赶到，当众宣布了镇党委对母亲的任用。郑丰收把班子成员分为"四坨"：李童为主抓企业，刘上秋为主抓水利修堤，陈秋保和春姐（母亲）主抓上交提留，桃姐为主抓计划生育。他还分别对"四坨"工作组提出了任务目标，完成时间和方式方法……

三天后，村里大部分劳力上水利秋冬修，修筑女儿湖、书院洲临水即安乐湖挡水大堤。其他三组也都有序展开。郑丰收上大堤了。

安乐湖的上游是息风湖省级湿地，下游是西洞庭湖国家级湿地，沅澧水交汇处，入洞庭出长江向东海，确是从这里可以通江达海，直至太平洋。这里原本是一条黄金水道，当地生产的萝卜、红薯、鲜鱼因味美又富含营养走水运直达武汉、上海，可而今利用率低，反而给居住在安乐湖周边的四五个乡镇的老百姓带来水患水灾。因此，这里的群众必须年年修防洪堤，年年上水利秋冬修。

从女儿湖、书院洲至猪头山、竹家坝二十多里长堤上，红旗飘飘，人头攒动，打石硪的汉子，喊出整齐、铿锵的号子，既彰显出革命的乐观主义精神，也可解困驱乏，提振精气神！

场势是热闹，但工程进度不快。郑丰收发现这一问题后，把春秀（母亲）调来加强后勤吃喝拉撒的保障工作。民工们近观远眺，发现母亲把头发绾起来了，改披发为绾发，看来她是下定决心和民工们苦战啦！

对的！母亲确是下定决心排去万难，去争取胜利。随着她的到来，民工们生活得到改善，天天有肉吃，有鱼吃，有热水喝，有时还有一二盅谷酒喝，民工们心里暖烘烘的。

随着王快乐来村任教，秋菊来村支医，他们经常来工地慰问民工，送文化：唱歌、唱戏，来工地，给民工们鼓劲加油；送医药上工地，给民工治伤治病，深受欢迎！

随着郑丰收、刘上秋思想政治工作如春风，吹到哪里都有用。逗得民工不得不加油干。

因为有"三个随着"，所以工效上来了。而今干一天，当得以前一天半的工效。

郑丰收、春秀、上秋眼见工效上来了，虽说是苦和累，但心里却是快乐着！

"……"

时间轴转到了2000年。因1998年长江中下游发生百年未有的大洪水，给当地农业生产带来了重灾，群众经济遭受了重创。洞庭村的群众在洪水退出后，连续三年掀起大修大干水利建设热潮。

郑丰收、春秀（母亲）、刘上秋继续带领村民们战水魔、斗旱怪、修防洪大堤……

然而，2000 年不太平，噩梦接踵而来：郑丰收在检查进度时，因发现有民工挖"神仙土"而严肃制止时，一方大土块摇摇晃晃即将崩倒下来，或要打死打伤几个民工。为了挽救民工的生命，他猛然跳进土坑，拽出三个民工，而他却因躲闪不及，被埋倒在土块中，当民工把他抢救出来时，只有一息尚存。春秀、秋菊闻讯后，火速叫来救护车，急送县人医抢救……

再呢，祸不单行。李童在主抓企业时，巧遇郑显，两人一拍即合，喝上大酒，把头喝大了，人喝醉了。李童醉得也是一息尚存。秋菊初诊或是脑中风。秋菊、桃姐叫来救护车，急送县人医抢救……

书记因救他人被土坯打成重伤，副书记因爱蹭饭贪杯喝成脑中风。这一新闻迅速传出千里远，引起众人关注。当这两个似乎相去甚远的形象"相遇"，能产生什么化学反应？能给乡村水利建设和村企业带来什么影响？人们对此充满想象和叹息……

第十八章 舍己救人

（一）

午后，突然唢呐、铜锣的混合声音像秋冬季时的闷雷传向村的四面八方！人们听得出这是哀乐！并断定是从郑丰收家宅传来的。好多村民不禁潸然泪下，其中哭得最伤心的可能是残疾人曾富友及其子曾刚，因为郑书记舍身从"神仙土"边救出来的三人，其中就有两人是他们父子。其次，即是母亲。她哭得像泪人似的，她回想起老公做的那个上青天梦，晓得不吉利，为什么不把他关在家里，还让他出来？她悔恨自己没拦阻他……

村民从四面八方赶往曾宅灵堂来了。

灵堂设在曾宅堂屋里。郑丰收遗体暂安放在竹席上，周围安放着冰砖、遗体上覆盖着几床红色的被单。

哀乐像哭，女儿湖、书院洲的山水也像在哭，村民们都像在哭！

母亲和儿子郑梓、儿媳慧慧一边抹眼泪，一边向众人致谢。郑梓给慧慧使了个眼色，两人又跪在他爹遗体边！

有的年轻人不解"神仙土"的含义，低声贴耳问这个，这个解释不全，问那个，那个也只知其一，不知其二。最后，还是刚儿的解释到位。他悲痛地说："所谓'神仙土'是为了省力，提高工效的一种取土方法，即把一块土四周挖一条深槽，这土槽挖成穹窿，然后又从坎两边开槽，利用土块的重力，众人推它倒下。这块土或有三四方，这就是'神仙土'的挖法。"

"啊！"听者不约而同地说："懂了！懂了！太危险啦！"

人们又将目光聚焦在郑丰收遗体上，仿佛感觉到他是那样的伟大、无私、可亲，最可敬的舍身救人的英雄！

母亲和儿子郑梓、儿媳慧慧没有给丈夫或父亲的丧礼大操大办，而是按照当地的民俗在灵堂停放两夜三天，便简单而又隆重地出柩了！出柩前，镇党委邱德大等党政班子成员前来悼念，王快乐、李芳等老师第一批来悼念！这让母亲和郑梓感动不已！

出柩的隆重与简单，被老百姓认为是树立了白事的新风，大约有一千多村民，自发地闻讯赶来送郑丰收上山，为他沿途丢纸钱，放鞭炮，有的还失声哭诉："好人啦！一路走好！"

然而，李童因抢救无效，也在之后两天去世了。

他家老婆谢氏和她的亲戚以郑显灌酒醉死了李童而大闹村

部，他老婆煽动一些"烂巴脚""搞架子"刁民，鼓噪要抬尸到郑显家扬尸，扬言索赔。这一闹剧被刘上秋很快化解了。但他们又去村部闹事，且更凶，让刘上秋等村负责人也摆不平。

对此，明理的村民都当着谢氏说公道话："李童是副书记，自己爱蹭饭贪杯，不怪自己，怪小老百姓，天下没有这样的道理……"

"这就是不怪苍蝇怪蛆蛆。"

谢氏及其帮凶却血口喷人，横不讲理。

刘上秋报警了。

民警闻讯赶来，看到横尸村部、办公桌椅被砸等，认定这是寻衅滋事，拿出手铐来要抓首犯。刚铐上一个，其余人比兔子还跑得快，一转眼便不见闹事者人影子。

刘上秋又安排几个劳力把李童遗体送回家，也停放三天两夜出柩了！

母亲跟村干部一起来为李童送葬！她感谢刘上秋处事果断，正确决策，收拾了这一场无理取闹的闹剧。

面对全村老百姓要吃饭，要兴修水利，要上交农业税费，要搞计生，要办村企业这副重担，左是"麻纱"，右也是"麻纱"，原来，母亲先前做的挑两筐"麻纱"的梦，终得到印证，竟然是如此！她扪心自问："我的梦，大梦是为人民多做好事，善事，实事，一句话关总：为人民服务；中梦，是为儿女及下一代服务；小梦，是为丈夫和自己服务，不给家人添麻烦……"

正想着，从云层中涌出一轮明月，月光照，如白昼，家犬守护在母亲身边，似乎很是通人性，解人愁。

母亲决定睡觉去了。

第二天上午，陈秋保、刘上秋、桃姐三个支委一齐来郑家看望身为副书记的母亲。他们带来了鱼、肉、蛋、酒，一进屋就操锅铲的桃姐宽慰和恭维地对母亲说："春姐，你是我们的老大，我们一路来，一路讨论，希望你能像郑书记那样，带领我们一起干革命。"

秋保、上秋也是异口同声："对！我们都听母亲的指挥！你就是我们的新书记！"

……

母亲眉头紧蹙，沉默推辞良久。她怕自己担不起、挑不动这担子……

开始吃饭了！母亲从来不沾酒的，今天开戒了。她喝了两小杯，向他们表态："我暂时'挑水'，代理一下，等上级党委明确了书记，我将退居家里，带孙儿去。"

见到母亲一脸悲痛和诚实的表情，村干部们倍感母亲的亲切、慈祥和不简单！敬佩之情，油然而生！

两天后，村里的"四坨"工作基本恢复正常。尤其是上秋冬修的民工，上工快，干得实，母亲依靠上秋，还把开拖拉机的刚儿边拖土边作安全员使用，以确保安全施工，杜绝"神仙土"！

王快乐上堤搞安全宣传，秋菊上堤送医送药，一心助力母亲能够打开新局面。

王快乐告诉母亲："李芳老师已借调县教育局工作。村小以后可能要拆并到镇中心小学去。"

母亲趁村小拆并前，经过镇领导同意，把凤凤安排去村小当了代课教师。

（二）

俗话说："天有不测风云，人有旦夕祸福。"

村民们一边修防洪大堤，一边关注村办企业的兴与衰。兴，暂且不表不得跑；衰，不说可不得了。

还是郑丰收健在时，分工"四坨"工作，村办企业出现了大蹉跎，或叫大折腾，或叫大洗牌。首先说郑河海当年许诺"送金砖"，第一年兑现了，完成了上交税费和承包金，第二年、三年，年连亏损，他儿子把拖砖用的拖拉机跑烂了，村里派刚儿去砖场助力，也无济于事。直到郑河海被郑显气得吐血后，他就跟砖场彻底再见了，因他的身体每况愈下，一息尚存。郑显打了两年"流"（流浪汉）后，还是他叔叔郑丰收介绍他当村电工（管电供与修）。按理讲，这是很多人想搞都搞不到的事，然而，他不珍惜，依然自暴自弃，遇上李童，两人性味相投，李童副支书喝酒喝死了，郑显因陪酒也陪疯了。说他疯，他又不疯，他晓得自己干不下去了，跟他幺叔郑丰收辞别后，便到广东打工去了。村里眼看着砖场垮了！于是，决定让刘上秋去兼场长，并给了五万元启动资金，经过几年运转，依然亏损很长一截。就在郑丰收牺牲后，他都还想再拼一把。然而，亏损的"涛声依旧"。他认为自己也是像郑显搞电工一样，搞不下去了。于是，他在母亲上秋冬修工地后，眼见母亲打开了新局面，便跟母亲跪了一席，可怜巴巴地诉说："母亲书记，砖场我搞不起来，我无脸面对父老乡亲。我决定去西北——我曾当兵的地方去考察新项目，如果成事我会回来。不成功，我可能梦碎西北……"说完，他把村给他办砖厂剩下的八千元交给母亲。

母亲忙扶起他，并郑重地表态："你如果下定了决心去西北考察项目，这八千元给你当考察费用。希望你成不成都回家乡来。"

上秋听了母亲这番暖心话，感动不已，两行热泪簌簌地往下流……

再说人称"老干部"的郑河海，虽然他许诺的"金砖"从第二年起，就不曾兑现过。但茶场、渔场、湘莲场的场长们许诺的"金茶砖""金鱼砖""金莲砖"一以贯之年年兑现，但成色仿佛差了一些，重量仿佛轻了一些。这些都不是问题，因为市场行情变了嘛！郑河海的身份由场长变成了流浪者，基本上靠上门唱"赞花"、打三棒鼓等地方花鼓戏，赚点小钱养家糊口，但他犯法的不做，有失尊严的不吃，这是他坚守的底线。因此，乡里乡亲遇到他，仍然尊称他"老干部"！

俗话说："好人难做！"村砖场破产倒闭，本来就有许多不明真相的人议论纷纷，说什么坏话、脏话、丑话的多得去了。再加上母亲接手"挑水"后，还送上秋八千元考察费，议论声真像是"满塘蛤蟆叫"，闹死人啦！对此，母亲承受了很大的心理压力。她有苦没地方申诉，于是想到了儿子郑梓。她利用此时通信发达——手机时代早已来到了。她用手机向儿子倾诉……郑梓此时已在太子乡当党委书记，郑梓劝母亲的话，可说是句句顶用，字字有用。他劝道："妮娘，面对群众的议论、批评，要本着'有则改之，无则加勉'的原则对待，同时要保持沉默，沉默是金；也要雄辩，雄辩也是金……"听了儿子一席话，母亲不生气了！她对儿子说要上新项目，请儿子帮忙，就当作是为建设家乡作了贡献！

郑梓见母亲有求，有求必应！他所在的乡正大养甲鱼，利润率高，赚钱！他准备把此项目推广到家乡去，并安排一两名技术员去村指导或承包。正好，有一个技术员叫刘进，是村里人，是郑丰收培养推荐考上中职学校，又是郑梓在科技局工作时招工来的，让他去家乡指导，他肯定乐意，用老百姓期待的眼光叫"衣锦还乡"嘛！

母亲先个别跟支委通气，吹风，然后召开支委会，大家一致同意在现有鱼池旁边新扩 100 亩精养鱼池，修围墙，养甲鱼。同时还研究人事：拟上报陈秋保任副书记，甲组组长马华中拟任支委，曾刚拟任村委副主任（非党）。

半年后，镇党委派人来村考察，召开党员大会、村民组长会进行民意调查，该走的组织程序都一一走了。

不久，传来上级党委的决定，马华中任党支委，曾刚任村委副主任。新奇的是：村里没有上报为母亲"副转正"，镇党委却批复决定"刘春秀同志任村党支部书记"。

接到任职通知的陈秘书、桃姐无不心知肚明：这是镇里为树立母亲在支部的"班长"或领导核心地位，而作出的一项重要决定。他俩由内而外地表示拥护！支持！

不日，镇党委组织委员来村，在全体党员大会上，宣布了党委的这一决定。广大党员表示一致拥护、支持！

母亲表态："一是感谢组织和党员，二是将尽全力建设好家乡，我的家乡我建设。儿子不嫌母丑，人不嫌家乡穷。但我嫌自己能力不强，这副相子太重了……"

按郑丰收的惯例，母亲请大家喝酒吃大美餐；一色的绿色土产品如土鸡、土猪肉、土鱼、土小菜等，还有那自煮的高粱谷酒，这酒像八月的丹桂飘香十里。一些人的酒瘾被这浓香激活了，喝得酒的人加劲喝，喝不得酒的人，也逞强好胜拼命喝。母亲见形势不好，她上前苦口婆心地阻止说："同志们，我劝大家少喝点，不是我舍不得酒，而是舍不得大家的健康……"

到底是党员同志，听母亲的招呼。喝酒猜拳的声浪低了八度！但要求吃蒿子粑粑的呼声高了八度。

陈秘书、桃姐在散酒会时，跟母亲说了实话："如果你不出来阻止，可能要喝倒一片人（一大批人）。""确实的！搭帮你招呼打得早，你的威信高。"桃姐接着说。桃姐转身端来一盆蒿子粑粑给大家吃！

"不！"母亲微笑着回答，"这是大家给丰收的面子，也是给你们的面子！"母亲边说边吃蒿子粑粑。

……

（三）

可怜天下父母心，儿女却不领情。

当村里收农业税费和上交提留的人，遇上收学杂费的老师，农民愿意先交孩子的学杂费，不太愿意交的是农业税费，当收学杂费的老师遇上搞计划生育的人，强征超生社会抚养费的时候，农民干脆一逃了之，并戏称"要命又要钱"真叫人嫌！虽说这只是个别人的戏称，但反映出当前农民负担重，给农民减负是该提上议事日程了。人们期待着，母亲更期待这一天早日来到！

一向婉嬺可人的桃姐负责的是计生工作，可她常为此头痛，也为此伤心，做人父母的，每每生下一两个孩子，要抚养成人成才。要付出太多太多的辛劳。这还不说，要说的是当孩子长大成人，为他们的婚姻之事，又愁又恨地多了几根白头发，但儿女不但不领情，反而讨厌父母的操心或催婚。

一天，她心情很不好，找到母亲诉苦："我女儿秋菊跟你儿子郑梓是好朋友，可你的儿子结婚生子，她与王快乐也是好朋友，相好多年，人都三十四五岁了，可硬不同意订婚或结婚。她恐怕是嫁不出去了，真成'剩女'啦！"

母亲一点也不奇怪，倒是蛮有同感地说："是啊！我早有打算找秋菊姑娘谈谈，让她降低身段，抽掉门槛，找一个基本满意的男人就好啦……"桃姐忍不住继续诉说："据了解，而今在村里村外存在一个'相思链'！"

"什么'相思链'？说来听听！"母亲对此感到奇怪，加重语气，好奇地追问，"桃姐！是新闻吗？"

桃姐感到有点害羞，话到了嘴边又咽下去了！她看到母亲急躁地再追问，便顾不上这么多了，来了个竹筒倒菜籽——底朝天，彻底地说："我女儿暗恋你儿子，虽然你儿子结婚生子，还是暗恋未休。王快乐明恋我女儿，王冬英又暗恋王快乐，刚儿又明摆着喜欢英儿！尽是这些鬼扯腿的恋爱！"

"啊!!"母亲微微点头,许诺道,"婚姻是大事,不能失误自己,也不能耽搁别人,这事你莫操心,我替你办好!不!我和你共同办好!"母亲纠正了自己的话。

桃姐连连点头,望着母亲紧蹙的眉头,豁然开朗了!她表态说:"这下,我抓计生和上交提留的劲儿都大些啦!"

……

自此以后,桃姐白天兢兢业业搞工作,晚上就和老公为女儿准备嫁妆,什么"三转一响"(缝线机、手表、自行车、音响)等。晚上还做梦想着女儿生崽,自己当外婆或外公。她醒来后恼火这"外"字,认为不中听,与老公商定改为"爷爷""奶奶"多好听啊……

母亲也是三番五次找秋菊谈话,有时还叫儿子郑梓帮助劝婚。眼见秋菊动心了,表示愿意与王快乐相好,不日将订婚完婚"两场麦子一起打",至于刚儿与英儿,她也在当红娘,牵线搭桥……

然而,天有不测风云。该村从天而降两个横祸:一是2002年初春非典疫情,2001年年末,有人告状村党支部党员大会大吃大喝,挥霍公款,浪费粮食,从中央批到县、镇党委纪委,镇党委书记邱德大、村书记刘春秀如何应对?已成为镇村群众关注的热闹议题!

自然而然,秋菊与王快乐的婚事,刚儿与英儿的恋爱,无不受到冲击，即由热变冷，大降温了。不过，有人戏说他们升温了，还有的人使坏说秋菊怀孕了！

母亲像是没把"状告党员大会"大吃大喝放在心上，也没被"流言"击倒。如照常抓村里的经济发展，家庭承包，社会稳定和上交提留以及计划生育，这些天，桃姐和她同出同回的机会比较多，有时母亲跟桃姐坦率地倾诉："一年到头开一次党员大会，请党员庆七一吃一餐饭，喝一杯小酒，难道就值得别人告状吗？告状人如果嫉妒党员吃了喝了，你创造条件来入党，也跟着来吃来喝呀！你告什么状……"

桃姐安慰说："莫齿他们！分明就是嫉妒党员吃了喝了！还有什么？"桃姐气得很，因为坏了她的喜事，她是头一次骂人。

经桃姐这一安慰和"正当防卫"，母亲的中气更足了，她坚定地说："为人不做亏心事，不怕半夜鬼敲门。菊儿的婚事，照常准备。"

桃姐凝神听着看着母亲的强势表态，从内心里感谢母亲的支持。她发现母亲讲话时，眉头紧蹙分外有力！

春光明媚照大地，喜鹊叫有客来。

果然，三天后，镇党委邱德大带领镇长等来村慰问。母亲特地让桃姐在家做饭，迎接招待客人。上午，母亲和陈秘书等村干部陪书记、镇长检查工作，得到了书记的充分肯定和表扬！母亲长吁了一口气，仿佛心中千斤的石头落地了！她和她的同事来到桃姐家，邱书记主动提起告状的事，说那不是事儿！再说抗击非典，更当作大事来抓，绝不让非典疫情扩散漫延……

母亲笑着听着，表示感谢鼓励和支持！并再次催促领导批准秋保任副书记！

与镇领导告辞后，母亲感到有点疲倦，便早早回家准备洗澡休息，心想今晚可以睡个安稳觉了。

始料不及的，连这个都成了泡影。突然她听到一熟悉的声音在喊："姐姐……姐姐……请开门！"随后传来边喊边哭泣声。

母亲辨得出来了，是自己的妹妹夏莲。母亲爬起来，边打招呼边开门，把夏莲迎进屋来，只听得她泪满面地诉说："姐！我女儿凤凤又骂我了！骂得好凶！"然后哽咽着泣不成声。

"为什么骂你？"母亲惊诧地忿忿不平地问，"她跟她男的找我借钱。我没借，她就找借口骂我，还骂我偏心，我和我男的给她修屋结婚，又找姐姐跟她安排教书，人心不足，得寸进尺……"

"啊！知道了！"母亲仿佛一切都明白了。她表示，"以后你要教育凤凤，家长告状，说她教书打骂学生。当然，我也会教育她，帮你出气。"

夏莲似乎满意了！连声道："谢谢！"起身欲回家！

"这么晚了，来都来了，就在我屋里睡。"母亲诚心挽留，还进一步劝道，"你家的上交提留交清了吗？要给村里带个好头！"

"莫讲哒!"夏莲似乎蛮有理似的,又诉说苦水,"今年先涝后旱,粮食产量低,税费又重,而何交得清啰!"

母亲心里一颤,默默想:幺妹屋里原本还富裕的,而今都哭穷了!看来,农民负担确实太重了!不知何时能减轻农业税费……母亲想到这里,嘴上又劝夏莲带个好头,算是帮了自己的忙!

然后,两姐妹怀着减轻农业税费的梦想,上床盖上被单,睡安稳的觉啦!

农业税,俗称公粮,亦叫皇粮国税。

时至 2005 年 12 月 29 日,村广播站转播中央人民广播电台新闻:第十届全国人大常委会第 19 次会议决定从 2006 年 1 月 1 日起,正式废止《中华人民共和国农业税条例》。这标志着在我国延续了 2600 多年的农业税从此退出历史舞台。农业税的取消给亿万农民带来了看得见的物质利益,极大地调动了农民积极性,又一次解放了农村生产力。

母亲和全村 3200 多村民一样,欢呼跳跃,三呼中国共产党万岁!祖国万岁!!同时,她跟广播员一起,将这一重大新闻连续录播放了半个月,让广大村民从不相信自己的耳朵,到相信自己的耳朵没听错;从他们认定不可能的事到最可能的事;从看不见的诗和远方到看得见摸得着的物质利益……

第十九章　一号春风

（一）

世上无事不关己。

这是母亲最近的体会。最近，也是 2012 年元月份，她到县里参加了县委经济工作会议，看到听到了 2012 年中共中央一号文件《关于加快推进农业科技创新持续增强农产品供给保障能力的若干意见》，学习参观了全县三农工作的先进村和企业，见证了农业科技创新所产生的巨大生产力……

会散了。

她回到村里，与陈副书记（几年前镇党委批复的）商定立马贯彻到村"两委"的广大党员。正好，桃姐的女儿秋菊生了儿子，九岁生日就在明天。桃姐早就热情地接了她俩。她俩就商定村"两委"会议就在桃姐家开，反正桃姐说不赊酒、不摆阔，低调行事。母亲认为，这是会风简单，树新风（不赈酒），树正气（贯彻县委经济工作会议精神，学习中央一号文件，给桃姐凑了热闹，撑了面子）的好事。桃姐和她老公、女儿女婿秋菊和王快乐应该都会欢迎！

可是，当母亲和支委一班人来此开会时，却不见秋菊与王快乐的人影子，更谈不上欢迎啦！经打听，原来是为了不影响开会，桃姐和她老公把女儿女婿支走了！母亲当即对桃姐说："那没必要哩！"其实，几个支委每人准备了200元的人情酒费，这下没见到受礼对象，或送礼都送不掉啦！支委们内心里这么想着！但总觉得没味道，陈副书记便代表大家催桃姐让女儿女婿早点回来吃中饭！

曾记否？秋菊与王快乐的恋爱上演过十分精彩而又有戏剧性的变局，人们戏称"三变上县扯证"，第一变：原本秋菊与王快乐约定的明天上午九点在县民政局见面扯结婚证。真到了这一天，王快乐在民政局门边腿站软了，眼快望穿了，口里干渴得起了"锅巴"，一直等到太阳下山，未见到秋菊人影。后来，经了解，她跑到郑梓那里，说明天她要成为"别人的新娘"，今天要与梓哥唱歌、喝小酒以作爱情上的切割……

郑梓一听，这个要求也不过分，可理解可切割，何不还陪她一次，唱唱歌、喝喝小酒也不见得就犯了法。殊不知，一开始唱歌、喝酒，秋菊就忘乎所以，哪还记得与王快乐扯证之事……

第二变，秋菊与王快乐又信誓旦旦约定明天去民政局扯证。可真到了这天，秋菊如约而至，她也是腿站软了，望眼欲穿，嘴里干渴得起了"锅巴"，一直等到下午五时，太阳都休息去了。她含忿回家。后经了解，原来是王快乐当天跑到王冬英家，跟她说明天我要成为"别人的新郎"，今天我邀你去唱KTV，喝大酒！英儿巴连不得，连忙请人代课，与王快乐上县城去"疯唱狂喝去了"，哪还记得与秋菊扯证结婚……

第三变，多年梦想变成现实。为了促成梦想成为现实，不让这一婚姻再有变数。母亲和桃姐确实备足了功课：她俩商定派一专车送秋菊和王快乐去扯证。这一点立马形成一致意见，但派谁去？这个人又要靠谱，又要会开车，选谁呢？七选八选倒是蛮多的，可是不是缺心眼，就是缺胳膊腿儿，仿佛在本村3000多人中，就没有一个符合要求的！母亲和桃姐最后一招看家本领出来了！她俩一人秘密推荐一人，并写在各自的手上，然后出示手心，以姓名笔画少的人优先，如果是同一个人那就铁定天定啦！

按此约定，她俩悄悄地在手上写了被推荐人的名字，然后双手突亮出来。当她俩像喝酒行酒辞一样，不约而同一亮，只见两人都写出的竟然是"刚儿"！为什么是刚儿？桃姐说得真精彩："选刚儿，他一定会十分给力。因为帮他除掉一个'情敌'……"母亲笑得合不拢嘴，开玩笑说："为了女儿成婚，你是费尽了苦心，真好！也真坏！"

她俩把刚儿叫来了。母亲严肃地跟他交代说："今天，我交给你一项政治任务，明天由你开车送秋菊和王快乐去民政局扯结婚证，这事只能成功！"

刚儿开始还客气地推辞了，担心完不成任务。经桃姐一点拨，他二话没说，发誓："保证完成任务！"

果然，在刚儿护送下，秋菊和王快乐一起上民政局扯了结婚证。这次也是险中求胜，求成功！为什么？刚儿不想而今说，以后让他俩生儿育女，当了爸爸妈妈再来戏弄他俩也不迟！不过，他忍不住了。他回来跟母亲和桃姐说了实话：那天，一中的老师和人医的护士劝他俩先玩几年，勿急于结婚。是刚儿劝阻有方，他俩才扯了结婚证的。母亲和桃姐由惊变喜，感谢刚儿。

母亲主持召开的村"两委"会议即将结束。她将会议总结为"一认识，两决定"："一认识即有人说村干部也是村官，但我认为，我们不是官，而是'管'得宽，三千多人的稳定、改革、发展和鸡婆鸭儿生蛋孵崽崽的事都要管，不管就直接捅到中央去了。我们不仅要管，而且还要管好、管住。两决定即决定大力引进技术、人才和资金，重点挖掘启用本地人才，目标是发展集体经济；二决定大力搞好抗旱排渍水渠的疏通竣工，为确保年年丰收打好基础……"

母亲瞭见桌上菜上满了，大家或饿了！她紧蹙的眉头舒展开了，说："散会！请吃饭！"

与会人员拍手叫好！也确实饿了！

她们不论菊儿和王老师来不来，便开吃了！

（二）

忽如一夜春风来，千树万树梨花开。

2012 年 11 月 8 日，村里的广播转播中央人民广播电台新闻：党的十八大在北京胜利召开。同年 11 月 15 日，党的十八届一中全会新闻公报发表："一中全会选举习近平为中央委员会总书记……"

母亲和全体村干部在村部集中收听这一重大喜讯！她们非常高兴，再次欢呼跳跃，高呼中国共产党万岁！坚决拥护以习近平为核心的党中央领导！

母亲吩咐：请把十八届一中全会公报播放半月以上。她强调："习近平总书记提出的中华民族伟大复兴中国梦，就是全体共产党员的梦，就是我们的梦，也就是我的梦！"

党的十八大胜利召开如春风，村内村外三千多村民挽起了袖子加油干，决心为中国复兴梦贡献洞庭村的力量，经过村"两委"多次挖掘启动本地人才的调研工作，确有那么一批"土专家""田秀才"民营企业家开始大展拳脚，创业创新，如流浪西北的刘上秋、南下广东的郑显、县城养甲鱼专家刘进等，他们都回乡了！回家创业了！本村的瓦匠刘昌率队为村民建新屋等。

在村党支部召开的"迎老乡回家乡建设故乡"的茶话会上，谈笑甚欢，规划发展，人人胸有蓝图，个个在表决心：

刘上秋从座位上站起来，向母亲及各位行了个鞠躬礼，没有笑，也不显得特严肃，却是一脸知恩感恩的姿态，并说："当年，我是搞砖场也没搞起来，反而亏了四万多元贷款。我实是惭愧不已，决心远走他乡图发展。可是，我身无分文，无本身难动。在这危难中，是母亲帮了我，是党组织帮了我，原本是上交村的八千元，母亲不让我上交，却让我带到西北作创业启动金。十三年来，我从跌倒爬起来，在西北，我开过宾馆，办过农牧业产业等大型企业，养羊，养牛，去年创产值两千万元，上缴税款一百多万元，我出水了！我长大了！"

顿时，与会人员掌声雷动，欢呼创业成功。他们看见刘上秋泪如泉涌，激动得不知怎么说。

他用手抹掉了眼泪。母亲递给他几张手纸，他又向母亲鞠躬，双手捧回手纸，擦干热泪表态："我，坚决不忘家乡的哺育成长，笃定反哺父老乡亲，准备做两件事：一是把家乡的农产品销售到大西北去！也把大西北的特产带回家乡；二是在家乡兴办一个养牛场，发展个体与集体经济，搞股份制，按股分红……"

再一次响起热烈的掌声。

刘上秋心情好激动。他站起来又坐下，坐下又站起来表态："今天当着大家的面，我把当年母亲塞给我的八千元本金，连本加息以三倍二万四千元还给村里！还给党支部！"他边说边掏出一大沓百元印钞，恭恭敬敬地放在母亲和陈秋保手上！

立刻，与会人员都群情激奋，站立起来，为刘上秋这条好汉喝彩！呐喊！击掌相庆！

有的人轻声说："刘总，我跟你打工去！"

也有的人大笑而说："刘总，你西北的场子怎么办？让我去跟你代管……"

刘上秋一腔豪言壮语："西北的场子要做得更大更强。家乡的新场子也跟着发展壮大，今后，我要把牛羊养殖场开到国外去……"

又是一阵热情的掌声。

郑显、刘进按捺不住了。他俩已被激情点燃，跃跃欲表态，但没有时间了！

却让桃姐一瓢温水泼灭了。她调侃说："民以食为天，到了吃中饭的时候了，请各位吃饭！"

母亲顺势说："吃饭！吃饭了再说。"

吃饭时，一细小情节也让人难以忘怀：母亲是他们心目中的领导，是很受人尊重的母亲。她不吃鸡头，连看都不愿意看，今天，桃姐特地杀了土鸡、烹了土鱼、煨了土鸭……从刘上秋到郑显，到刘进，却偏要把鸡头劝给母亲吃，美其名曰"尊重"与"孝敬"。大家也认可这个礼行，也好言相劝。

但是，母亲总是婉言谢绝了，她却夹了几块鱼、几根小菜，边吃边跟大家交谈餐外之事，如西北风情、广东口味，真是津津有味！

人们冷静一想，母亲并没有因为不合自己胃口，不吃鸡头却偏有人霸蛮让她吃，而把脾气写在脸上，甚至以领导的口气训斥下级。从这一刻起，好多人觉得："母亲从不随意迁怒他人。这样的好母亲，我们一定要铁下心来，跟她好好地工作。"

……

（三）

新春伊始，万象更新。

大而言之，国家在忙着召开全国"两会"；小而言之，洞庭村在忙着"两个会战"，即备耕春耕和发展村办企业。

母亲从正月初八以后，到县里镇里又到村里，基本上是"泡在会海里"的，上面精神多多的，下面就一根针，她拣重、急、难的关系民生大事来抓，所以，她就将出了这个"两大会战"的头绪，她让陈秋保副书记侧重抓备耕春耕，解决老百姓一年到头"吃饭"的大事；让马华中侧重抓发展村办企业，解决村级党政组织正常运转"用钱"的问题。

上级来检查，无不认为村党支部工作部署科学周全，大加点赞！但真正实施起来，却左难右难，棘手的问题不晓得哪有这么多！

先说备耕春耕，除了备种、备肥、备农药外，重要的是排灌水渠的疏通，这里牵涉到要挖东家的田，破西家的土，毁北家的路，勘占南家的渠等。这些事除了用"钱"外，还需做大量的细致霸蛮的工作，不然的话，一坝挡住千江水，使得大家都搞不成！

好在陈秋保做事有朝气，当过兵的人有"兵气"，不信邪，不怕鬼。一条水渠疏通路过黄氏与王氏家族自留地时，不得不挖掉黄、王两家人自己修的土埂小堤，否则，水渠疏通不了，也就过水不了。为此，秋保先跟他两家宣传普法：土地所有权是集体的，个人只有管理权、使用权。因此，你们要服从大局，支持集体疏通渠道，不能阻工。按理说，这一番普法应该见效！可是，对这两家一点儿效也没有。他们强词夺理说分给他的就是他的，要挖掉一是要钱，二是要土地……

村里像这类问题，从 1982 年实施土地承包责任制以来，就没兴过品钱品土地，秋保仍然坚持普法，并批评说："你们这么搞，是无理取闹！是违法的！我们要考虑向司法申请执法，或收回你们的承包权！"

这正义之声，却遭到了黄家女儿凤凤揌出脑壳搅局，她是教书的，仗着自己是书记的侄女，不服管教，横冲直撞，与秋保吵得颈上青筋有一筷子粗！出言不善："你们这些贪官，挑大粪的教要揩一指拇……"

秋保用电话向母亲报告了凤凤阻工的恶行。

母亲大义灭亲，指示说："依法依规办事，只管挖，搞拐了我负责！"

秋保接到"尚方宝剑"后，与村民挥锄如雨下，锄起堤埂毁了。

凤凤耍赖，横卧在未毁的堤埂边。

秋保对村民使了个眼色，只见四个壮汉子，两人抓她手，两人抬她的脚，喊道："丢到塘里去，淹死她算了！"

凤凤见势不妙，"打匠怕憨匠"，她服软了，加劲喊："我求求你们，饶我一条小命……"

四汉子这才松手放了她，吓唬的目的实现了。

俗话说："打得一拳开，免得百拳来！"

从此，村里搞水利建设，再没有任何人揌出脑壳来捣乱的！哈哈！人民是真正的英雄。

不过，凤凤从此恨上了母亲。

再看马华中，他负责的村办企业这一坨，有人说是搞的一"肥阙"，也有的人说"前世造了孽，而今管企业"。对此，他心宽，不屑一顾。

一天，他把郑显邀上来了一次"现场办公"，首先，他跟郑显来到他当年跟其父兴办的砖场，故地重游，勾起他许许多多的乡情乡愁。堂堂男子汉，眼见当年自家的砖场，如今被蒿草杂树淹没，不禁泪目了！

马华中见此景，不免心也疼了！他有意提醒道："当年的辉煌，怎么说垮就垮了？你去广东十几年，也反思过吗？"

郑显抹了一下眼泪，用脚踩倒杂草并指着杂草责怪愤恨地说："杂草淹没了我的砖场，也是杂念打垮了我的企业……"

马华中边听边想：他还是怪别人，为什么不怪自己？与其说是杂草打垮的，倒不如说是他贪酒杯搞垮的！但他没说出来，只是顺着郑显的话，应付而已。他继续带着郑显绕砖场一大圈，眼见地广人稀，多么好的土场，易于取土，易于上窑。但是，他深知好的光景已经回不来了！郑显和他爹人也老了，没有回天之力，便跟他说直话："以后，可能要平整土地，退场还耕地，你没意见吧？"

郑显睁大双眼，发怒道："那不行，我还要新起新发！我和我的儿子联手再干……"

马华中微笑着说："你就莫吹牛了！"

马华中与郑显是连襟关系，也就是说郑显的堂客和马华中的堂客是亲姐妹关系，所以，马华中对眼前这位姨姐夫还是蛮了解的。

马华中继续带郑显去了茶场、渔场、湘莲场以及新修的甲鱼养殖场。所到之处，场长们都以郑显荣归故里而奉迎他，灌他的"洋米汤"，一时郑显还真找不到北啦！他纸上谈兵，夸夸其谈，还有几分道理。

中午，马华中设"家宴"招待郑显和各位场长，一是联络感情，二是听郑显"喷经"，三是为郑显接风，郑显一见酒，端起酒杯就不松手，大谈广东创业，牛皮轰轰，宛如一个成功人才在场长们面前显摆。

可是，这几个场长内心里是瞧他不起的，只是嘴上不说。违心地陪他喝酒猜拳，什么正经事也没做……

请看，当尴尬被妥当地化解时：宾主正在喝酒猜拳，突然听到"哐"的一声，人们自然循声望去，只见郑显手中的酒杯掉在地上了，打碎成几块。郑显一脸的尴尬，正欲弯腰捡起扔了，他身后立马伸出一双手，替他捡起破碎的酒杯，边说"岁岁平安"边替他换上一杯好酒，他循着手一看，醉眼中竟然是分居好久了的华华。有人小声嘀咕：他俩不是离婚了吗？为什么对他还咯样好？有人不语……

郑显就汤下面，端起酒杯，又大大方方地喝起来，像刚才什么也没发生过一般。

　　饮酒的人此时已是恍恍惚惚，虽然看到了郑显的那个瞬间，却被马华中和他堂客王云云的热情所遮盖！他们佯装什么也没看见，仍然陪这位"广佬"饮酒……

第二十章　恩将仇报

（一）

恶人先告状。这虽是一句俗话，但它反映了世事的真相。谁是恶人，笔者不说，让县教育局一个调查组经过实地调查核实，以结论说的为准。

还是那天，陈秋保率领一支水利疏渠清淤队伍，决战水利建设，在施工中，碰到不少的矛盾，可都比较麻利地解决了。唯独遇到凤凤家自留地挖水渠，却遭遇了大矛盾，大的标志一是惊动了母亲，二是惹起了众怒。如果不是陈秋保副书记使用软硬兼施，那就真会耽误水利大会战。俗话说的："打退不如吓退！"此法真管用，四条汉子把横躺工地上的凤凤吓退了。这原本是她无理取闹！

然而，黄凤凤仗势欺人，竟然告状到县纪委和县教育局，称她被人欺侮侵犯人权，要求维权，严惩打人凶手。

县里正要抓正反典型。这个送上门来的告状信立即引起县委、县纪委、县教育局重视，立案调查。带队的领导是县教育局纪委书记曾宪义，另有三人，一行四人兴师动众地进了村部。

早已在此恭候的母亲和马华中，因陈秋保是当事人而回避了，凤凤也奉令回避。

全体即除去陈副书记外，另四个支委和甲组新组长马华六等十三人，被分成三组分别进行调查座谈取证。

马华中和四个村民见证人为一组。曾纪委仿佛是中了先入为主的魔怔，脸上刀都剁不进地问："听举报人告状，你们把黄老师抬起丢进水塘，要淹死她，是否属实？"

甲村民义愤填膺，巴掌一拍胸膛反驳说："这是诬告！原是凤凤老师阻工，恶口骂村民，陈书记跟她普法：土地所有权是集体的，集体要修水渠，疏通淤泥，你阻工是违法的，也是不合理的！亏她还当教师，她教的什么书？她不配人民教师的称号……"

乙村民打断甲村民的话，抢着诉苦："难道说教师就是特殊公民，不守法，可以违法？我看她就是恶人先告状，告的刁状！"

丙村民话少，但有斤两，她说："教育局应该给这样无理取闹的人处分，甚至取消她的教书资格。"

这一番连珠炮一打，把曾纪委打晕了！他变得哑口无言，抱歉地追问："你们说的可否是事实？"

马华中和四个村民异口同声地回答："完全是事实。不信的话，我们签字写血书诉状，告倒黄凤凤……"

"我的个天啊！"曾纪委托故离去，大概去了其他两个组了解新情况。

一会儿，他回来了，仿佛大彻大悟地说："事实基本上已查清，你们去忙，我们去学校看看！"

母亲和马华中陪曾纪委去学校。

学校门口站着一位年轻的妈妈老师——李芳和校长王快乐返乡支教，笑迎县局和镇学校来校检查工作。

一番寒暄之后，曾纪委直奔主题地问："你们学校有没有表现优秀的教师？我们想找这样的先进典型，为全县教师队伍选优树标兵！"

王快乐满口接应："有！有！她就是李芳老师，学生们都亲热地称她为妈妈老师，她像妈妈一样，爱护帮助学生，优秀事迹那要用箩筐来装……"

母亲对王快乐使了个眼色，情不自禁地汇报："李芳老师真的非常优秀，她经常贴钱帮学生交学杂费，经常进行家访，辍学率大幅下降，个人品行更好，对村里公益事业支持大，通情达理，人人都夸她是我们的好老师。"

李芳借故离开了。

又来了几位同学，也连续为李芳点赞。

曾纪委书记一问到黄凤凤的表现，众老师顷刻像变成了哑巴似的，闭口不谈她的好歹。此时的曾纪委书记心知肚明了！也没有再追问下去。他带领调查组在教室、操场、李芳老师的住处等看了看，然后跟王快乐和母亲建议："李芳确实优秀，你们搞一个先进材料，五天内上报县局。至于黄凤凤，可能要严肃处分！"

母亲先喜后怕，喜的是李芳或被树为全县教师的先进榜样，怕的是黄凤凤或被开除。她不禁吓出一身冷汗，忙把曾纪委请到隔壁办公室，为黄凤凤求情。

母亲的心思，在场人都心知肚明，也在不停地跟县局纪委随行人员讲好话，求情放黄凤凤一马……

这时，县局调查组与母亲、王快乐招手告别。在场人发现母亲泪目了！大家再度认为，母亲心太软！心窄！心善良！

没多久，李芳被正式调到县教育局工作，之后她任教育局股长，任副局长了。

（二）

早晨，阳光和煦，时至霜天，落叶纷纷下，田里片片金黄，土地红薯正待挖，水中的鱼儿翔浅底……收获季，村民们真忙！

母亲更忙！她早晨来到村部，准备跟陈秋保、马华中以及"西北商人"刘上秋去企业签购销协议。

　　突然，人称"老干部"的郑河海和他老婆来了，一见春姐便奔上前去，开门见山地请求："听说你们领导去企业办事，刘上秋也去吗？他去西北发财了！我俩求你把显儿也带上，让他学点好样。显儿去广东好的没学到，钱也没赚到，赤膊去赤膊回，真是恨铁不成钢……"

　　春姐听说是这个请求，立马表态答应了。她没时间再听"老干部"唠叨，直接让他通知郑显来村部同去企业联谊会。

　　"老干部"郑河海连连摆头，叹长气说："我同他搞'纠'了，几年没讲话了。纵然我们通知也不起效，还是麻烦你通知一下。"

　　他老婆也加劲求情，恳请春姐帮一下。

　　春姐拿出手机，按"老干部"讲的号码，拨通了郑显的手机，以村党支部的名义邀请"广佬"参加购销联谊会。

　　郑显一听是开联谊会，心想又有酒喝了，连忙答应，半句谦让的话都没说哩！

　　很快，该到的人都到齐了，他俩急转身回去了！父子见了面真的不讲话。

　　母亲边走边静思：玉不雕不成器，儿女不从小严肃教育，长大了再教育就迟了！她想起梦中的那个人，郑梓的父亲——郑丰收是做得很好的！她为她的丈夫教子有方深深地致敬！也有郑梓从小发狠读书，不逃学，不偷懒，不学坏，从小学读到大学一路走来，都没让父母太淘气！"这既是梓儿他爹的功劳，也和我当娘的分不开……"

想着念着，不觉已到了书院洲。马华中分工负责企业，他提醒母亲，已经到了渔场。母亲这才停了念想，吩咐说："好啊！把王长福场长请来面对面协商！"

王长福听到母亲念他的名字，立马应声："我来了。请各位领导来场部指导工作！"

大家应邀来到场部一间堂屋，只见屋四周摆好了椅子，中间一圆桌，桌上摆满了茶杯和一大盆芝麻擂茶，还有油炸红薯片、炒花生等，可见王场长早有准备，也很好客。与会人员顿时心里像是暖和多了，兴高采烈。尤其是"西北汉子"和"广佬"受到这等待遇，感到受宠若惊，他俩内心的反应却大相径庭。"西北汉子"认为这次必须要为渔场做点实事；"广佬"却认为这次有一餐好吃的、好玩的！

母亲建议大家把复杂问题简单化，一个愿卖，一个愿买，两相情愿，交定金，订协议签字生效。

马华中、陈秋保等一致同意。

马华中和刘上秋、王长福首先谈购销数量、价格、启运费、保鲜方式等，王长福与刘上秋洽谈一番，他俩或因为是老熟人，一谈一拍即成交。即：数量不限，价格为市场价，定金付百分五十，保鲜走空运，从长沙至西宁，只需两个小时十五分钟到达。据此几条甲乙双方签字。

马华中作签证人，当即刘长秋拿出两万元交给王长福作定金。货到三天尾款再付清。王长福感谢母亲等帮忙，还告诉她，他的大儿子当团长了，二、三儿子也在部队当营连长……

事情就这么简单、高效，务实。

郑显眼红了。他提出要求：他也要把洞庭湖的鱼销到广东珠海去，但而今不交定金，货到六天付清。

马中华和郑显是亲戚。大家以为这下完了，马肯定包庇郑显，会做黑市交易。王长福急了！母亲也急了！大家都急了！事情一下变得复杂化了！

谁知，形势突变！马华中对郑显是"熟如锅巴"，晓得他经常是布擦布，哪来的钱交定金！马华中第一个站出来反对！这一"实锤"让王长福和大家松了一口气，一齐跟着反对！事情又变得简单了！

郑显见势不妙，自己给自己找台阶下，他夸大话："三天之内，拿了钱再跟你们签！"

"那可以！"马华中、王长福马上答应了！

母亲又建议："把茶场场长向大培、湘莲场长刘长保请来渔场，来一个'就汤下面'可行？"

陈秋保第一个站出来表态同意。

马华中接着通知那两位场长来渔场洽谈。打完电话，他对母亲和陈秋保坦率地表示："如果郑显不是我的亲戚，我可能会同意。因为无私无畏，看似复杂的事，或变得很简单！"

"这话有道理！"母亲带头为其点赞，她还说，"郑显是我的侄儿，也是亲戚。幸好你主持公道，为大家解了难，也帮我解了难。"

陈秋保连连点头："有道理！有道理！"

正说着这些贴心话，茶场和湘莲场的场长已然来到母亲身边。母亲跟他俩说了今天洽谈茶叶、湘莲子销售事宜后，马华中按照渔场的成功经验，复制行事，简单又省心！

不到一小时，茶场和湘莲场的向大培和刘长保与"西北汉子"刘上秋拍板成交！且利利索索地交了定金给向、刘二位场长。

郑显这下安静了！再也没出来"闹瑟"了！此时，他心里可能想的是喝酒，也可能想的是与一个新女朋友搭伙过甜蜜幸福日子哩……

临吃饭了，母亲把桃姐和刚儿喊来，一起分享成功的喜悦。渔场坐东，在湖里抓几条鱼，煮了一老天锅，大家吃鱼喝酒好开心呢！

更引人开心大笑的是，郑显说的一个黄段子小品。他说："女人与男人的区别是什么？比上不足，比下有余。"有人问他："你为什么要和王华华闹离婚？"他不假思索地回答："因为她晓得我的长短了，我晓得她的深浅了！"

乍一听，没什么奇怪。但想想，大家除了母亲外，都笑得合不拢嘴。

有人再问郑显："而今要闹离婚，当初为什么要结婚？"

郑显喝了一口大酒，故意停了一拍说："因为当时她想开了！我呢想通了！"

桃姐、"西北汉子"等拍手大笑！

马华中边笑边问："你跟谁学的？为什么尽学这些？"

郑显没理睬马华中，对他怒视了一眼，反讥地斥责："到底是三儿大些，还是四儿大些？不晓得大小，莫跟我讲话！"

吃饭喝酒的人都晓得，郑显大些，是姨姐夫。但都没有跟郑显帮腔，反而帮马华中的忙："他木已成舟，成了浮了，关你何事，你管他作甚？"

"是啊！"马华中迎合着表示，"当我没讲过这些话！我收回！行了吗？"

此时，母亲定睛朝显儿细看，发现他身上文的有像美女、鱼鳞、蛇尾的东西。对此，她十分反感！瞧不起这样的人，她连忙转眼看远处的蓝天和湖水，欲洗涤被污染的双眼……

刘上秋晓得：那文的是美人鱼。

（三）

新的立春节来到了。

桃姐作为妇女主任，是分管计生工作的。她昨天到镇政府参加了计生工作会议，或因情况紧急，连夜就来母亲家汇报会议精神，并形成共识，明早全村开展计生"拉网式"检查，一律按上级党政指示精神办理，也来一个把复杂问题简单化，大事化小，小事化了。

她俩像是亲姐妹一般，说着说着，兴趣和热心都蛮高的。桃姐也似乎忘了回自己的家，母亲也像是要留宿她似的，两人边喝芝麻花生擂茶，边谈着公事家事：关于家事，桃姐羡慕母亲有一个孝敬听话争气的儿子，还有三个乖女儿，一个嫁到广东，一个在镇里，一个在县里，儿女们都多次想接母亲去广东、县城、镇里过清净幸福日子，但母亲因工作责任心强，也是多次谢绝儿女们的盛情……母亲则眼热桃姐有一个像仙女似的女儿，又乖又孝顺……还有一个模范丈夫……

这时，天公作美，天下起大雨来了，人欲留客，天老爷也帮忙留客。那夜的雨，还真把桃姐留宿在母亲家了！山谷的风陪着她俩谈私事又谈公事。母亲紧蹙的眉头舒展开了！她微笑着说："村里的计生工作总的还是较好的，但有几户像唐平平，人称'唐老鸭'的，他媳妇已生育七个女儿了，人称'七仙女'，听传说其媳妇又怀孕了，如果明天前去检查，要求把菊儿带上，请她为我俩支招，你看行不行？"

桃姐如实报告："我女儿昨天去县卫生局参会了，恐怕是无缘了！"看得出，她像是有点尴尬哩！

母亲借着电灯光，完全看透了她的心思，妥协地说："没关系，以后她有时间了再请她，日子长着哩！"

"……"

第二天，支委共五人按约定一齐来到甲组马华六组上，挨家挨户地明察暗访，问什么？怎么罚？他们都是老手做现事，经验教训有的是，不用母亲指点，对此，母亲很放心。但是她并不轻松，为什么？一天下来，查了几个组，一百余户，其中有两个分别是陈秋保和桃姐的亲戚，一律按每超生一胎收取社会抚养费八千元的标准执行。陈秋保、桃姐心底无私天地宽，他俩立即变复杂问题为简单，表态：收！照收不误！"这两家没钱怎么办？"刚儿似乎有点怜惜地问。"抵物资，抬家具，牵牛赶猪，折合成罚没款。"陈秋保、桃姐都先后麻利地表态啦！

村干部一齐上，还请了几个劳力也加劲做事，半点钟左右，把陈、桃的亲戚的床、牛、猪、电视机等拖了两车到村部锁起来。村干部的亲戚带了头，其余的平头百姓也只好老实巴交地让村干部抬东西、牵牛和赶猪！

傍晚，村干部收工了。

可母亲半晌没有离开村部。她看着拖来的大堆家具、电器和牲口，紧蹙的眉头怎么也舒展不开，心情特别沉重："为什么要这么粗暴地执法？这些东西放在村民家里还真值钱或万把八千的，放在村里就是浪费！浪费和贪污就是犯罪……"

母亲的思绪经历了激烈的斗争。她彻夜未眠，尽管门前老树上的鸟儿一阵一阵鸣叫，对她来说却似乎没听见，听见的似乎是老百姓在骂她或村干部！这责骂声，俨然像"满塘蛤蟆叫"，虽然蛤蟆不咬人，但闹人。对此，母亲一反常态地认为：蛤蟆闹人，是在给村干部敲警钟，警告大家要柔性执法或文明执法……她梦中的那个人，将支持她做出艰难的抉择……

天亮了。

她第一个来到村部，给昨晚牵来的牛、猪喂水，然后把村干部请来跟他们商定执法新措施：人性化加文明！

村干部像是当过兵的人，动作雷厉风行，几分钟就来到了村部。

母亲先带他们察看了昨天拖来的罚没物资和牲口，然后自我反省："昨天执法外表看是轰轰烈烈，权倾一时，但从内看是伤害了干群关系，伤害了老百姓的情感！像这样的粗暴执法，有的人嘲讽为'阉婆娘、赶猪娘、拆屋梁'的'三娘'土法，我认为我们不能再干了！我建议：通知他们来村部搬回去。没劳力来搬的，我们租车帮人家各自送各家……"

开始，有的村干部不同意。

母亲反复跟他做过细的思想工作，启发他"将心比心，以理服人，以情感人"。她还断然预测，用此法比粗暴的"三娘"法，效果将大不一样，不信，等着瞧！

　　母亲和这位思想一度不通的人打赌！而这个人的名字没必要透露出来。母亲认为，这也是可以理解的！好在母亲的过细工作感动了这位村干部，他表示放弃原有的想法，愿意接受母亲的"文明执法"！

　　半天不到，村干部做表率，来了出"完璧归赵"的折子戏。老百姓喜出望外，看到自己家的床、电器、牛、猪等又被归还了！真是感谢不尽！表示："借钱去，交罚没款！"

　　三天时间，大喜来了！所有该交社会抚养费的对象，陆陆续续拿着现钞来村部交罚款啦！但有一户名叫"唐老鸭"的，交了一半，打欠条一半。他信誓旦旦地表态："我们不生了。要生就生一个当县长、市长或省长的人，为你们文明执法、把村民当主人而点赞……"

　　村民吟诗赞文明执法：

拖来牲猪和耕牛，

南组翻过北组头。

计生罚款来复去，

文明执法阳光路。

第二十一章　小村大美

（一）

有民谣唱：村民无事不找村支书。可敬的母亲也应和着说："民众无事不登门，登门非小事。"由于有这种信念，村民每每遇到为难处，第一个要找的人便是她：母亲。

果然，这天外面还下着雨，听雨声，母亲想多赖赖床。忽然，传来急促的敲门声，小爱犬也在"汪汪"地叫，仿佛还有细微的摇头摆尾声。母亲凭直觉认定这可能是小狗认识的人，它是用叫声跟主人报告：来客了！又用摇头摆尾的礼节，跟客人打招呼：莫急，我家主人还未起床哩！

其实，母亲听到狗叫声，立马翻身起来了。她看天气有点凉，多穿了一些衣服。大概只占用了一两分钟，可门外又传来敲门声。她想，这或真不是小事！她把头发捋了几下，用毛巾擦了几下眼屎，奔去开门了。门开处，来人竟然是夏莲和她的女儿凤凤。没说上几句话，只见凤凤"扑通"一声跪在母亲跟前，两手抱着她的大腿，哭丧着说："姨妈，你要救我！要救我……"

夏莲也在旁边边说边抹眼泪："姐，你是要救救侄女，不然她会被开除……"

母亲被这突然袭击搞晕了头，若说是半夜起来摸不着头和脑，可分明又是早晨大白天的！她执意打断她母女俩的话，强调说："你，凤凤必须先起来，再说情况。"

凤凤倔强劲儿不减，两手继续抱住母亲的大腿，央求且带有几分威胁地说："姨妈，你若是不答应，我就跪死在你眼前！"边说边让泪眼模糊的脸东甩西歪。

母亲想挣脱她的双手，但她像在大海上抓到了一根救命的稻草，死活不松手，且越抓越紧。母亲低头用手抚摸她的头发，第一次看到凤凤也有求人时的怂像，也第一次感到被人抱大腿时的不自在和憋屈。没办法！母亲妥协了！她松口了："我若是能帮则帮，你必须马上起来！"

夏莲见姐发脾气了，她劝凤凤起来了再说。凤凤此时瞪了她娘一眼，再眯眼看母亲脸上写满了对自己的怒气，于是决定站起来，并丢了狠话："你若不帮我，我再给你下跪，一直到跪死为止，反正我活不了……"又是一阵歪哭歪叫的！

母亲隐约地感到凤凤像是在演电视剧，有备而来的！故意不齿她（即不答复她）。

凤凤哭诉道："昨天，镇联校领导告诉说，我因恶人先告状，又因教书时打骂学生，可能被开除教师队伍。这就是掉了饭碗……"

夏莲补充说："姐姐，联校领导说只有村书记出面求情，才有一线希望保住饭碗，不然的话，谁都救不了凤凤！"

母亲记忆犹新地告诉她俩："早一晌，我就出面求情了！怎么？我这老脸不管用啦？"

凤凤再次央求："麻烦你再求领导一次，我坚决改正错误！我保证不再犯了！只要能让我继续教书，我保证养你的老，养我母亲的老……"

母亲听这话似曾听了多次了！她不以为然，反而觉得她是在撒谎骗人。她内心里不想再出卖老脸为她求人求领导，但她心软又一次流露出来，她违心地回答："我答应你，再一次用我的老脸求人求领导。如果不管用，那你就只能怪你自己。"

第二天上午九点，一辆小汽车安然驰入村部操坪。在此等候多时的母亲和陈秋保、桃姐等，一见车门开处显出几张熟悉的脸，立马迎上前去，打招呼，问好！

县镇教育局、联校（后改为中心学校）来人是李芳副局长，曾纪委书记和中心学校黄校长一行四人，先欲跟母亲通气。李芳一见母亲，"母女"俩来了个亲热的拥抱……

母亲急不可待，来了个先发制人：她以拱手礼的形式，抢先求道："领导，我们党支部集体给黄凤凤求情，请求给她一条后路，给她一个痛改前非的机会……"

陈秋保、桃姐、马华中、刚儿也立马拱手求情，旁观者认为只欠给领导下跪了！

县镇教育部门领导见此境况大感意外，各自扪心自问："为啥给这么个人求情？"

俗话说得好："不看僧面，看佛面。"母亲及其支委方显出一副佛像，怎么不教这些"县官""镇官"们感动？他们相邀在隔壁面议室，向县里真正的大领导请示：复议对黄凤凤的处分，建议改开除为开除留用一年！以观其后表现！

大领导的心也是肉长的，他表态同意，一锤定音！

李芳副局长当代表跟母亲等表态同意改变黄凤凤的处分，从轻发落。他们在学校当着黄凤凤和老师们的面宣布了局党委局纪委、监察的决定："开除留用一年……"

曾纪委还透露说局里消息："李芳曾多次被评为年度优秀教师，并推荐为县人大代表！"

母亲的村支两委以及王快乐等老师们以热烈的掌声感谢领导的关爱……

黄凤凤含泪作保证："痛改前非！重新做人！"

（二）

村民的注意力一直关注村企业的发展，其中一度最关注的是刘上秋做生意风生水起，为什么？谈来论去，最终落点还是他为人守诚信，也曾搭帮在大西北当兵，有一些人脉关系。这年头，有人脉关系就是有资源，有资源就有生意兴隆；而最关注的另一人郑显，他许诺三天就会打定金来，可如今恐怕百个三天过去了，也不见他拿钱来交购物定金，分析来分析去，最明显的问题是他贪酒误事，再加上最近又跟堂客闹离婚，一争二躁，五神不作主，六神也不安！还能做成生意吗？

村民们看到刘上秋离开村里时，一些年轻人跟他去了大西北打工了，用官腔话说是劳务输出。村干部马华中说："少说也有十四五个人，跟秋哥去外打工了。尤其是秋哥的亲哥大秋和小弟少秋早已去了大西北，从零起家做生意、开店子。身价少说也有七八百万元。而今，谁能帮助他赚钱，他就跟谁走！不要理由，这就是最硬的理由！"

村民们还看到郑显离开家时，形单影独，只身前往广东打工去了。为什么没人跟随他去？按经济发展情况来说，广东是中国的经济第一大省，钱比青海省多了几百倍，可偏偏年轻人不往经济大省走，却向欠发达的大西北，这里的关键问题是跟对人，或跟对老板！人跟对了，就能赚钱发财；人跟错了，一切完蛋。

也是村干部马华中评论说："郑显人并不蠢，而是聪明反被聪明误！吃三样想五样，小猫钓鱼三心二意……村里的砖场，让他搞垮了，拖拉机开烂了，进供销社被辞退，搞电工陪酒喝死李童。有得这几次折腾，谁又奈得何？"

村民们，听马华中这番道平的话，无不认为他的眼睛有"毒"，可避免上当受骗！

然而，他目前谁也不答应，在他眼里，该他上的时候，远未到时候！他还隐约认为，这或许是为了恭维他而说的话，或许不是内心需要！

村民们都晓得，马华中之所以看人看得准或是跟他父母亲的遗传有关：看看，他父亲曾当过三十多年的队长，从新中国成立初期干到 20 世纪 80 年代初，其中什么人没见过，诸如"烂风车""搅屎棍""泼妇"等都被他一一降伏；什么事没经历过，再如兴公共食堂，吃钵钵饭，"文化大革命"中也曾被"批斗"过，当时传说的"九级司令部"就包括农村生产队长哩！作为马队长的儿子马华中，从小耳濡目染，潜移默化地学了几手，身怀绝技一度无处用。而今，他比父母多了一个较大的平台，当村干部，难免要与各形各色的人打交道，一旦交手，谁又能逃过他的"法眼"？他的父亲虽已故去，母亲却安然无恙，身板硬朗，性格乐观，爱做好事善事。她老人家生养六儿一女，都是村镇的栋梁之材。儿女夸她："娘或是百岁大寿星！"

（三）

小村大美。为什么又说大美小村？用知识分子王快乐的话来说，即从刘上秋带领一批青年人，去大西北进行劳务输出；到而今李芳老师带队到全县各中小学校宣传中国梦，宣讲为国育人，为党育才！尽管她是县教育局副局长，但她是从洞庭村走出去的人。这不能不说是小村大美的结晶，也或说是大美小村的精彩与光辉。

曾记否？以前在欢送李芳调县教育局工作的仪式上，村副书记陈秋保激情满怀地说："同志们、老师和同学们：受母亲书记的委托，我代表党支部、村委会为李芳老师举行欢送仪式！只因她是我们学习的榜样，是人民的好教师，是党的教育事业的忠诚战士！她教书育人，克己奉教，为人师表，是值得全社会尊重的……"

与会人员以热烈的掌声表示欢送！王快乐老师跟大家转告："母亲到县党校学习去了！她已给李芳老师表示，为她祝贺和自豪……"

李芳老师与大家握手告别，坐上了县教育局派来接她的专车！

李芳的身影在欢送人群的视野中渐渐消失了。

但是，她的先进事迹却浮现在人们的脑海中：李芳的家安在学校宿舍平房东侧，是一套不到 60 平方米的两室一厅，木门木窗，斑驳的家具和书柜书桌。这里不仅是李芳一家三口的住所，也是 30 多个孩子记忆中温暖的家。

这些孩子，他们有的是孤儿，有的是留守儿童，还有的是残障孩子。在长、短假期和双休日，李芳经常加班辅导孩子们学习，并免费提供午餐，这对"天下没有免费的午餐"是一个极好挑战！

学生小芳，出生时父母就离异了，一直跟着爷爷奶奶生活。小芳读初二时，奶奶又去世了，她一度沉默忧郁，梦中的天也将崩塌了。李芳得知后，主动跟她爷爷沟通，经她爷爷同意把小芳接到自己的家里。在李芳无微不至的关怀下，小芳成长为一个"阳光女孩"，顺利地考上县一中，最后高考考了 600 多分，被 985 大学录取！

此后，小芳就把李芳老师当作自己的亲妈，逢人不逢人都尊称李芳老师为"代表妈妈"！或者叫"母亲"。

因为李芳老师此时已当选县人大代表。所以人们都跟着小芳同学喊李芳老师为"代表妈妈"。尤其是小学生们，常常这么尊称她！

……

看看而今：虽是事过境迁。但村民们把视角转到村卫生室。为啥？只因新上任组长马华六在帮组上人用牛耕田，耕到田淹塍边，突然被什么咬了一口，疼得钻心。他叫停牛，躬腰清洗疼处，却见一条黑白花纹的毒蛇从犁耙边惊慌而逃。他立马意识到："不好了！被毒蛇咬了！"在房东的帮助下，立马把马组长送到秋菊处治疗。

秋菊作了一些技术处理。立马叫刚儿开车把伤员带她自己一起送到县人民医院抢救！医生们立马上阵进行急救！

在县委党校学习的母亲获悉后也迅速赶来医院看望马华六和秋菊等。

医生们告诉母亲，幸好送来及时，并得到急救，马华六的伤势很快得到控制……

然而，村里那几个蛇郎中却巴不得马华六早点死，他们好发死人的财！他们正在做着"美梦"哩！如：治疗费打八折，可收取八千元。如果去世，做道场，五个道士，人均四千，可收取两万元……还赚了三天两晚的吃喝……

殊不知！蛇郎中给别人设的陷阱，别人或没陷进去，反倒他们自己陷进去了！

其实，医院里马华六的伤情，由控制住到治愈，仅用七天时间。第八天，马华六在秋菊的陪同下，刚儿开车来县人医，把他平平安安地接回家啦!

马华六的老婆和亲戚如马华中(其兄)等到村部迎接,大张声势,让马华六现场发表治愈感言……

围观者里三层外三层看热闹,开始是不信,一看见马华六气色红润,讲话声音洪亮,中气足,才确信不疑!这中间,有几个是蛇郎中,他们见势不妙,肠子都悔青了!什么八折八千,道场二万,一切化为泡影!

村民心知肚明,心照不宣,只是悄悄地嗤笑这些蛇郎中……

后来,蛇郎中合伙造谣:"那肯定是春姐暗送药丸,救其命,不然,呜呼哉!"

到底是谣言,村民们不予相信,但蛇郎中说得活灵活现,有胳膊有腿儿的,一部分村民也跟着讹传……

第二十二章　学习熟悉

（一）

从小村来到县城的春姐书记，所见所闻：城里路宽、车多、人多，街道亮化、美化、绿化等风景线，让她感觉城乡差别还是蛮大的！她自言自语地念道："这个是事实，不承认，那是坐井观天；天只有一井大！可笑！无知！"

然而，更让母亲感到震撼的是：在洞庭县委党校学习，收获真多！大的收获之一是看了反腐败警示片，党中央、中纪委利剑反腐，让母亲由衷地认识到党的自我革命伟大、光荣、正确，但让她感到困惑的是："为什么反腐处在高压态势之下，腐败分子像'割韭菜'似的，割了一茬又一茬？"

可巧的是：母亲和儿子郑梓同在一个大会堂听报告看视频！这在她们母子的了解知晓之中。母亲盼望着与儿子讨论反腐的感受。儿子也盼望着与母亲相见，听她老人家的面对面的教导！

更为可巧的是，这个机会很快就来了。

当天傍晚，郑梓携媳妇慧慧来到县党校，拎着食品袋和衣包来看母亲啦！

喜出望外的母亲接到儿子的电话，早已在党校大门口等候，当母子、婆媳相会之时，一是亲热！二是亲热！三是更亲热！母亲原本像是有一肚子的话要对儿子说，可真见了儿子，一句话也没有了，只晓得问那些鸡毛蒜皮的家事、小事！

郑梓见了母亲，也只晓得劝劝母亲别太辛苦了，工作是干不完的，生命是有限的，能上下过得去，就算不错了！

儿媳慧慧说得似乎直白点："妈，你太像我们的父亲，只顾别人，不顾自己，舍命为救人。你自从当了村支书，孙辈都没带过，她们经常梦中喊奶奶、爷爷……"

母亲听到这里，泪水唰地涌出来了。她抹掉眼泪，强烈要求："孙女放夜学吗？我请假了，晚上去陪陪她！"她边说边拉着儿子和儿媳，让他们开车去学校。

郑梓与慧慧欣然接受母亲的要求，驱车去了孙女光光读书的地方。

车行至半路，母亲沿街观看，不知在看什么。儿媳慧慧不理解，内心反倒责怪她只顾看城市夜景，心里却没有孙儿孙女……忽然，母亲叫停儿子开的车，急忙推开车门时说："我心里一直在想光光，这里有一家超市，我要给她买点吃的穿的东西！"

"原来如此！"儿媳慧慧内心终于明白了。她反倒责怪自己想多了！弥补过错，她第一个下车陪母亲去超市选购光光爱吃的爱穿的！她对母亲说："不要买东西，母亲，我们家里买了！"

母亲看她的表情，像是故意讲客气，坚持必须要有"礼"表示。

一会儿，母亲以极快的速度买好了孙女吃的穿的东西，在慧慧的紧随之下，来到了事先约定的停车场上了儿子的车。

当母亲和儿子儿媳来到校门口，只见一大群"银发大军"涌入校园内，牵着孙子或孙女快乐回家去。她们四处寻找光光，却不见光光，奶奶心急如焚，泪崩了；慧慧泪目了！她们在希望与失望中焦急地搜寻光光的身影，三五分钟过去了，七八分钟又过去了！在她们决定找班主任老师询问时，郑梓眼睛明亮了，却在灯光暗淡处，看似有单人独影的孩子，且望且行。

郑梓凭直觉认定或是光光，脚下一加油，急驱车在这女孩跟前，亲切地一喊："光光，你奶奶和妈妈来接你啦。"

那孩子循着这熟悉的声音，立马停住脚步，伫立在围墙边，等待着这罕见的惊喜！

郑梓亲切地牵着奶奶走下车，来到光光跟前，让奶奶双手抱着光光，光光睁大双眼，凝神看着奶奶，倍感兴奋和惊诧，一下奶奶泪雨簌簌而下，二下祖孙俩相拥而泣，使得当爸和妈的不知说什么……

（二）

当晚，母亲第一个愿望是带孙女光光睡觉，祖孙的生疏感有非常大的必要尽快消除。曾记否？母亲当奶奶后带养过光光一年半载，而今她读小学了，时光虽已远去，祖孙的情感仿佛也远去了。母亲跟儿子、儿媳提出这一要求后，儿子、儿媳不假思索地赞成了。

可是，当爸爸、妈妈跟女儿说这件事后，光光却不认可，连忙摇脑袋，并给出了一个理由：她一个人睡习惯了，不愿与生人睡。"生人？"爸爸妈妈听完一惊，"她是你亲奶奶，是我的母亲，怎么是'生人'？再说，你一两岁时，奶奶带你长大的，也是一把尿一把屎地帮你抹、洗、换的哩！难道说你都忘记了……"

光光脑膜地说："这么久没在一起，丢生了哩！"说完，她似乎晓得自己说错了，显得有些不好意思，委婉地表示，"我还有好多作业要做，或做到十一二点，怕影响奶奶睡觉哩！"

郑梓、慧慧听了女儿这一说话，心里舒服一些了，但他俩知道一方面安抚小女儿，让她马上做作业；一方面跟奶奶说，孙女有好多作业要做，怕耽搁您歇觉，您还是先在耳房里歇觉吧！

　　母亲晓得这是儿子的安慰，或不是怕耽搁她歇觉这么简单。她从内心深处认识到古人说的话合理合情："上不慈，下不孝!"的精神，她与孙女的接触少，感情就生疏了，这是不争的事实!她暗下决心，以后常来看看，或让儿孙们常去看看她，感情是在一来二往中建立起来的!但是，她心里萌生了第二个愿望，希望和儿子谈心、交心，特别是把他爸爸当书记时的为人处事讲给儿子听，传承他爸爸的好家训、家风和家教!

　　当母亲跟儿子提出第二个愿望时，可喜的是儿子欣然答应了!这让母亲从刚才失望中解脱出来，变得有希望和甜蜜了!她从梦中的那片海到梦中的那个人，就是儿子和丈夫的精神风貌!母亲跟儿子招手，让他坐在自己身边。当儿子的蛮听母亲的话，挨着母亲坐，并关掉了自家的电视，还叫媳妇当"旁听生"。慧慧给母亲斟了一杯牛奶茶，蛮亲热地挨着母亲落座，母亲一看左手边是儿子，右手边是儿媳妇，母子相敬相爱没有距离了，心里真的好暖和的!好舒服的!她想应该开门见山地进行家教了。她带着敬佩的眼神，眉头蹙成了一线，严肃又亲和地叙述着："儿子、儿媳啊!你爹在生时，有三个明显的特点，一是工作积极无私心;二是能够处理好上下级关系，为弱者讲公道话;三是不送礼不受礼;就连搞公共食堂时，炊事员跟他多给一点饭，给我暗送一斤或五斤大米，我告诉你爹后，他跟我说坚决不收礼，连夜让我陪他给人家送回去了。他也不送礼，那时公社书记来村，他从不送礼，反而公社书记还时不时接他吃饭，喝杯酒，他也不麻烦领导，有时婉拒不去……"

郑梓听得很认真，不时地点头认可。他还及时与母亲互动，饶有兴趣地说："世人都晓儿子比女儿好，唯有重男轻女忘不了；我爹却是女儿宠，儿子严，唯有重女轻男忘不了……"

母亲见儿媳妇感到诧异，不好理解。她既是为丈夫辩解，也是为儿子撑面子。她是这样说的："慧慧，他爹不说是重女轻男，可说是男女平等，儿子女儿基本上都看得一样重。但他对儿子要求严，对女儿要求宽，这也是事实，我认为他爹的做法是正确的……"

儿子跟母亲和媳妇深有感触地回忆："我小的时候，也是厌学逃学，爹晓得后，命令我自己拿竹枝丫打自己的手和腿，他看到我打得轻，就抢过来竹丫子，高高地起，重重地落下，打得我痛不欲生……"他喉咙哽咽，面带痛楚地继续说："当时，我们大队像我一样大小的，有二三十个人读书，真正能够坚持的，只有我一人，其余的都是辍学了。他们后来都当了地球修理工。我，则是从小学到初中、高中乃至考上大学，当了国家干部……"他脸儿似乎写着自豪和幸福。

母亲为有这么好的儿子，也是充满自豪与幸福。儿媳更为丈夫的成长成才点赞！

由此及彼。母亲提及她妹妹夏莲对五女一儿子的家教、家风和家训时，说了这些令人毛骨悚然的话："……五个女儿一个儿子，妹夫和妹妹一律是宠爱、溺爱无度，一不骂，二不打，三不表扬，结果是儿子女儿大都成了啃老族，不！啃父亲母亲的少得可怜的钱粮。儿子有机会，靠人安排在县麻纺厂工作。他以上夜班吃不消为由，私自卷起被子跑回家。他爹妈一不问原因，二不骂娇生惯养，三不强烈求要他回厂去，撒手不管，这其实害了儿子。女儿儿子都不读书，逃学路上打牌，输了钱找父母要，谎称交学杂费，实则是还赌债。严重的是：要不到就偷父母的钱，偷不到就抢父母的钱……"

郑梓满怀感激地表示："从我幺姨一家以及社会上不教儿女的父母看出，确是父母之过，相反，我父母对我严于教育，是父母之功劳，我要感谢父母的严肃教育，才让我走上阳光大道！"

母亲、慧慧连连点头称赞郑梓说得对！不料，在隔壁做作业的孙女，却在静悄悄地侧耳倾听，几度动容，深受教育和启发！看看，光光也情不自禁地放下笔，跑出来参与父母与奶奶的互动……

经过这一场不经意的家教、家风、家训的对话，让光光增加了对奶奶、爷爷的敬佩感和亲热感！小学生对奶奶从此不再感到是"生人"，而是真正的亲人。她对父母的严教严管，决心不再抗拒了！笃定敞开双臂欢迎！

这真是意外的"润物细无声"的收获！

奶奶这趟来得不虚此行。她究竟会选择为大家还是为小家的利益？请看她的艰难选择……

（三）

翌日清晨，郑梓驱车送母亲上县委党校继续"深造"学习。一路上，母子俩是从幸福山下来的，从头到脚，由内而外，到外都洋溢着满满的幸福感！甜蜜感！不仅如此，从他们简单的几句沟通来看，也充满了大量信息：大爱与小爱，公权与私利，稳中求进等。

大约 10 分钟，儿子把母亲送到党校大门口，目送着母亲进了一间教室，他才倒车离开。人虽然与母亲分开，但母子连心，他的心仍和母亲紧紧地联系在一起。听听，他正和广东的妹妹联系，还和县城的妹妹联系，计划组织一次"母亲与子女们全家汇"，时间拟定在母亲从县党校结业后的第一天。他要求妹妹们无论远在天涯，还是近在咫尺，都风雨无阻地如约而至来拜见母亲大人和先父遗像，以弥补过去聚少离多的乡愁与亲情。

母亲从跨进党校教室，见老师和同学们未曾到达，便拿出儿子、儿媳清早给她煮好的鸡蛋，泡的一杯枸杞菊花茶，她边喝茶边吃鸡蛋，味道甚好，营养也极佳。母亲内心再一次感到儿子儿媳给她的温暖与爱意，回想起生儿育女时吃的亏、受的难，都值得!

　　上课了。

　　母亲是凭超级好的记忆听老师讲课。她是旧社会出生的人，家境贫寒，只读了一年半载的私塾，认识的字大概不上千字。她有时在课本上打上波浪红线或画个圈；有时还能写几句读书学习体会，可不是吗？今天老师讲解"中国特色社会主义理论""三个代表""科学发展观"以及"习近平新时代中国特色社会主义思想"时，被表扬的同学中，有她的名字。但她心知肚明，老师表扬自己，并不是因为自己学习成绩特好，而是因为自己的学习态度端正，虚心，以海绵汲水一样的劲头汲取知识和文化。她相信知识能改变命运这一真理。所以说，她要求儿女读书学习，不能不说和她的思想引导密不可分的！她在结业典礼座谈会上，面对那么多的高文化支部书记，她的发言是否精彩？请看她怎么说："原先，我没进党校学习，头脑中对马克思主义、毛泽东思想以及习近平新时代中国特色社会主义思想是一片空白；而今，通过学习，脑海中装着的是马克思主义、毛泽东思想以及习近平新时代中国特色社会思想的基本理论、观点和方法……这就是我的收获，这就是我的提高与进步！"

　　老师、领导和同学们以热烈掌声鼓励她！

　　结业后的第一天，母亲如约而来到儿子家，她的儿女们却是给了她一个惊喜；子女全到，儿媳女婿、孙、外孙也都全到，标准的全家福展现在她眼前！更好的全家福家宴展现在她和儿女们以及下一代面前；原来是儿媳准备好的"甲鱼宴"一下子搅动了大家的胃口和味蕾，下一代跃跃欲试品美味。母亲便来了个"就汤下面"，她与儿子、儿媳对视示意后，发话了："都拢来！广东的冬冬、县城的婷婷、镇里的珍珍以及女婿们，开吃啰！"

郑梓、慧慧依着母亲的话，重复说："开吃啰！开吃啰！"

随即，冬冬建议大家饭前一碗汤，苗条又健康，很快被众人认同，纷纷舀甲鱼汤喝将起来……

母亲吃的是洞庭湖的鳜鱼。她似乎想让孩子孙子们能多吃点甲鱼，自己却拣别的菜吃似的。母亲吃了几口菜，也响应儿女们举酒杯"把酒祝东风，且共从容"的氛围……然后，她有意地说："我在县党校学习结业了。我是继续当村支书，还是给你们带小孩？希望大家作出表态。"

冬冬、婷婷、珍珍都异口同声地表示，娘应该少参加公务活动，莫再当支书了，待遇又低又吃亏，责任又大，何必呢！企盼母亲享享清福，帮他们看看家，也可带一带孙儿孙女……

郑梓和慧慧没发言，他俩边看边听边笑而不语。

母亲给儿子使了个眼色，意欲问他的表态。但儿子仍保持沉默不语，儿媳也不好随便表态，可巧的是孙女光光把父母的脸色全收在心里，仿佛钻进父母肚子里去了，已看清或知晓父母的心思，她很焦急地期待父母的表态，然而，她的父母就是不表态。

聪明伶俐的光光撇开大人的话题，悄悄地问起几个小朋友来："你们三个，长大后愿意做什么？"

冬冬的儿子不怕事，坦率地回答："要当警察，扶正祛邪。"

婷婷的女儿腼腆几分，胆怯地说："长大后，要当大法官。"

珍珍的儿子有几分蒙，不知答什么好。他挠了几下脑壳，硬着头皮答复："长大后，想当建筑师，修建高楼大厦。"

大人们早已被孩子们的这番"抒情歌"所吸引，暗暗地听，偷偷地笑，心里默神：这些小家伙，人小志大，长大后或还有点用。

三个小朋友此时追问光光："你长大后，想做什么？"

光光惴惴不安地回答："我长大后，要像我爷爷、奶奶、父亲一样，当书记！"

这一句话，把大家逗得大笑不止。郑梓把女儿拉进怀里，给她夹了点她爱吃的西兰花，然后逗她说："我的好女儿，人小志高远。像爷爷、奶奶、爸爸一样，可辛苦啦！你怕不怕吃苦？"

"不怕！"光光不假思索地撒娇地回道。

其他三个小朋友，也是又撒娇又调皮地重复说："不怕！不怕！不怕！"

俗话说：人亲骨头香。晚上，光光给奶奶送来一个大"惊喜"，她跟父母早已"预定"了："今晚，我要请奶奶陪我睡觉觉！"她父母巴连不得，立即认可这个认识是一次飞跃，伸出大拇指，为女儿点赞！当奶奶收到孙女这一隆重而亲切的邀请后，像受宠若惊！无法言表内心的喜悦和激动！她默默地想："我还选择什么？还有的选吗……"

儿女们在母亲的教导之下，共享家教、家风、家训的快乐，合吟诗一首：

> 城乡一路隔西东，
> 几家烟火久未通。
> 今日小聚探亲人，
> 相逢之时敬家翁。

第二十三章　产销联姻

（一）

有人说："乡巴佬儿上了街，眼睛都望歪。"过去，人们认为这是一个贬义词；而今，人们给它平反了，认为这是一个褒义词，褒扬农村人上街后，虚心、好看，爱学习新鲜事物。如果人真有这样的胸怀，不想进步都会进步，无见识也长见识，无花果都会开花结果！

不是吗？看看：在儿子郑梓的策划下，母亲在一儿三女及其儿媳、女婿、孙辈的陪同下，利用双休日，一家开一台车共计四台车，开启了母子逛县城之旅，所到之处，参观了甲鱼养殖基地，爱心学院和医养护院、康普制药、中联重科洞庭工业园，最后来到西洞庭湖国家级湿地公园。在该湿地公园附近的一家农家乐吃中饭。饭前，有个把小时的休息，母亲和儿女们以及下一代，边漫谈海阔天空，边谈论一路美景，不仅是开了眼界，而且是像开了天眼；不仅玩得开心，而且是像开了胸怀；不仅看到了飞禽走兽，还吃到了清一色野生甲鱼、龟和鲈鳝等"鱼全席"十二道菜……据农家乐店主介绍：这里的野生甲鱼是十大湘菜之首呢！听了这一介绍，母亲的幸福感不禁莫名而倍增！她问自己，这样的好日子靠什么来维持下去？禁不住又产生了一种忧与惧的情感！于是，她把儿子和女儿叫到一处，平心静气地跟他们交谈交流心语："……你爹在生时，常常念叨，为人不做亏心事，不怕半夜鬼敲门。我理解是，为人处世一要清净，即清白做人，干净做事；二要忙碌，即为他人忙，为他人忙好事、实事。只有'清净加忙碌'才等于健康快乐和幸福。"母亲停顿了几秒钟，用心用眼观察孩子们的反应，儿子听得认真，以"点头"示意为标志；冬冬、婷婷、珍珍以及女婿们，也是像学生听老师讲课似的，没见分心分神。她得到了孩子们的认同和鼓励，所以，她多说了几句："孩子们，你们要像你爹一样，永保清净加忙碌，因为这是世上最好的最便宜的药。保持自己健康最好的方法是清净加忙碌加睡觉，一旦清净，无畏无私；一旦忙碌起来，负面的情绪就少了，没有时间胡思乱想了。如果一个人能清净地忙碌，就会渐渐发现，原来清净加忙碌，是治愈一切杂难病的万能药……"

郑梓和几个妹妹站立起来，为母亲热烈鼓掌！孙辈们好奇地跑来，东问西问，莫名其妙地围拢在奶奶的膝前背后，尤其是光光将自己鼓掌的双手，伸到奶奶的眼前晃来晃去，仿佛要唤醒奶奶的童心……

店主一边上菜，一边看热闹，为母亲有这么多孝顺的儿女点赞！他对自己的堂客说："养儿不要多，要乖，一个乖儿当十个。"听得出来，店主夫妻可能是独生子女户，一直梦想生二三胎，可政策不允许，他俩只好计划生育！

其他的食客，偶尔听到了母亲对儿女的家教、家风、家训，有为她唱好的，也有讨厌她的，唱衰的！更有的人眼睛蛮"毒"，居然说她是："管得宽，心太窄！"

可敬的母亲不理会这些。她似乎穿越到了她的童年：缺吃少穿，无父爱但有母管；无朋友玩，只是孤单一人好可怜……

她突然被眼前孩子与孙子们的亲子游戏吸引了，放眼凝神专注于光光身穿着她给她买的儿童服：上红下蓝的套装，虽是深秋有几分凉意，但因刚吃饭与活动，粉红小脸上已渗出了微微汗珠，一身的活力正在萌生！孙子们像祖国的花朵，经过学习与教育，必将成为人才。她从孩子、孙子们的吃穿与上学，突然想到了钱，稍微估算一下，生养一个孩子，从幼儿园、小学、初中、高中、大学毕业，真要花一大笔钱，孩子们的工资不高，但她比较乐观地认为：比上不足，比下有余。但是，她开始后悔这一天的观光旅游，花多了孩子们的钱，如果不玩这一次，能节省多少就是多少，应该把每一分钱都花在孙子们学习读书上！

当晚，母亲跟儿子讲了她的这一想法，并希望节约用钱。从明天开始，取消原定计划去儿子所在乡镇参观，干脆直接回家。儿子不同意，坚持按原计划办事。

光光在睡觉前，就向奶奶再次发出同睡一张床的邀请，奶奶欣然接受！不过，她婉言谢绝了住在县城的婷婷，盛邀去她家睡的要求。

晚上，奶奶怕耽误孙女的睡眠，尽量控制自己不与光光讲话，怕影响她明天补习！

（二）

在儿子郑梓的执意请求下，母亲违心地跟着儿子、儿媳到了洞庭镇参观学习！同去的除了家住广东的冬冬，其余的家住县城及洞庭镇的女儿、女婿等，母亲和她儿子想打发回去。为此，母女和兄妹之间还搞得不太愉快，原因是一个想陪，一个不要陪，反正都是一片好心善意，没有歪主意，这点是可以肯定的！因此，母亲和郑梓也就随便他们！即继续作陪吧。

洞庭镇邻近的一个小镇是标准的城乡接合部。俗话说："有福之人，住城郭。"那延伸而来，在城郭工作也可视为有福之人啰！

该镇辖 16 个村，4.5 万多人，虽说是个科级小镇，却是一个不小的社会。

郑梓作为这里的党委书记，认为没必要惊动镇长和副镇长来陪，他每到一地，都是本着"三不"的原则，即不打招呼，不扰民，不接受吃喝。他给母亲当讲解员，像是小学生向老师回答作业问题一样，也像是跟省、市、县领导汇报一样的虔诚、谦虚、实在。他带母亲到了茶家园看山地上的茶园，在秋日照耀下，格外碧绿耀眼。这茶香，县志上记着芳名叫"洞庭龙井茶"。看看！似有点可笑，龙井，不是长在杭州西湖茶吗？为什么有洞庭湖龙井？母亲和儿媳或在质疑。

郑梓的眼睛明亮，猜出了母亲和媳妇的心思，解疑释惑说："洞庭也有龙井，确属名副其实，清朝嘉庆年间，被列为上等贡品。为什么？因为它有独特的优势：蔚西洞庭湖云雾，着沧浪之水滋润，古龙阳井水灌溉，纤纤素手采制，绿叶沁香的龙井茶成也……"

这时，从后山坡走出两个人，其中一个见面就亲热地叫唤："郑书记，您怎么不打招呼呀？令堂大人来村，我这小书记应以礼待之。"

郑梓应声望去，确是村里刘支书，便跟他客气几句话，叮嘱："要擦亮这张名片，把贡茶作出贡献全国的名茶和产业精品……"

母亲和儿媳听得蛮认真，仅此一阵清风拂面，带来浓郁的茶香，伴着嗡嗡蜂鸣，仿佛让她俩陶醉其间了。

在刘支书的陪同下，郑梓领着母亲和媳妇等驱车来到清水湖。湖里有盛名全国的甲鱼，甲鱼学名中华鳖，俗名水鱼、王八等。因它从野生到人工养殖的成功，让它得以闻名遐迩；因它的抗癌和防癌以及有人体所必需的 13 种氨基酸而让人青睐与喜食；因科技进步，它成为重要的药食同源的精品；因产业的发展与壮大，让洞庭县成为全国首个甲鱼之乡。

郑梓笑对母亲，概括地说："这个镇古有茶叶贡品，今有甲鱼之精品；古有开明的地主邹蕴珍救了他的湖南一师同学毛泽东主席，今有全国著名的民办大学本科湖南旅游职业学院；古有野猪野兔，今有中南六省区超大的野生动物世界，是国家 4A 级旅游景区，游人如潮。古有小船小桥，今有高铁站和高速公路……"

有人谈古今，就有人吃古今。郑梓未曾想到他的这番话，竟然吸引了一大群游人驻足，且尖起耳朵听他谈"四个古今"。还有人半开玩笑半认真地问："同志，你可否让我们跟你走，听你讲解这方热土的古往今来？"

郑梓起眼一看，说话的人或是外地游人，他"嗯"了一声，并说："可以。"随之一大群人来听这位编外导游的讲解……一会儿，有人走拢来，贴耳跟他要求："中饭由我来安排，请给我一个机会，孝敬一下令堂大人。"

这人是清水村支书，姓戴，名宗学。青年人，却很稳重，讲礼。他与郑梓走得近，合得来！

　　然而，郑梓一口否定了他的盛情，并告诉他："此行是私人行为，不扰民，不接受宴请，在刘书记那里，也是这样！"

　　刘书记走近来，和戴宗学贴耳交谈，为郑梓作证解惑。

　　郑梓带着母亲等一路参观，一路讲解，让母亲收获不小，眉开眼笑，她知足！她悄悄跟儿子说："不看了！快中午了，俺回老家弄饭吃吧！不要麻烦人家！"

　　郑梓也悄悄回应母亲："今天中午，大学的领导接您和我吃饭，这不是扰民，而是扰官哩！"他边说边笑，笑得是那样阳光和开心。他停下脚步，贴耳告诉母亲："这两个村的书记，我也邀他们去陪您。"

　　母亲不高兴了。她舒展的眉宇又一次蹙成了"山"，心里堵得慌：不扰民是对的，扰官是不可的！人家削尖脑袋巴结当官的，儿子却要扰官，这不是自毁前程吗？她准备找儿子讲理，企盼阻止这一次午餐会。可是，她看见儿子身边围了好多人，问东扯西的，觉得不是时候，便把到了嘴边的话咽下去了。她继续想：村里的老百姓，如果请村支书吃饭，村支书不去，那被叫作脱离群众，摆官架子，会遭唾弃的！镇对村的概念却完全相反，为什么？想不通……

　　郑梓与随行游人挥手告辞，他陪着母亲和两位村支书等人继续游玩。

（三）

中午到了。湖南旅游学院的领导给郑梓打来电话，盛邀他和母亲到校做客和观光。

郑梓将学院的意思通报给各位。可茶家园、清水村的支书分别表示："俺就跟郑书记请假为好！俺不想扰官，官或也不想扰民。"他俩还补充说，"如果俺俩去了，可能尴尬得很！"他俩的谈话，郑梓认为一是真心，二是有理，所以，他跟他俩微笑着挥了挥手说："你们走吧！"两位村书记听镇书记的话，挥之即去啦！他俩还给同游人来了一个"飞吻"！

广东的冬冬和丈夫以及小儿子也回应了一个"飞吻"！毕竟广东人思想比湖南人开放些！见怪为不怪，甚至认为是"时尚"，或认为是与时俱进！

湖南的婷婷、珍珍和她俩的丈夫以及儿女们却认为是"油嘴油舌"。同一个"飞吻"，看法却迥然不同，这就是"时空差异"。

母亲对此，表现出平淡无奇！

郑梓一招手，四台车"呜"的一声，三五分钟，他们来到了学院贵宾食堂，主管后勤的处长领着校长一起前来餐会。一个厅级校长，一个科级书记，两人见面或许是受宠若惊，或是受拘束，不亲热？

然而，郑梓和这位汤校长并没有这般感觉，而是像"同学加兄弟"的友谊。听听，汤校长第一句话怎么说："郑书记好！我俩又有一些日子没见面了，好想你呢……"

郑梓没有懈怠，谦和说："这么大的校长来了，失敬，不好意思！"

汤校长更谦和地解说："我俩论管的人，你管有四万多人，我都属于你的城民，你管的人比我多一两万人，当然是你大呀！"

两人的对话，充满了友谊。原来，他们的友谊确是同学加兄弟。因他俩是北方大学的同学，加上志趣相投，所以谈吐亲热自如，这一点，让母亲和她的女儿、女婿们都晓得哩！

郑梓将母亲和妹妹、妹夫们介绍给了汤校长。汤校长特此坐在母亲身边，并请他们开始用餐……

忽然，母亲接到县教育局的电话，她离席听到是征求"关于黄凤凤留用期已满一年，是否同意她继续留用任教"的意见，母亲毫不犹豫地表态："同意留用任教！"她说了两次。第二次重说时让前来招呼母亲的冬冬、婷婷听到了！她俩认为母亲真的是心太软，太善良，凤凤这么骂她、吵她，在关键时她还跟她讲好话，唱赞歌！

那看看凤凤怎么说，她正在镇中心学校请客陪客吃饭，企求别人替她讲好话，开绿灯，殊不知村支书母亲却是关键一票。凤凤此时内心想：我留用的事，不能让老姨妈晓得，如果她晓得了非反对不可！

母亲回席了。她跟汤校长说了几句客气话，且光聚焦在餐桌上，发现荤菜多蔬菜少，四只脚的多无脚的鱼肉少，便想到商机来了！她斗胆跟汤校长试探一问："师生两三万人，是否有比较稳定的'菜篮子'基地？"

汤校长坦率地回答："母亲，目前还没有。"

母亲试探性地问："我是村支书，我村有三千多人种菜养鱼，是否可以跟贵校建立产销关系？"

汤校长坦率地再回答："可以协商！"他对该校胡处长说："餐后，你可以跟母亲谈谈，协商一下无妨！"

胡处长不假思索地表态："可以！"

郑梓帮母亲的忙："如果公平交易，产销联姻，那是双赢！"

……

汤校长与郑梓喝了几杯，酒兴上来了。他仍带有北方人所固有的豪爽对客人说："今日喝酒，不醉不归啦！"

"是吗？"郑梓故意调侃老同学，反诘道："汤大校长，我而今就醉了，可以回去啰！"他看了看汤友谊校长仍继续挽留便谦卑地说："今天是民扰官，不好意思！"

……

第二十四章　精准扶贫

（一）

县城方一月，乡村像几年。

母亲在县城学习一月，回到乡村后像是过了几年。她在儿子郑梓和冬冬和女婿以及孙女羊羊的陪同下，驱车回家了。

老宅，是一栋五柱五骑的砖木结构，四奉三间正屋，再加上两头的帮廐，屋面统统盖的青色小瓦，墙壁可就多姿多彩，有土砖墙、红砖墙，也有木板壁，老宅的结构就这样。从墙壁的变化可以看到时代的变迁，土砖墙是新中国成立前遗留下来的，木板壁是新中国成立初的产物，红砖墙是二十世纪八十年代的见证！

母亲在此一住就是四十多年。她对这老宅既有留念，也有更新的欲望，可就是经济上的捉襟见肘，迟迟没能实现更新，不免有些惭愧！

郑梓听母亲的劝，想更新又想再住几年，一直拖到而今未更新。他今天陪母亲回老家，进家门后，他就宽慰说："妮娘，您这次在县学习是学习之旅，是招商引资之旅，更是大开眼界漫游之旅！也是亲子亲孙之旅！"

母亲听后，觉得是事实，便笑呵呵！

突然，母亲感到奇怪了，为什么不闻犬吠声？她快速走近挨西方山坡的狗窝，却见一只"躺平"的狗，失去了先前的摇尾摆头、伸舌垂涎的容颜，不理世事的"冷漠之狗"。她的心颤抖了，涌出一句话："莫非它走了？"便用手贴近其头部，掰开它的眼睛，明显地感受到家犬头冷两眼无光，真的走了！她再掐摸它的肚皮却是干瘪干瘪的，瘦得可怜，她禁不住泪目了。

这时，冬冬和丈夫走近母亲身边，一看家犬已死，妮娘热泪簌簌而下，冬冬心疼地劝慰母亲："别难过了，广东有许多良种犬，等晌给你搞一条来就是了。"她把话锋一转，怒嗔地指责说："不是由凤凤喂狗饭的？为什么她答应得好，却不尽责尽心！你可以不为她的民办教师转正讲好话……"

母亲凝神望着女儿、女婿，坦然地阻止说："不行啊！冤家宜解不宜结啊！"

"她不仁，我可不义！"女婿不满地补充道，"答应了的不作数，齿她做甚？"

"宁可我忍让她！也不可我端她的饭碗。"母亲说了这句话后，便邀女儿女婿快快离开，刚抬头的母亲，却听到："春姐，母亲我们来看你了！"

母亲抬眼看去，原来是桃姐和女儿秋菊来了！来都来了，还提了些东西？这让母亲倏然驱散了秋愁，产生了些许愉快！她把客人迎进屋，叫女儿女婿赶紧做中饭，并留桃姐和秋菊吃中饭，各自叙说村里县城所见所闻……

正说得起劲时，又有秋保、马华中、刚儿提的提土鸡，抓的抓活鱼，箍的箍红薯，一前一后来到母亲家。这家人笑迎近客，这真是笑口大开，不亦乐乎！桃姐也迎上来，扮作半个主人，杀鸡烹鱼，样样安排运作得有条不紊！

郑梓和慧慧代母亲筛茶装烟！谈笑风生！然后，他俩又拿起扫把、水盆、抹布继续搞卫生。搞完室内卫生，郑梓带秋菊去看那只家犬遗体，心想请医生诊断一下它的死因，虽然是一条狗，也要把死因确认为好。

秋菊应邀来到家犬杂屋，采取望闻问切的方式，没闻到药味，没看到外伤，也没摸到内脏器官有明显的异常，初步诊断是因饥饿而死，另外干渴加快了它的死亡。她轻声地问："要不要做进一步的解剖确认？"

郑梓立马回复："不要不要！"然后，他对她表示了谢意。随即邀刚儿把狗遗体装进一蛇皮袋，拿到下山深埋了！他临离开时，跟刚儿说："这叫无害化处理，既不会污染环境，也不会污染水源。"

刚儿一脸的敬佩之意，连连点头点赞！

他俩回来时，忽闻饭香鱼肉味，心想可能是快开饭了。

果然，母亲发话："请大家坐拢来，吃中饭！没有菜，对不住啊！"

大家都晓得，母亲说没菜是句常用的客气话，实际上满桌子菜，约有十二样，差点儿把桌子腿都压弯了！他们很快落座了。

大家一见母亲没坐拢来，仍坐在灶门口，便一齐请她，喊她坐拢来。可母亲仍然婉谢他们的心意，从灶里挟火炽出来，放在小旧铁锅里，准备给炉子添火。她催促他们快吃，并叫儿子郑梓带头喝酒吃菜。她重复地说："没有菜，挤着大家了！"郑梓见母亲情真意切，也晓得母亲的习惯，便带头喝酒吃菜……

苔花如米小，也学牡丹开。乡村小酒会，也学大省城酒店的礼仪，举杯、互敬，单独敬，答谢东家的敬！其乐融融！宛如世外桃源哩！

其实也不然，看看：在慧慧眼里总觉得秋菊跟郑梓旧情未了，甚至旧情大有燎原之势，从他与她互敬酒与劝菜眉来眼去的，暗送秋波，不是！而是"明送秋波"！慧慧看不下去了，夹了一点菜，独自来陪母亲边聊边"吃醋"了！

秋菊第一时间看到了慧慧这一举动，认为时机已到，与郑梓来明的，欲喝"交杯酒"！但是未能如愿，因为郑梓多少有点

"气（妻）管炎"！婉拒啦！秋菊并不生气，她能理解，也能包容他。因为她觉得自己或有些任性，没顾及别人的感受！不过，她反过来一想，也没什么，无非是开开玩笑罢了……

（二）

"天上掉下来馅饼啦！"母亲忙了一段时间了，突然，一天早晨，她接到湖南旅游学院胡处长打来的电话，说他们学院近期要接待全国旅游高校大学生运动会，需要大量的鱼肉和鲜蔬菜。希望与洞庭村结成产销合作伙伴。

这一消息让母亲非常高兴，立马表态愿意合作，并真诚合作，三天左右一定送一批鲜鱼鲜蔬菜到大学。随即，母亲立马主持召开村支"两委"会议，采取流动现场办公会的形式，首先来到村渔场及几个专业养鱼大户，为他们提供产销"一条龙"的服务。

村渔场场长王长福今年养鱼面积对比去年扩大一百亩，鱼品种在向名特优方向发展。而今，他和同事们正在冬季轮捕投放市场。忽闻母亲带队来此，以为来检查，没听说是来采购鲜鱼的，加上鲜鱼行情的不确定性，影响了他的接待温度：他让人传话去，请母亲在他家休息，他随后就来接受检查。

然而，母亲却没在他家静坐，而是快快当当地来到长福渔场边，一见他和他的同事正在做布网前的准备工作，便直奔主题问："王场长，你找到了买家吗？"

王长福丢下手中的活儿，连走带跑地来迎母亲和各位领导，喘着粗气地答："没有！没有！只是瞎投市场，自由买卖。"

母亲自信满满地说："今天，我们不是像平时搞检查，而是跟你找到了……"母亲故意卖关子，停了几秒后说："大买家！"

王长福一听这话，兴奋得像个小青年似的，先是怀疑，后是笃信不疑，双手抱拳说："谢天谢地，谢母亲大人……"

经过协商，母亲一行人与王长福很快达成协议，立马捕鲜鱼10吨，三天内听通知送货上门去。

母亲一行人，又找到几个专业种植蔬菜大户，跟他们宣传蔬菜产销事宜后，专业大户们非常乐意做好这笔"一条龙"的大买卖！从他们的交谈中，隐约得知这些大户们正需要钱投资新项目。听听，经陈秋保、马华中悄悄地打听，才好不容易得到一些不确定的信息：说郑显从广东回村了，要集资入股修建高速公路，每个标段几千万元，他中标了。说投"一"产出可得到"十"的回报率。不少的人听了心怦然而动，跃跃欲试……

母亲听了沉默良久。最后，她跟秋保和华中交代说："这可能是陷阱！你俩谨慎地提醒村民，小心上当受骗！"尔后，她又跟桃姐和刚儿说："凡是想一夜暴富的人，都是百分百的流产或破产！"

……

第三天来到了。

母亲和秋保及华中等带队，王场长装上三卡车鲜鱼和三车鲜蔬菜，贴上大红条幅"绿色环保鲜鱼和有机蔬菜"，对前来看热闹的也是利益共享者，拉响鸣笛，从村部浩浩荡荡地驶向该大学校园！王场长笑呵呵说："乡村和大学'联姻'真好！"

司机们点头回应："是啊！"

经胡处长及她的同事们验质称量，按市场价每斤鱼高1.5元，每斤蔬菜高1元收购付款，当场点钱，双方满意，实现了双赢！这真是皆大欢喜！

而村里郑显组织的集资户，一边清点现金一万或五万不等交给他，一边做着"一夜暴富"的发财梦！这究竟是真还是假？是实是虚？有的村民自嘲："我们丢掉安稳平躺的日子不过，却要过着提心吊胆睁大眼的日子，何必呢……"也有的人桀骜不驯地自诩："这叫富贵险中求！"

"求屁！"一个人胆怯而低声地反驳道！

（三）

早晨，秋风萧瑟几分凉，广播响在好时光。精准扶贫首播出，新闻激得母亲忙。

　　的确，或是经过县党校的学习，母亲对中央广播电视播出的头条新闻，产生了特殊的敏感和兴趣。她第一次听到这条新闻的时间，是在 2013 年 11 月的一天，她第一次敏感地察觉出其中的信息量很大，让她第一次有兴趣的是中央要给农业农民办实事了，农民的福音来了！为此，她决心摆脱小事，来忙和"精准扶贫"有关的大事。

　　她第一时间通知陈秋保、马华中来村部，共商对"精准扶贫"精神的落实。陈、马二人召之即来，她跟他俩说："刚才，听广播获得了一条大新闻，习近平总书记在湘西十八洞村考察，第一次提出了'精准扶贫'的发展战略。这是对'三农'工作的指示，我们该如何响应贯彻……"

　　陈秋保一脸喜悦地说："这是中央总书记的英明决策，而今农村贫困问题已是一个不可忽视的大问题。为了解决这个问题，中央可能会对农村给优惠政策，给项目、给资金、给技术，因此，我建议向上争取……"

　　马华中两眼带"电"似的建议："我们一手向上如镇党委，县农业局了解信息；一手抓好几个新项目的发展服务工作。王快乐老师的侄儿在农业局工作，可请他出面帮助一下……"

　　这两个"干将"的发言，很是让母亲高兴，因为政见不谋而合。母亲只是伸出拇指为其点赞，看她那眉宇舒展开来，像是梦中的那朵云！

　　母亲等三人出了村部，直奔村小学校。她心里规划着如何请王快乐"出山"，一旦成功，将对全村老百姓都是大福音。她又想跟李芳老师这位"代表妈妈"联系，请她在县里了解支持村里如何搞好"精准扶贫"！

　　然而，母亲等想见的人在上课讲课，不能扰教师，更不能面谈事宜。正欲转身出去时，不想见的黄凤凤却突然现身在她面前，却忙打招呼进来喝茶、吃烟。母亲为难了，不想与凤凤搭讪，却又碍于面子，只得强装笑脸应付了之。凤凤嚼瑟了，夸夸其谈："姨妈，我天天帮你喂了狗饭，狗狗还长了肉，你看到了吗……"

　　"哼！哼！"母亲以此暗示她的不满意，也在暗责凤凤太不像话。她岔开话题："我们有急事去办，没时间讲这些狗呀猫呀的事。"说着，她已转身走了。

　　凤凤仿佛感觉出了姨妈内心的不满，却从不自我批评，反而怪母亲"架子大，官瘾大"。

　　秋保和华中心知肚明，对凤凤这一番"吹牛"也是厌恶极了，不齿她！他俩愤愤不平地说："把狗饿死了，不但不道歉，反而还邀功！真是颠倒是非。"

　　母亲等麻麻利利地来到了书院洲草坪，睁眼一看，风吹草低见牛羊，牛群中有的在啃草，有的在晒太阳，有的在喝水。走近细看，牛不肥，膘蚀了。她向走来跟她打招呼的牧牛人问："这牛，好像是没吃饱样的，长得不肥壮。为什么？"

牧牛人姓王，名王万祥。他是刘上秋的老表，年轻人。他若无其事地回复："牛草不足，怎么长得肥壮？"

秋保半真半假地开玩笑："可能是人的干劲不足吧！咯大的草坪，草又多；如果真是少了，不晓得喂稻草？"

华中追问："刘老板最近问过牛场的情况吗？你跟他讲了真话吗？"

万祥漫不经心地回答了秋保提的问题，他说："草坪草堤的草不禁吃，长不赢；买稻草，要钱！钱总不能从天上掉下来，没钱，拿什么买？"他瞟了母亲一眼，又扫视另两位的眼色，继续说，"刘老板问过牛场的情况，我是跟他讲牛的膘比较差。老人说贴秋膘，而今是秋天，膘贴不上去，年底出栏或是卵弹琴……"

母亲为上秋担心，禁不住眉宇又蹙成峰，她说："我们晓得了！会跟刘老板提醒一下。"然后，她邀秋保、华中去甲鱼养殖场。

甲鱼养殖场就在养鱼场附近。场长由王长福兼任，他和技术员刘进正给稚鳖消毒、换清水、喂饲料。

母亲等三人来此看到稚鳖肥又壮、背腹光泽闪亮，稚鳖销售形势看好，沿海省份的一些老客户、大客户纷至沓来，好一个"捡银子"的景观隐隐约约呈现！这怎么不令人兴奋？母亲驻足观看，又俯身伸手抓稚鳖，秋保和华中也跟上母亲的脚步，边看边问边抓甲鱼玩……

母亲对此给予了充分的肯定和高度的评价，她是这么说的："甲鱼养殖场生产形势喜人，一是产量高，二是行情好，三是要抓住机遇，该销的销，该留的留，为来年取得更大的丰收而努力，为'精准扶贫'做贡献……"

秋保、华中和王长福不经意中，突然发现母亲的眉宇像云舒云展，蛮好看的，他们认为，这不奇怪。俗话说"人逢喜事精神爽"嘛！但他们又在悄悄地忧愁着坏事找上门，究竟是什么坏事？他们也说不准！

第二十五章　哭穷炫福

（一）

有人说："申报贫困村是'哭穷'，或者说'会哭的孩子有奶吃'！"因而，主张积极向上争取申报成功！

也有人说："穷居闹市无人问，富在深山有远亲。"因而，建议"炫富"，而今你炫富才有人看得起，瞧得来。不信吧？社会上好多男青年打光棍、打单，都是因为不富裕呢。所以，不主张向上申报贫困村！

这两种说法，很快传入母亲的耳朵。她凭着直觉判断，主张向上申报，用好用活党的政策，让国家力量来扶持贫困村，无论怎么样，总比"单打鼓，独划船"要好！为了给大家一个讨论的机会，她决定暂不亮明自己的态度，先听听他们的意见，再接一接"天线"即上级领导的意见，然后选择是申报还是不申报也不迟。

今天上午，她拨通了刘上秋的电话，一是给他反馈他在本村建的养牛场牛膘问题，建议他增大投入，催秋膘，临冬出栏多赚钱；二是征求他对申报贫困村的意见与建议。

此时，刘上秋正在青海海北大型牧羊场，与工人们给羊群喂羊草，喂完之后，大西北寒气逼人，不便出外做事，便对工人劳动学习表现征求意见，也就是评比先进工作者！看着，刘总把在部队和村委会执行的那套管理经验复制到了牧羊场，实践证明这套制度蛮管用，把工人的生产工作积极性调动起来了！

刚才，他听到母亲的电话，怀着感谢的心表态："母亲，您说得对！我会立马整改并加大饲料喂养量，催秋膘！至于申报贫困村的事，我建议申报！因为可以得到国家和省市县的支持……"

与母亲和刘上秋认识不同的：马华中和刚儿在村部附近的超市聊天。马华中对身边的人平和地说："而今，不兴哭穷了。哭穷找媳妇不到，借钱不到，炫富，有人逢，单身伢儿找得到媳妇，借钱也借得到。如郑显炫富了，他说他中了500万修高速公路的标，来家乡集资拿走50万元，许别人高息，月息三分，都愿意冒这个险，王老师都投了5000元。"他喝了一口茶，见刚儿等听得聚精会神，原本不想说了的，又打起精神继续说："我讲句实在话，刚儿，你如果不哭穷却炫富，英儿可能娶进门来了……"

刚儿不爱听这话，两眼睁大，怨气直冒，反驳道："我没哭穷，也没炫富，英儿嫌我没读多少书，如果像她读个中师，她或嫁给我了！"

马华中不认可刚儿的说话，反诘："你年少时不读书，而今去读，有可能吧？"

"没可能啰！"刚儿不假思索，失望地快嘴快舌地应付道。他愣了几秒钟，话题一转，仿佛心存希望地补充："不过，英儿也成了剩女了，我呢，也成了剩男了，两个都剩起了，何苦呢……"

马华中和身边几个人心知肚明，刚儿把想说的话，突然咽回去了，似乎有点害羞。

这时，一个不知名的小青年半真半假地闲聊，按你们的意思，炫富比哭穷好！全村一家一户都去炫富，富从何而来？又有何人会相信？这到底还是自己骗自己，与其是这样，还不如实在的好！

其他几个听众附和着同意。唯有马华中、刚儿闷不吱声。小青年猜不着他俩心里装的是什么，他们不想同"闷葫芦"玩了，各自散开了。

说到开了！母亲这时可真是开心啦！她忽然接到胡处长来电，要求村里送鲜鱼、鲜蔬菜，不论多少；她忽然又接到茶场场长向大培的来电，说某省贵贵茶叶科技公司要求采购干绿茶叶 20 吨，越多越好……

母亲心想购销可是大事，也是常事。她不想包揽一切，想分工负责。于是，她把给旅游学院送菜之事交给陈秋保负总责，把茶场产销任务明确给马华中分管。她总揽不包揽，放手不撒手地来个宏观管理。对分管负责人实行奖罚制度……

看看陈秋保、马华中二位，对母亲的分工与授权，也非常乐意！表态坚决干好！他们立马就与场长联系……

（二）

又是一年夏至节来了。古人云："夏至一碗驼，岩石都踩破。"

母亲面对目前村里工作的复杂性，一心只想着怎样搞好诸如土地承包纠纷、计划生育、社会治安等。无暇顾及那诗和远方的如"贫困村""以工代赈"项目的争取。而今，她对争取"贫困村"的事，思想上似乎动摇了，不感兴趣了。为什么？

看看，桃姐与秋菊的一番话，让她在思想上开始动摇。一天，正处于二十四节气的小满，俗话说："小满不满，插它恶卵。"意思是说，如今年小满时，天不下雨，预兆着干旱将至，没有水，或少水，插田种稻谷就不能保收，所以，农民们或少插水稻。正在将信将疑时，桃姐一个电话请示母亲来书院洲组，与她一起处理"超生游击队"的问题。母亲心想：桃姐在一般情况下是不会伸手求援的，而今的问题或蛮严重了。她决定应约前往桃姐那组。桃姐兼的该组组长。

桃姐打此电话后，那户"超生游击队"见桃主任搬来了"母亲大人"，一时吓得很，生怕遭重罚，所以他就来了个"火烧牛皮自转弯"，答应桃主任的"做结扎手术"的要求，愿听桃主任的处罚。

这个"超生游击队"已生育七个女儿，人称"七仙女"下凡，最后生了一个"满崽"，理应超级感谢村领导的"不杀之恩"，哪有抗拒村领导之心？

刚才，听桃姐搬"母亲大人"来督战，这个"超生游击队"队长"唐老鸭"，内心愧对母亲，尤其是愧对郑丰收的恩惠，所以"唐老鸭"服软了，认错了！任凭处置！

当母亲来到该组时，桃姐把这一新闻讲给母亲听，并请母亲到她家去喝擂茶，她们像姐妹一样亲，边扯计生"唐老鸭"之事，边喝擂茶，边弄中饭吃。她老公见机行事，忙去了！

一会儿，秋菊回家了。

桃姐正和母亲谈论"贫困村"之事。她关心又不解地说："春姐，而今好多人都是自夸自，自己表扬自己，你为何要自己否定自己？还否定姐夫哥？他在天之灵，可能不高兴啦！他是搞了三十八年的大队，村书记，你也搞了十三年的村书记啦！为何要把以前从穷变富的村，倒退回去由富变穷……"

母亲听得入了神，恍然回到了老公郑丰收从兴人民公社办公共食堂的年代，又来到搞集体兴工分的时代，再回到土地承包生产责任制……

秋菊瞅了她妈妈一眼，凝神看着母亲的脸色，轻轻地走近她，微微地摇了摇母亲的身子，乖乖地一笑说："母亲大人，我也不同意申报贫困村！"

这时，母亲如梦初醒，轻轻地揉了揉双眼，伸了伸懒腰，叹息了一声："啊！啊！"紧蹙的双眉突然舒展开了，她站起来，自言自语："你们说得有理吗？是肯定与否定的较量吗？容我再想一想……"

桃姐的老公，把土鸡、甲鱼端上桌子，亲热地请母亲和家人吃饭！饭前，桃姐请大家吃了一碗糯米饭，企盼各位身体强壮。

桌上菜热气腾腾，母亲心里却因一事冷冰冰的。这一热一冷，都集中在母亲身上体现！而桃姐却不一样，心热情，菜热气，还令老公上杯酒，母亲闻酒香会引来酒兴吗？那得看桃姐的"本事"啦！

禁不住桃姐的贴心话儿，也禁不住秋菊的孝敬心儿，母亲也有经不起"诱惑"的时候，她今天开戒了，同意与桃姐和菊儿端杯，畅饮了三小杯，每杯约七钱左右，多少或有二两，然后，母亲再也不端杯了！她礼貌地离席了。她坐在桃姐的门框边，端起一杯擂茶边喝茶，边沉思一个大胆的方案……

第二天上午，她在村党支委会上，将她所思所想的方案和盘托出，交给大家讨论，桃姐一听是关于人事调整的方案：即拟任陈秋保为村主任，马华中拟任副书记，曾刚拟调刘上秋公司去工作，刘上秋公司副总王刚拟调村任秘书，欲问这是什么？母亲的解释是：为工作或生活或经济的需要。对此，桃姐心领神会，第一个站出来拥护！举双手赞成！秋保心想：刚儿去西北，是让他赚钱去，便于找媳妇；上秋手边的王刚来村当秘书，确因工作需要，因王刚会算会写，是合适的年轻人才。王刚曾任村里书院洲组长，工作特出色，入了党，今后当村主任或支书的可能性比较大！想到这里，秋保连忙表态："这个方案好！完全同意上报镇党委。如果要说不妥的地方，就是让我当村主任，我怕我奈不何！"

马华中、刚儿也都表态同意！

一阵热烈掌声响起，表示全体通过并上报。

桃姐意犹未尽，欲问贫困村究竟争取否？但是，她没有问，把到嘴边的话也咽下去了。这以后看看，母亲如何出招……

散会了。

母亲和秋保去了女儿湖组调解"老大难"的问题……

（三）

次日，母亲再次跟刘上秋进行商量。即人才交流，他给母亲表态：感谢母亲的信用！愿为家乡发展出力！然后，她让刚儿在电话中给刘上秋表态。他说："感谢刘总的重视，愿竭尽全力，为刘总公司做大做强出力……"

在"三人抵六面"的表态后，母亲让刚儿开车，送她和秋保去镇党委专题汇报。

镇党委书记邱德大和副书记以及组织委员，如约听取了母亲的汇报。他先是充分肯定母亲的工作成效，并鼓励她继续带领乡亲们为村里振兴做贡献，同时表示对她汇报的一个人事调整和关于扶贫村的两个报告，将会慎重研究并尽快批复……

半月后，镇党委的批复电传到村，母亲展纸一阅，悉数批准批复了！

乘着这强劲的东风，母亲立即召开村党支部会议，宣读了党委的批复，对新进班子的工作进行了具体的分工……对秋保的工作加重了担子……对争取贫困村的工作，她郑重地表示："我村是一个有着十多户移民户的村。这些户可能大部分处于贫困户的标准之中。什么标准？'四看'：一看房，二看粮（仓），三看读书郎，四看有没有重病残疾躺在床。从即日起，各位下到各组摸底子，汇计数字，由王刚秘书汇总，经审定后上报！"母亲一语即出，引起大家的不解：为啥还要争取贫困村？母亲察言观色，认真耐心地解释："什么炫富与哭穷，什么肯定与否定，我认为都不重要！重要的是'实事求是'！也就是说，如果我村是贫困村，当仁不让；如果够不上标准，也不胡争歪争……"

陈秋保第一个站出来表态："母亲说得很好很正确，我完全拥护!"

华中、桃姐也不甘落后，纷纷表示赞成。特别是桃姐仿佛大彻大悟："原来，母亲下的一盘大棋，高起点，大手笔哟!"

会场外，忽然传来高声大气的吼歌，炫富的鼎沸之音："我们分了高利! 大红利!"

经打听，村委"一班人"明白了：原来是一些人集资给郑显，一年后分了首笔红利，月息三分兑现了，怎么不叫人兴奋?

母亲脸上流露出笑容，并祝贺说："希望他们年年有今日，月月有红利!"

其他负责人都不约而同地表示："是的! 是的!"

然而，当时光老人过去一年后的今天，该村上演了两场大戏，观众上千人!

第一场大戏隆重登场：市政府批准洞庭村为市级贫困村称号。随之而来的将有政策、项目、资金、技术扶持，脱贫致富，让老百姓过上好日子。这不是盘古开天地以来的大好事、大喜事嘛! 村支"两委"为之高兴! 第二场大戏悄然登场：

非法集资血本难归。具体地说，一群一群的老百姓，哭丧着脸，哭天喊地，首先骂的是郑显和他的亲戚朋友们，合着伙儿来骗老百姓，其次骂的是村干部没有干预阻止，致使一些人朦朦胧胧地跟着风转，叫"跟风"上当受骗！

母亲被这"风云突变"搞得哭笑不得！因为在她看来，支委虽然没有直接责任，那时已有马华中、刚儿出面规劝村民不要被高息暴利引诱，其中极有可能是陷阱，没有可能是馅饼。这些话母亲是听说过的！但是，那是老百姓的血汗钱啦！从党心、良心都说不过去的！所以，母亲欲哭还羞！她昨夜今晨"一夜多梦"：一会儿梦见村里发生地震，地开裂了，老百姓陷落下去了；一会儿梦见村里遭洪水淹了，老百姓被洪水冲得"一贫如洗"；一会儿梦见人丁兴旺，小孩绕膝；一会儿梦见"稻花香里说丰年，听取蛙声一片"……

马华中此时像是放鞭炮似的，噼噼啪啪地把当时如何阻止村民参与集资的镜头还原回来，说的是有鼻子有眼儿，点到了张三、李四、王五的名字。为此，害得他与众人红了脸，粗了脖子，只差点骂娘了！他还说，如今怪党支部，没有道理！要怪，只能怪自己……

秋保、王刚、桃姐一边作证，一边正与闹事的人讲理。像黄郎中、王郎中、刘郎中等三个蛇郎中也不好意思闹瑟了！因为闹事人被党支部"一班人"说得哑口无言，或是心虚了。

再看看郑显，人影子都不见了。他或与家乡人玩起"人间蒸发"来了……

第二十六章　计生集资

（一）

在乡村工作或生活过的人，人人知晓这样一句话："两手抓，一手抓人口生产，一手抓农业生产，两种生产一起抓，两手都要硬！"

母亲经常把这句话挂在嘴边，就在她明天到洞庭市参加"市精准扶贫工作培训班"的先天，召开了村民代表会议，"几场麦子一场打"。今天的会议一是为陈秋保任村主任进行民主选举；二是进行计生与农业生产再动员、再鼓励；三是以问题导向，为村办企业产品销售进行分段结账结算会议。

由于班子成员的精心配合，加强领导，使得"三个会"均收到或超收到预期的效果。

对此，母亲和新当选的陈主任很是高兴。

　　按惯例，她俩跟与会者共进午餐。乡村小酒会的气氛格外美，酒文化格外淳朴，一杯小酒端起，你敬我，我敬你，一敬秋保高升，二敬华中升副书记！宁愿伤身体，也不愿伤感情！纵然如此，他们都是有分寸的：喝到五六分，就再也不喝了，看吧，与会人员有礼节地离开了！

　　第二天，母亲去了市参加培训。

　　第二天，陈主任在家"挑水"，带领"一班人"主抓计生工作。他们非常给力，与超生"游击队"说了千言万语，历经千辛万苦，跑了千山万水，肚子饥肠辘辘，叫咕咕；两眼发花，两腿打跩，一直搞到下午三点多，水米未进一粒，还在坚持工作。为啥？了解乡村工作的人知晓搞计生工作的人，难得混到饭吃，难得喝到芝麻擂茶……

　　可巧的是：这一幕让刚从大西北回家的曾刚知晓了。他放弃先看父母的计划，选择先把看父母的牛奶、奶茶、苹果、牛肉干、清蒸羊肉等，送给秋保、华中、桃姐、王刚以此充饥。

　　秋保等突见曾刚出现，喜之又喜，尤其是看到他给他们带来了好吃好喝的，更是喜之甚喜，一边说谢谢，一边加劲吃东西。

　　桃姐禁得住食品的诱惑，不急不忙，但她对刚儿开的车蛮敏感，疑惑地问："刚儿，这车是你的，还是别人的?"

　　刚儿不服气地回答："桃姐姐，是我的——我去的第一年买车，第二年改建家里老屋，第三年想娶媳妇……"

桃姐按捺不住了，追问："媳妇来了吗？他们去广东、青海打工的回来，都带了小妹妹回来，你为什么没带？"

刚儿害羞地轻声地答："没本事，找不到呢！我看得起的，她又看我不起……"

桃姐把刚儿拉到一边，悄悄地问："刚儿——你跟姐说真话，你在外面几年了，难道真的找不到？"

"姐，不是找不到，而是我心里还是只有英儿。"

"刚儿，此话当真？"

"千真万确！不知英儿找了男朋友没有？"

"没找！没找！跟她做媒的蛮多，她都不愿意谈。看来，她可能是等你呢！"

"那就麻烦你牵线当红娘，可行？"

"可以！可以！"

"……"

刚儿和桃姐谈妥之后，重回大家怀抱，见他们如此给力搞工作，不理解之心突然说出了口："哎呀！你们难道不知晓？大西北生二胎、三胎的农民好多！听有的厅长、县长说，计生会很快开放生二胎，一对夫妻生育二胎，国家可能还给奖励。为什么洞庭湖畔还在搞？你们是对上级很好，对乡亲们好狠……"他边说边笑，半真半假，像是开玩笑似的。

秋保等伙计，他们原先都是村班子成员，彼此又了解又信任，对刚儿的话，还是听得认真，也佩服刚儿消息灵通，见了大世面，又发财了，心企盼着如能让母亲"公派"去大西北，该有多好啊！

（二）

老百姓有趣地说："广播响村村，中央精神入民心！"

一天，村广播转播全国人民代表大会关于《中华人民共和国人口与计划生育法》于 2015 年 12 月 27 日作出修正，规定："国家提倡一对夫妻生育两个子女，并于 2016 年 1 月 1 日起开始实施。"

村里上千村民，走出屋，尖起耳朵听了又听，生怕听错，其中有婆婆佬佬、老倌子，尤其是有"超生游击队"队员，像"唐老鸭""李老羊""张老牛"的，不乏其人。

对此重大新闻，老百姓欢呼跳跃，奔走相告，明明晓得村广播大家都听得到，但还要问人家："你听到了吗？国家允许生二胎了！"人人口耳相传，互相确认：听到！听到了……

老百姓记忆不太好，但对计划生育一事却记得清清楚楚。"唐老鸭"逢人便说："从 1982 年起，国家实行一对夫妻只生育一个孩子，至今已有 34 年了，这个国策今年今天就终结了！永远地终结了!"

一些不知名的人都还是有礼貌地回答,晓得了!"唐老鸭"!一个退休村干部,也是蛇郎中黄老调戏说:"你生了七仙女,一个'龙'仔,你还是赚了!你为中华民族人丁兴旺,作出了血与汗的贡献!"

"是的!我是怕中华民族灭种,才加劲生的!不光是为姓唐的。"这是唐老鸭逢人说的第二话。路人听了倒还觉得蛮新鲜的!

在大好政策的鼓励下,20世纪50年代和60年代出生的人,想生也生不出来了!只好鼓励自己的孩子生育二胎!

然而,20世纪80年代和90年代出生的又没有这个欲望了!如果说怕养不起,当父母的愿意为他们分担!结果不知如何……

母亲对于放开生育二胎政策,和广大村民一样拍手叫好!但具体如何操作?她在"一班人"会上告诫大家,等上级党委和政府的文件下来后再行动。对有人热炒的郑显非法集资案,很多人要求报警,郑河海第一个跑到村部为其喊冤:"显儿是冤枉的!他也是被骗了。"第二个向母亲和村干部说情的是王快乐,他愤愤不平地诉苦:"我和郑显是亲戚不错,但我曾应邀去广东工地现场观察,施工的负责人硬说是中标了,上千万的工程,一夜可以赚一个金伢儿,一夜暴富……我当时也可能被他们蒙骗了,轻信了他们,上了当,受了骗。我可以证明,郑显是被骗的人之一,我实际投了5万元,投得最多。开始说只投了5000元,没讲真话，而今我讲真话投了 5 万元。几年前，村小撤销，支教任务完成了，我依然调回县一中教书，原先总认为'城市套路深，我要回农村'，谁知，农村里的套路也不单纯……"

母亲以包容的心回复："王校长，你的人品纯正。我们广大村民一致敬重你，不相信你与郑显合伙来骗乡亲们。不过，老乡们要求报警，作诈骗犯论处，也不是没有道理。你能不能帮助郑显找出一些证据，证明郑显是被骗的，也是受害人，不是加害人！这样，对乡亲们有一个合理的交代！"

以上这番话，母亲把手机开的免提，让党支部"一班人"都能听到，以便共同平息这场纠纷！

村里"一班人"听了郑河海、王快乐的申诉，似乎明白了点滴原因，但被骗 50 万元的事实，像一块千斤重的石头横亘在他们胸上，一动不动！

母亲继续跟大家讲好话："自从村小撤销后，王快乐老师等名师都调走了。如果他们不走，或许不得上当受骗，或许郑显也没有非法集资的市场。这说明农村更需要人才，更需要科学，郑显没有文化，没有经济头脑，轻易上当受骗了，我们还得拉他一把，让他有还债的信心和能力，不能落井下石，也不能给他挖陷阱……"

秋保、华中、王刚、桃姐从容地点了点头，以示同意母亲的说法和劝解，仿佛也隐晦地藏着万般的无奈。

（三）

洞庭村的名人贤达对此有新鲜事情要与众人分享！说说吧：村干部又一次相聚在村部开会，听母亲传达省市县镇党委政府以及新来的镇党委书记唐汉人的讲话精神，主要是让"精准扶贫、计生二胎"实施政策落实好！说着，论着，大家情不自禁地扯到郑显非法集资给社会带来致贫、致病、致闹事……

突然，门外传来敲门声。

王刚正好坐在门边，边开门边问："来者是何人？"

"是我！"一个熟悉的声音应道。

原来是郑河海老倌子，只见他一脸哭丧样，但眼中似乎透着坚强不屈的神采，拽着一个小伙子，名叫郑金，今年快要成年了。大家都晓得这小伢儿是郑显的儿子。

村干部又惊又恐，生怕郑老干部又带来什么坏消息，甚至以为或许是郑显自杀或他杀的噩耗……

还在焦虑中的母亲和其他村干部忽闻郑河海央求道："你们当官的，硬要救显儿一命。不然，他死定了！而今，那些人除王快乐老师外，其余的一百多人都喊着要杀要告他，要把他送进牢房去。"

见此意外之情，一些人突生怜悯之情，但只晓得干着急，拿不出缓解良策。

　　然而，母亲却从容不迫，给郑河海出了一良策："为了让受害人不作出过激反应，你能给他们一些希望吗？也就是说让受害人的绝望变成希望！"

　　郑河海与孙子郑金对视许久，孙子没有想出良策，当爷爷的倒是想出一良策，他坚强地表态："我们爷孙俩，愿为儿子、为父还债……"

　　母亲高兴了。她希望的就是这句话。她进一步追问："你们可以立字据吧？"

　　"可以！"郑河海急切地表态。

　　"真可以！"郑金也表态了。

　　郑河海、郑金随即按村王刚秘书的意思，白纸黑字，立字为据，摁上手印。村干部都当见证了。一文告"父债子还，子债父还"，公公正正地贴在村部公告栏内，并在村广播站连续播出三天。

　　受害人听了广播，又是打电话问母亲是真是假，又是跑到村部来拍照，立此存照，以作今后打官司之用……

　　王快乐老师后来自愿写出一文告"本人愿意督促郑显兑现"。

　　这一来二往的，一场非法集资闹剧暂告平息。

　　然而，村里又出一场伤人案：黄凤凤两口子因退休在邻居家打牌，因牌风不端与牌友张杰发生争执，后来竟然打架斗殴，牌友张杰告黄凤凤和她老公先动手打人，打得人家成伤员，要求村治保主任严处。

治保主任马华中调解未果。他当即报警！警察带走了黄凤凤和她老公王怀怀……

在乡村，如果有人被民警带走，可是大新闻，除了人家看热闹外，还有人星夜赶到母亲家来求情，这人就是夏莲，她可是有好久没来姐姐家了，或是因为忙吧？此次又因"忙"而来，此"忙"是"忙"解救女儿女婿而来！她一进门，就大打悲情牌，脸上挂着两行泪珠，悲凄凄地哭道："姐——你侄女又出事了！她和女婿没有打人，只打得牌，张杰一口咬定她打了人，你要给她讲公道话……"

母亲叹了一口气："你想想，张杰为什么要告他俩打人？是有原因的！我刚才听华中跟我讲了！他出面调解无效，他才报了警。我看你要讲实话！"

夏莲用手抹了一下眼泪，降低声调胆怯地说："两个人打一个人，打张杰，还有一个牌友站在张杰一边作证，也说是凤凤两口子先打先骂人，你看她这不是自作孽吧？"

"你不要怕！对外我会说你帮女儿拉偏架、作假，反咬被打的人张杰。"母亲心知肚明，深晓妹妹是畏惧女儿的压力而说的违心话，所以跟她壮胆并开导，"今晚，你别回去了，跟我睡行不？"

"行！行！行！"夏莲像是打了鸡血似的那么兴奋，也像是捞到了救难的大仙丹，有恃无恐地表示，"让民警教训一下也好！"

母亲从这句话中，再次获得了她们母女之间的诸多信息，不禁产生了惩恶扬善之意，不，应该是同情怜悯夏莲被人欺负的心思，她的日子不好过！可当姐姐的也是满脸的无奈！无奈"东风无力百花残"！不！不是"百花"而是"夏莲花"残……

谁叫她处在冬季呢？

该村老百姓赋诗点赞：

> 集资玩牌皆为钱，
>
> 行骗赌钱起波澜。
>
> 幸好支部铁血情，
>
> 人民警察保平安。

第二十七章　后生可畏

（一）

古人云："今夕复何夕，共此灯烛光。少壮能几时，鬓发各已苍。"

自从郑河海与其孙子郑金在村立下"还债协议"之后，如身负千斤重，心似烈火烤，还债之路，今夕何夕？路漫漫，夜茫茫，岂知显儿在何方？

一天，他和孙子正在广东某工地打工，虽说日工资有四五百，但工程活儿尽是重湿险，一天下来，一身骨头都像是散了似的。郑金是正值结婚年龄的小伙子，没有这般苦和累的感觉，下班后，当爷爷的便给他分配了一个艰苦的夜间寻父"美差"，临行时，郑河海吩咐说："你夜里出门第一要保护自身安全，第二在工地附近十里左右的足浴店、酒吧等寻找，看见了他，先回来给我报信，然后爷爷带你去捉他……"

就这样，寻找了一年多，仍然不见郑显的踪影。为爷爷的，仍然选择坚持，从未言放弃。

郑金很孝顺爷爷，也像爷爷一般吃得苦、耐得烦，蛮得累死也不回头，不放弃！坚持白天与爷爷打工赚钱还债，晚上踏上"寻父之路"不后悔！他这种精神，或是感动了冥冥之中的先祖，或是机缘巧合，终于有一天晚上，在他锁定的足浴店，隔老远处仿佛看见了自己的父亲，正与一男士谈话、喝酒，为了不"打草惊蛇"，他没有走近他父亲，而是跑去给爷爷打电话报信。

正巧，他爷爷正跟他打来电话。他便按爷爷的部署，继续锁定目标不离开。爷爷立马打的赶来！

十分钟左右，爷孙俩突然来到疑似郑显的人面前，当着他所谓的朋友，给他一个体面的离开的机会，将他带进一房间，爷爷关门、上门闩，让孙儿在外面，他便对不争气的儿子，来了一个"下马威"——猛骂狠批："我们郑家十代，也没有出过像你这样的不肖子孙。你不仅没给郑氏先祖争光，反而还是丢脸丢丑，我和郑金给你立了毒誓，叫父债子还、子债父还，绝不亏欠人家的血汗钱。你表弟王快乐都被你拖累了，搞得人家该提拔的没提拔，该评高职的没评高职。你连襟马华中，早几天被派出所带去了，涉嫌包庇你……"

郑显此时已有触动，心觉惭愧，对父亲的再次猛骂狠批没有抬杠了，而是默听忍受难堪。他辩白说："我的出发点是好的，是想让乡亲们赚几个钱，不料世上骗子太多，陷阱处处是，馅饼却不曾有。我正在凑钱，不得让你跟金儿为难，我背的债归我还，归我还……"

身在门外的金儿，从听到爷爷的骂声到父亲的辩白与表态，眼泪汪汪流，内心几多愁？他在同伴们面前抬不起头，想娶媳妇也没缘由，想的是替父亲还清债，他恨他父亲！他抹干眼泪，一脚踹开了房门，当着爷爷的面，批评道："你郑显，不是爷爷的好儿子，也不是我的好父亲，还不是妈妈的好丈夫，你就是郑家的一个败家子。叔爷爷给你三次就业机会，你玩丢了。叔奶奶保你两次劫难，也没让你长记性，你的脸往哪里放？"他寄希望这"临门一脚"，踹开郑显的头脑，让其清醒过来。

郑显这时真的深感内疚，决心重新做人！他没有豪言壮语，也没有倔强了，但他服软了！服输了！

郑河海看见郑显老泪已干，觉得舒服了！他暗暗赞扬："我的孙子真可爱！比他爹强多了……"

郑金凝视着父亲的窘样子，认为他也不容易，蛮可怜的。他决定真心帮他父亲度过这一劫，拿出自己积攒多年的准备结婚用的几万元给老父亲还债。当他跟父亲和爷爷说出这一决定时，没料到的是父亲却拒绝动用儿子的钱，爷爷也持沉默不语！

由于郑金的态度坚决，父亲拗不过，爷爷也表示支持孙儿的主张，让显儿渡过难关。

于是，在郑金的带领下，郑河海、郑显一起回到村部，向村领导认错道歉，并拿出 11 万元真金白银还了部分债款！

这一信用之举，让郑家收获了"三赢"，一是让郑显规避了被司法起诉的风险；二是感动了大部分债主，俗话说得好："只要话儿说得明，狗肉可敬神。"郑显父子三代人能凑足 11 万元来还债，或许就像是敬神，让债主受到了感动，或不会赶人百步；第三让郑金的女朋友王娜也看到了希望，从对准公公的失望至对未来老公的希望，也自愿拿出 2 万元帮郑家还债。虽说这一举措被郑金谢绝了，但反映了人心的回归！这"三赢"让郑显找回了做人的自尊和自由！从此，他不再东躲西藏，像做贼样地活着啦！

这真是皆大欢喜！

（二）

看完了郑显这一出，村民们又关注起黄凤凤两口子被派出所带走之事。说长道短的，唾沫星子可以淹死人哩！

黄凤凤为了出这口恶气，没少下功夫。听听：她和她老公养育了一个公道正派，且当小官的儿子。她在与牌友吵架之后，被民警带走了。她与她老公一致认为不告诉儿子为好，以免给他带来烦恼，也以为依靠自己的"能量"可以摆平这一丑事。因此，她竭尽全力指鹿为马、颠倒是非，咬住别人——张杰先打人来说事。万一输了，再找儿子解难。

然而，事实胜于雄辩。双方当事人，一方咬另一方，是不足以为据的。警察根本不听他们这一面之词，也不听张杰的一面之词，只听另一个证人的证言证据。另一人是非当事方。他提供的证据证言一切都经过警察查实考证，予以采信。其结果是黄凤凤两人无理取闹，裁决其向张杰道歉，并处罚款，另出医药费为其治疗用。

对此，黄凤凤不服，她和她老公找到儿子诉苦："村里欺负我们二人，你要站出来收拾他们，包括张杰，村里的副书记兼治保主任马华中，还有派出所的李民警……"

然而，她儿子听了父母的诉说，不但不为他们出面撑腰，还在电话中批评她们二人："糊涂！真是糊涂！"连说几个"糊涂"后，立马挂断了电话。他给村马华中打电话说："你们做得对！我晓得他们做得不对！我一听就晓得……"

马华中赞扬说："黄凤凤两口子糊涂，养的儿子是明白人，可爱的后生！"

有村民问及黄凤凤打人之案而何处理的？

马华中逢人告遍该案处理的结果，倒是让遭受她挤兑或被刁难的人，吐了一口恶气。

世上无事不关己。害人终害己。

有人作恶，更有人为善。许多村民知晓曾刚乐善好施，为英儿及其母病痛尽力，无不为之点赞！

事情原委是这样的：一年又一年，今夕复何夕？当刚儿在大西北发旺之后，每年回家一两次，首先是谢村党支部，其次看望英儿，再次是孝敬父母。这几年来，基本上坚持按这个礼数做的！作为父母，对儿子的进步，也是看在眼里，喜在心里；但是，英儿对刚儿看她和其母（丧父了）时带的礼物，都是一一返还给刚儿父母，未曾得过他的一丝礼物。这一事实，搞得刚儿父母蛮不舒服，一度认为，英儿是嫌弃刚儿，讨厌其父母是残疾人，确是心生自卑感……

然而，不知天赐良机，还是时来运转。最近，英儿在镇中学校教书时，突然晕倒住进医院。其母侍候女儿几天后，也不幸病倒了。这一困难可是难倒了母女俩，找亲戚帮，一时半会儿找不到，请护工也请了几批，每一批搞不了几天，都以"节外生枝"的借口，请辞了。

在这绝望之时，刚儿父母让刚儿回家来侍候英儿及其母亲。在刚儿未到镇医院时，在桃姐的引荐下，刚儿父母自告奋勇来侍候英儿及其母亲！

英儿及其母亲看到桃姐介绍的人，不看佛面也要看僧面，再说她俩此时已是用人之际，急不可耐，今日有此好事好人，巴不得喊桃姐百岁！千岁！同时，也热烈欢迎刚儿父母的到来！

闻讯赶来的刚儿，与其父母侍候英儿和其母亲，硬是无微不至，熨熨帖帖，什么端屎端尿，洗衣擦背，买菜弄饭，不亚于一家人，且为英儿及母亲买吃的用的，都是刚儿出钱，不阻手，一拿几百几百的，方显大方仗义，不是同情怜悯，而是爱情在给力……

（三）

在开口闭口都谈钱的社会里，人与人之间的关系似乎变得冷漠了。世人都晓冷漠不好，唯有热情不见了！

然而，这个现象不是绝对的！当英儿与母亲先后病倒的消息传开后，秋菊与王快乐并没有得到刚儿的通知，也没有听到英儿求援，而是从一个陌生人口里知晓此事。他俩对此完全可以"装聋作哑"，或选择冷漠！但是，他俩却在第一时间抛弃冷漠，选择热情相助之举。他俩从县城人民医院、一中分别驱车前往洞庭镇卫生院来了。

此时，英儿与其母在刚儿和其父母的悉心侍候下，她们母女俩得到体贴舒心的关照，一心盼着早日康复，好让刚儿去大西北上班，好让其父母亲回老家喂鸡养狗种地锄草，她自己也有几十个学生等着她去上课授业、传道、解惑！

可是，愿望与现实往往有差距。英儿和其母听医生私下嘀咕：恐怕要转院，转到县或省级医院去诊疗……

此时，秋菊和王快乐突然驱车来到该医院门诊部，乡镇卫生院体量小，几个病人一查便晓。秋菊、王快乐一下车，直奔病室查问，几秒钟便与英儿及其母亲相见。秋菊是县人民医院心血管内科主治医师，帮英儿和其母听、问之后，立马跟该院主治医师建议："这两个病人，应立即转院，就转到县人医去吧！"

英儿和刚儿双眼对视之后，异口同声地表态："可以！可以！"这让英儿和其母巴连不得，感谢加感谢！

该院医生二话没说，心存感谢，立马给英儿及其母亲开出了转院证明，并亲自交给英儿手上。

英儿和其母坐上秋菊的小车，王快乐坐上刚儿开的车一同快速去了县人医。

刚儿让其父母搭便车回家了。他留下继续侍候英儿和其母亲。

且看英儿和其母在秋菊的策划下，找来了县人医权威医师会诊和检查，对症开药，中西医药齐上。

刚儿负责跑上跑下，交钱办手续，一切都在井井有条地进行中……

这一路的顺利，确实让英儿及其母感到了温暖与开心。

让她们更开心的是：郑梓和慧慧得知英儿和其母双双病倒

后，也是第一时间赶到县人医送温暖来了！郑梓和他媳妇送来了鲜花、水果和红包，尤其是请来了县人医院院长及主任医师团队，前来慰问英儿和其母，院长和主任医师通过阅片，询问医师与病人，比较乐观地说："你们来得及时，秋菊医师诊断正确，有可能一周左右，可以康复出院……"

这一席话，恰似一缕阳光照得病人心里暖洋洋的！或许是精神与药物医疗的双作用，第二天，英儿和其母精神好多了，开始想吃东西了……

果然，在第七天，英儿和其母在秋菊、王快乐、郑梓和慧慧等欢送的掌声以及祝福声中，坐上刚儿的车，缓缓地出院啰！

英儿的母亲，笑叹道："这群后生，真可爱！"

刚儿听到这番话，美甜到了血液中，暗暗狂乐："我成了英儿的亲人啦！可离爱人就不远啰……"

英儿心想：刚儿当我的亲人可以，可不能当爱人。

第二十八章　丰收大喜

（一）

随着家庭承包生产责任制的落实，使得农民的"粮袋子"和"钱包子"渐渐鼓起来了！特别是随着"计生放开生育二孩"政策的施行，农民生育二孩或三孩的欲望也"鼓起来"了。

然而，农民从实际出发，所思所想的最多的是年年丰收，丰收连连，这既是人努力，也是天帮忙，来之不易！既然来之不易，为什么就不能好好地庆祝庆祝呢？

看看：农民对此的渴望，他们在农忙过后，边晒稻谷，边晒幸福：今年（2016年）产粮1万斤，产值约12万元，减掉生产成本，加上国家粮补和综补，一般都要赚五六万元。像这样的丰收年，农民是该庆祝！并且应该定一个节日来庆祝，那就是喜上加喜！

听听：农民在农闲时聊天说，工人有"五一"劳动节；青年有"五四"青年节；妇女有"三八"妇女节；教师有教师节，护士有护士节……农民如果有个农民丰收节该有多好啊！这是一个舞台，也是一个平台，有了这个舞台或平台，农民就可上台唱戏！唱新歌！唱丰收歌！这不晓得行不行？反正是农闲时的闲聊……

说说：陈秋保主任跟兄弟过春节前，都要杀年猪，庆过年！他跟大家建议："明年过年不杀猪了，改在晚稻丰收并收割了，稻谷堆成山的时候杀猪庆丰收。"他的一群兄弟们一齐响应："要得！要得！"

马华中跟家人商定："从今年起，我们家改杀年猪过年为杀猪庆丰收，庆祝粮袋子，钱袋子都鼓起来了。多好啊！"他老婆和孩子都表示赞成！

母亲在县里参加2017年县委经济工作会议时，听到有的县处级领导、乡镇党委书记以及村党支部书记，对设立一个"农民丰收节"蛮有兴趣。他们说得头头是道："有利于提振农民的生产积极性；有利于增加农民的幸福感、成就感；有利于提高爱国家的热情；有利于增强'任何时候中国人的饭碗都要牢牢地端在自己手里'的责任感和使命担当！"

母亲抓住县委书记来洞庭镇听取讨论的机会，作了发言："我们村几个村干部和部分农民，自发地发起设立'农民丰收节'

的活动，如：改杀年猪为晚稻丰收，谷堆成山，钱包鼓起来的时候，杀猪庆丰收；有的还准备在晚稻收割后，丰收大喜时请戏班子唱戏，跳地花鼓……"说了这些，母亲诚惶诚恐，生怕讲错了。

始料未及的是，县委书记高兴啊！他竟然站起来为其喝彩，鼓掌！并表示："明年，如果没有特殊情况，晚稻丰收收割后，我或去你们村考察和分享丰收的喜悦！"

与会人员一齐站起来为母亲喝彩，并感谢县委书记的鼓励与支持！他们决心散会后，好好地发展粮食生产，一保良田良法种水稻；二保面积稳增产增收；三保农田"非粮化""非农化"问题不发生……

镇党委唐书记代表全体与会人员当着县委书记做了上述"三保"的表态。他当着县委书记的面，对母亲鼓励说："母亲书记好好干，明年我陪县委书记去！"

母亲非常高兴地说："欢迎指导！"

（二）

新春伊始，万象更新。

日有所思，夜有所梦。母亲从县里回家后，心里总想着今年农业生产，尤其是粮食生产如何才能更上一层楼？如何实现增产增收？她想到了在基数比较高的情况下，必须加大投入：如资金、技术和生产资料等。

晚上，她纵然睡在床上，也还是想粮食丰收的事。昨夜今晨，她居然做了一个梦：梦里看见水稻田绿油油的，风吹如波浪一波一波地波浪式地前进。突然绿色变成黄色，风吹麦浪如龙卷风一圈一圈地螺旋式上升到半空了！升到看不见了……她吓不过，吓出了冷汗，惊吓而醒了！

早晨，母亲照例起床了。她洗漱之后，尽管心里还躲不掉昨夜今晨做梦中的"黄"与"天"两个字的影响，但工作的紧迫感让她努力聚焦在村里的工作：她给王刚打电话，通知村支"两委"的负责人九点来村开会，传达县委经济工作会议精神并研究精准扶贫和农业粮食生产等。

母亲喜欢吃面条，她早餐煎了一个鸡蛋，下了一把面条，约一两多，煮熟后放点盐、辣椒、菜籽油一拌，面的香味出来了，食欲也上来了。

她吃完面条，筷子碗都没有洗。因她心里焦灼地想着扶贫要靠项目、靠产业，而项目、产业从何而来？所以，她顾大丢小，疾步来到村部。

莫道君行早，更有早来人。当她来到村部时，桃姐、王刚先到了。趁此等人的机会，她把昨夜今晨梦"绿""黄""天"的梦境，讲给他俩听，与他俩分享，听听他俩如何解此梦。

桃姐听了母亲报梦后，默了默神，蓦然回首，盈盈笑语："好梦啊！你看稻谷由绿变黄，那是稻谷熟了，怎么又升天了？那是农民收割挑回家进仓，或堆在禾场上成山，不是升天了又是什么？预兆来年丰收……"

王刚情不自禁地打断桃姐的话，一脸认真地打趣说："黄了，天了，可能是美梦，民以食为天啦！也可能是郑老书记在天之灵保佑您呢！想您了！"他镇得住，脸上还是像挂着"认真"二字似的说，"老夫老妻，遇上梦里见，见在梦中，往往是隐隐约约的！"

母亲边听边看他俩的解梦，心里相信，嘴上却说："别管它是好是坏，俺们只管做好本职工作。"她说完，准备问王刚、秋保、华中为什么未到，不料这时她的手机响起来，摁下一听，原来是唐书记来电："县委周书记微服私访到了你们村，你马上到村部等我们一行人……"

说时迟，那时快！唐书记的话还未讲完，门外传来"嘟！嘟！"几声汽车喇叭声，母亲和桃姐、刚儿喜出望外，果然是昨天还在镇讨论会上讲话的周书记、唐书记等一行人！

母亲迎上前去！她与县委周书记、镇党委唐书记等报告说："喜从天上来。领导来得好早，好快！我们刚准备开会学习，贯彻县委经济工作会议精神……"

在母亲的陪同下，周、唐二位书记在村部看了一圈，然后，周书记说："母亲，你能不能把提出将村里杀年猪改为庆祝丰收节的人找来座谈？"

母亲立马答应："可以！可以！"她边说边喊陈秋保、马华中，"你们过来，跟书记汇报一下农民庆丰收的想法。"

此前，他俩麻利地移步站在母亲身后，准备着听母亲的调度哩！一听到母亲在呼喊他俩，他俩立即伸出头来答应，并从她身后走到她的眼前。

母亲笑指这两个人，对周书记介绍："这就是村主任陈秋保，是他提出的创新；这个是村副书记马华中，他的提议也好，他俩都想丰收了庆祝一下。"

周书记接着问："你们可否真说了等粮食丰收了，搞一个庆祝会？"

他俩有点心慌地回答："说了！说了！"

周书记眼见陈、马二人心慌，便平和地一笑，亲热地鼓励说："不要慌！你们说得对，有创新，应该鼓励推介！"

陈秋保一听"创新"二字，立马想到以前的"创新"，更慌了神！但看县委书记的脸色和蔼可亲，又不慌了，镇定地回话："洞庭湖人得了丰收，就想炫一下福！不是杀猪就是修屋，新屋修好了，感谢党的政策好，农民致富！"

王刚毕竟在大西北搞了几年，见了大世面的，他不慌不忙，惹人喜欢地说："手中有粮，心里不慌！感谢县委、镇党委领导得好！农民新屋修好了，公路硬化了，自来水上了农家小楼！感谢党的政策好！"

周书记接过母亲和桃姐分别端来的椅子和芝麻茶，坐下来，边喝茶边和村干部聊起来……

一会儿，围观的围听的人越来越多！许多村民听说是县委书记来村，又惊又喜！两个年长的人悄悄地说："今天来的是县委周书记呀！那真是大喜事，大好事。曾记否？三十多年前，郑丰收当书记时，县委书记来过……"年轻的看过新闻，有的说："我在县电视上看到过，他经常跑乡村，与老百姓打成一片！是好书记。"

村干部座谈会大概持续了半小时。按照周书记的要求，母亲和村干部带唐书记去看几道"好风景"：一个甲鱼养殖场；二个是西北牛养殖场；三个是蔬菜基地；四个是千亩连片水稻丰产基地农田！

当县、镇、村三级书记一行，刚去现场参观了五分钟左右，马华中被一群人"簇拥"着来到村部的路上。马华中不是刚才在县委书记和镇党委书记眼前吗？为什么突然被一群人"簇拥"而来？原来是这样的：他几分钟前接到组长马华六的电话，告诉他有两拨人去村部上访县委书记，事由是非法集资和贫困户等。他在母亲耳边小声说了"接访"二字，急转身去了。

这里一拨人领头的是蛇郎中王师傅，他鼓动一拨人为非法集资上访县委书记，状告非法集资暗里得到村书记的支持，要大闹一番，打母亲的脸。

另一拨人带头的是"牌鬼子"张杰，他煽风点火，说贫困户评定不公平，真的贫困户没评上，假的有背景的人评上了，决心大闹天宫，剑指母亲。

马华中首先见到的是王郎中，他以柔性执法的姿态拦住王郎中这一拨人，苦口婆心地劝道："非法集资的发起人郑显，一家三代都认了错，道了歉，赔了10多万块钱，而今，他们正在凑钱，准备最近又还债10万。如果你们不给他们一些时间，逼得太急，把人逼死了，他们又犯法了，还讨不到钱，这叫'屙屎擤鼻泣，两头蚀呢'！"

王郎中不服，像中了邪一般驳斥："你们是亲戚，互相包庇，我就是要告你，告他，你和他一起告。"

"你告上去，也是我们来处理。"马华中有底气地回复，"我就没有参与集资，因为我不相信他许诺的大馅饼，你们好这一口，愿者上钩，你们也有责任……"

正说着、辩着，这拨人中也还有明白人，他们听马华中讲得有理有据，慢慢地打起退堂鼓来，有的索性转身回去了。王郎中看到这一幕，胆怯了，吵的声音小些了，调子也软些了！但还是"硬撑"着，大骂回去的人！他骂人家，人家回骂，一时形成"内室操戈"，好在马华中见势出面劝和，劝和大给力，人慢慢地撤了！

劝和进行时，又一拨人来挑战了。马华中正面迎上去，瞅见是"牌鬼子"张杰，没等他开口，马华中直奔主题，先声夺人："为贫困户认定不当而来是吧？我坦率地告诉大家：我们支委五人，没有一个亲戚被评定的，也没有一个朋友评定了的，不信的话，你们拿出证据来，用证据说话，不然的话，我不说你们污蔑，也可能经不起时间和群众的检验……"

张杰一蹦三尺高，发飙说："曾刚是贫困户，为什么？"

马华中解释道："他父母都是残疾人，一个聋，一个瘸，上级有政策，对残疾人要多给关照。不说是两个残疾人，一个也可以评定为贫困户，如果你们不信，我可以给红头文件给你们自己看看。"说罢，他从公文包里拿出几份红头文件，专拣了一份关于"精准扶贫"的文件，郑重地送到张杰手上。

张杰心想：他的"法器"随身带的。为了证明真假，他埋头看了又看那红头文件，只见白纸黑字，写得清清楚楚："对残疾人可适当放宽条件认定为贫困户。"他心里开始软了，但嘴上却不软，继续当众歪鼓噪："政策政策，活龙活脉，他说可以，没说必须，那也是不可以……"

马华中见第一拨人灰头土脸地全都撤走了，心中暗喜！他夺取了首战胜利，面对第二战，勇气大增，变柔性执法为"刚性操作"，他用心反驳："文件措辞'可以'，也就是带有必须的意思，绝对不是说'不可以'，如果你不信，建议你读两年书了，再同我来辩论，好不?"

张杰听了这话，认为马华中欺负了他，又来了个一蹦三尺高，向追随者呼喊："走，去村部见县委书记再跟他面理!"他边喊，边拉身边的伙计，朝村部奔去。

殊不知，此时的村部空空如也，除了一个网格员，半个人见不到。因为"三级书记"已完成考察调研，各自去了该去的地方。

张杰到了村部，到处寻找县委书记，却不见踪影。他一屁股顿在椅子上，喘粗气："哎! 运气不好!"

随行之人见这个状况，也像皮球样的泄气了! 有的开溜了，有的在嗤笑他："杰哥，杰哥，没有书记接待，那俺就找媳妇接待去了。"

"去吧! 去吧!"张杰发脾气说，"下次再来!"

马华中半笑半不笑地回应："好走，不送了!"

（三）

人逢喜事精神爽。母亲和她的同事们顺利地送走了县和镇党委书记，书记们对该村工作的充分肯定和赞扬，让她和她的同事们倍感兴奋或精神爽快!

然而，当她和她的同事们回到村部，听了马华中接访时发生的两件怪事，不禁让她和她的同事们倒吸了一口冷气，让她和她的同事们感到心情不爽！尤其是母亲和桃姐，不知是年纪大了，心力不足了，还是有别的原因？母亲心中涌上了"辞职"念头，桃姐心中产生了"退职"的想法……

纵然她跟镇党委唐书记几次提出辞职，均未获批。桃姐则向母亲提出了辞职，也未获批准，母亲跟她表态："要辞，我俩一起辞；要干，我俩一起干！最好等摘掉'贫困村'帽子，一起辞！摘帽也快了。我村争取在全县率先摘'贫困村'帽子……"

一直干到了 2018 年 6 月 21 日，村广播站传来重大新闻：经党中央批准，国务院关于同意设立"中国农民丰收节"的批复发布，同意自 2018 年起，将每年农历秋分设立为"中国农民丰收节"。将极大调动起亿万农民的积极性、主动性、创造性，提升农民的荣誉感、幸福感、获得感……

洞庭村的广大农民，和全国、全省、全县的亿万农民一样，为此欢呼，为此歌唱，为此幸福！一会儿，村部走来好多民众，自发地围拢来边听广播，边热议，他们是这样说："老百姓有所呼，党中央就有所应！这真是党群团结紧，其利胜金！党与群众心连心，歉年变成丰收年……"

母亲和村民们在一起，参与热议和规划着如何庆祝首个农民丰收节。他们一致建议，空谈不行，要撸起袖子加油干！要以更大更好的农业丰收的实际行动来庆祝自己的节日！要以丰收的硕果来庆祝自己的节日！于是，一些青年男女伴着歌声《在希望的田野上》，边和唱，边舞动起来……

有路人见此热闹场景，饶有兴趣地点赞："这比二十年前的村歌舞晚会，还热闹，还好看，还兴奋！"

还有人吟诵古诗：

> 明月别枝惊鹊，
>
> 清风半夜鸣蝉。
>
> 稻花香里说丰年，
>
> 听取蛙声一片。
>
> 七八个星天外，
>
> 两三点雨山前。
>
> 旧时茅店社林边，
>
> 路转溪桥忽见。

村民们且歌，且舞，且诗，岂不乐哉！美哉！幸福哉！

第二十九章　亦喜亦悲

（一）

　　村里经历了多年未有的高光时刻后，母亲收到了若干条坏消息，她不愿"独享"，而想与桃姐分享，在立冬的前一天，阳光给人带来了一些温暖，母亲约请桃姐来村共商村里的大事小情。桃姐对母亲那是由内而外的尊重，寅时喊，卯时到。她还带来了几包自擂的芝麻茶，一进村办公室，就烧开水，泡了两杯芝麻擂茶，那个香味呀，真的开胃口，不想喝的都会想喝，果然，母亲接过桃姐端过来的擂茶，边喝边跟她陈述说："最近，我听到很多反映，卖'别淡'，唱'黄腔'的：比如搞丰收节，是为了纪念我老公去世十八周年；有人说刘上秋被公安带走了，刚儿也危险；还有人告状扶贫项目资金被挪用了……"

　　桃姐越听越觉得有"味"，"味"就在于离谱、离奇，她辩论说："我可以作硬证,这些传说都是假的。"她伸出手指,一点一点地反驳:"搞丰收节,如果是为了纪念郑丰收,那中央都批准设立了。这又怎么解释?如果说刘上秋被公安带走了,昨天,刚儿还告诉说,如何配合调查,刚儿没有危险,安全无事;如果扶贫资金被挪用了,那也是离谱又奇怪,王刚秘书一把'牛尾锁'似的,管理清清楚楚,还公示了的……"

母亲紧蹙的眉头舒展开了,宽心一笑:"不怕!坐得稳行得正,洞庭湖的麻雀吓大了胆的!"她话题一转说:"我们分析一下村支书接班人的事,我上次专门去镇党委一是辞职,二是推荐陈秋保接任书记。我说不忘初心、牢记使命。我而今的使命是培养好支书接班人。当时,唐书记和组织委员二话没说,让我继续干。是不是秋保不太理想领导才没有点头?"

桃姐沉默了一会儿,喝了一口芝麻茶,若有所思地说:"秋保当书记可能不太理想,缺乏魄力和担当精神,建议另外推荐备选对象……"

看看:此时的陈秋保在干什么?自从半月前,母亲听到关于刘上秋的负面消息后,她迅速与刘上秋、刚儿分别通了电话,得到的回答:是遇到了一点麻烦,但麻烦不大。为了帮助上秋依法维权,她让秋保赶往大西北,帮上秋去了,而今秋保是否能帮助上秋呢?母亲拨通了视频电话,亲眼见到秋保与刚儿在一起,正在与聘请的律师商讨如何维护上秋的合法权益。案由:有人实名举报上秋下属分店洗浴中心组织妇女卖淫。一级法人（经理）是一个姓彭的人，上秋是二级法人（总经理），他们三人正在忙着找证据资料……从他们的表情来看，略显轻松。母亲和桃姐也跟着轻松了一些，但她俩还是担心上秋受牵连。因为，之前母亲打上秋的电话，显示的是已关机！音讯不通，难免担心和焦急！

桃姐诙谐地说："你真是名副其实的母亲，把上秋、刚儿当儿子看的。"

母亲随口一说："过奖了！"她继续问，"如果依你的建议，秋保上级批不了，他干什么去？另推后备人的话选谁比较合适？"

桃姐看母亲的脸色：诚恳、朴实。她选择了如实说话："后备人选建议选一个青年人，王刚，他上次见了县、镇书记，对答如流，心有主见，报上去批的可能性大。让秋保继续当村主任，或让他去西北和上秋办企业，或领办村办企业。当不了官，就去赚钱。这应该是一个英明的选择……"

其实，秋保此次去西北刘上秋公司，除了帮助他维权，还有一个重要的任务是让他和上秋建立互相信任的兄弟情，以便留在大西北发展。这个正是母亲的初衷。桃姐这一建议，正中母亲之意。临走时，秋保还曾对母亲说，上秋去大西北时，他打发了秋保两千元，后又借了几万元给上秋发展新项目，如果上秋念这份旧情，应该不会拒绝秋保与他共同战斗、发展、赚钱的意愿，毕竟，秋保当过兵，同上秋三观又合，学识能力上还是一个佼佼者……就看上秋念不念旧情、有没有识人慧眼。他发过誓："苟富贵，毋相忘。"还记得否？

再看看，母亲和桃姐已经达成共识，拟定第二方案书记备选人一是王刚，二是马华中，她俩准备近日再去镇党委报告此事，母亲跟桃姐谨慎地交代："村书记备选人很重要。它关系着三千多人小社会的大稳定、大改革，大发展的大事，不能当儿戏，也不可泄露……"

桃姐信誓旦旦地表示："必须的！请放心好了！"

这时，村部来人啦！她俩欲准备接待这一拨人！

（二）

桃姐捷足先登，打开门一看，只见来者是郑显和他儿子郑金。他俩见桃姐开门迎接，顺口感谢！并打听母亲在不在。桃姐一看是母亲的侄儿侄孙，便直说："在！在！"

郑显父子俩进门后，先给母亲问声好！然后郑显跟她汇报了关于非法集资款偿还本金之事：目前止，已还本金超过 25 万，达到 28 万元，其余的正在抓紧凑，广东那边有受害受骗数额巨大的人，已向公安报案，正在侦破之中，从反馈的信息来看，返回部分本金的可能性比较大……

母亲和桃姐听了非常高兴！顿时眉头舒展，那种恐怕显儿又是来添乱的心思，顷刻消失了，从内而外地为他们父子俩高兴，尤其是听到显儿夸郑金为此出了大力，因郑金曾在公安系统工作过，对公安的业务活动术语比较熟悉，不谦虚地说叫"熟如锅巴"（地方话，即非常熟悉），所以，同广东公安干警有共同语言、聊得来等，听了这一席话后，更为高兴！母亲伸手拉住金儿的手，热赞说："郑金是有出息的，比你爹强。"

桃姐由衷的赞叹："亲为亲好，邻为邻安。我为你们高兴，为你们点赞，郑金遗传了你爷爷老干部的基因，聪明能干能成事业。"

郑显不由得惭愧起来！但他为儿子得到的赞扬声而幸福。他心怀感激地表示："欠了乡亲们的钱，我会还！一定会还清。"然后，他拿出一包烟，先给母亲装被谢绝了，再给桃姐装，没想到，她竟然接烟了。

桃姐还打趣地说："显哥，我从来不抽烟的。今天，为你高兴，我开戒，陪你抽一支。"她等郑显点燃香烟后，似有所忆地问，"显哥，听说你与马华华离婚了，找了一个姓刘的小姐，此事是真是假？"

郑显犹豫了几秒钟，心想瞒是瞒不住的，选择以诚相待，坦白说："婚是离了，华华离婚不离家。姓刘的媳妇不是小姐，比我小泡把岁（即10岁），她待我很好！合得来！"他吸了一口烟，吐出一圈烟雾圈圈，恭敬地说，"我儿子等六天后结婚，请幺婶娘和桃妹妹捧场，撑撑面子，可不可以？"

　　母亲和桃姐满口答应！骤然一睁眼，又有一拨人来喊母亲和桃姐！她俩撇下郑显父子俩，起身去迎客人。

　　原来是王快乐和秋菊来访！难怪她俩起身，喜出望外地迎接客人啰！郑显父子俩开始不理解，以为是镇党委书记或县委书记来了呢，一见是王快乐、秋菊来了，一下就自然理解了。郑显父子与王快乐夫妻互相打了招呼，以示问好。然后，见秋菊笑容可掬地先与母亲拥抱，问寒问暖，再同自己的娘拥抱，口口相谈……

　　王快乐则把郑显父子喊到一边，或是窃窃私语地交谈那笔"非法集资款"还钱的问题……

　　紧接着，桃姐把菊儿拉到母亲身边，恭喜地告诉说："菊儿来主要是找你的，她给你送精准扶贫的人才来了……"

　　"什么？"母亲赔笑着反问道，"精准扶贫人才送来了！我没听错吗？"

　　"母亲！"秋菊嗲声嗲气地报告道，"我儿子听说县发改局扶贫村是洞庭村，我与王快乐要求他报名来洞庭村办点扶贫。他蛮听话，局一把手蛮开明，批准了他的请求，不日，他即将来村工作，起码是三至五年……"

　　"啊！啊！太好了。"母亲情不自禁地欢呼道，"欢迎！非常欢迎!!"

桃姐笑对母亲自豪地补充说："我外孙现任发改局副局长，有点小权力呢！"

母亲为其点赞："有出息，是好孩子！"

秋菊拉着母亲的手，继续跟她报告："母亲，我儿子等几天结婚，想请当奶奶的去吃喜酒，行不行！"

母亲笑得合不拢嘴，一行喜泪脸上流，喜悦地笑答："好啊！双喜迎门啦！"

这时桃姐拉着母亲的另一只手，坦诚地邀请母亲去她家吃中饭！母亲一边答应，一边与郑显、郑金等人告辞。

王快乐、秋菊陪着母亲与桃姐一起去女儿湖桃姐家，本准备走路去的，却被王快乐、秋菊拉到一岔路口登上了小汽车。秋菊掌握方向盘，王快乐则发挥自己的特长，坐而论道地规划他儿子来村后，如何绘成精准扶贫的蓝图和美好福祉……

几分钟就到达目的地了。

让母亲感到惊奇的是：人还没进屋，她就闻到一股饭香菜美的味道，正费解时，桃姐看出了母亲的心思，忙解释："菊儿昨晚就打电话告诉我了，她爹今早就开始准备中餐啦！"

十二点，准时开饭了，盛馔一桌，蒿子粑粑也在其中。

母亲和他们一家吃中饭后，是菊儿执意要送母亲回家。在母亲与桃姐告辞时，桃姐贴到母亲耳边说："不忘初心、牢记使命。我而今的使命也是帮助推荐一名青年妇女主任，'唐老鸭'的五妹很好的，她而今是女儿湖组的组长，名叫唐莉莉……"

母亲"嗯"了一声说："可以考虑!"便与她拜拜了!

此后第六天早晨，母亲早早地起床了，简单洗漱后，换了一身干净衣服，便先去郑显家吃金儿的结婚喜酒，实际上是跟她哥嫂打个招呼，送份礼金就算吃了酒。当她一进门，却见哥嫂一脸的忧愁，蛮不高兴的!"这是为什么?"她悄悄地打听一下，从嫂子口中得知："金儿的未婚妻要生儿子啦! 未婚生子，按传统说法不吉利，倒霉丢丑……"

母亲不以为然，反驳说："嫂子，而今为这个困扰，错了! 应该为此高兴才对的! 因为而今是新时代新社会，我们要与时俱进……"

她见嫂子脸上的愁云渐渐淡去了。她转回身，先与之告辞，后与郑显、郑金打了招呼，把礼金交给显儿后，与他俩父子告辞，转身准备搭车去县城吃喜酒，始料不及的是，她忽闻一熟悉声音喊她，她循声一看，竟是儿子郑梓和慧慧站在小车旁，向她边招手边走来，亲热地说："母亲，请上车。去秋菊、王快乐家吃喜酒……"

母亲喜笑颜开，不知说什么好。她不太爱讲话，听儿子的安排，享受坐小车吃酒去的快乐与幸福! 忽然，母亲问儿子是否去显儿家送过贺礼。当她得知儿子尚未去，她便强烈要求儿子调转车头，去显家送了贺礼，才一路去县城。

一大批目睹者见母亲享受儿子和儿媳的孝敬，无不羡慕！有感而发："母亲吃的苦，没有白吃。像夏莲和黄郎中吃的苦，可能是白吃了……"

（三）

俗话说，福不双至，祸不单行。

然而，在洞庭村却发生了"悲喜同时来敲门"的新鲜事。一是身在镇中心小学教书的英儿，听人家说，刘上秋和刚儿都被当地公安民警带走了。她急了！情急之下，拨刘上秋的电话，欲打听刚儿的消息，一连打了三个，都是关机，使她更急了，她又拨刚儿的电话，欲打听二人的消息，谁知也打不通，一连拨了四次，都是"无法接通"，她急得身上冒冷汗，脸上冒汗珠，心想：或是真的出事了。纵然她与刚儿不是热恋中，但就是凭着相处的时间推移，也渐生情窦了，人非草木，焉能无情？她为情所动，便把这一噩耗电告她伯妈，也不知为什么，她伯妈听了一阵大笑，是冷笑？还是热笑，不论是冷还是热，让英儿更着急，也自然生气了，心想：伯妈真不懂人情，见人家出事了还嗤笑……

忽然，她伯妈桃姐生气又逗趣地笑说："傻女儿，你可能是情痴一个。伯妈笑的意思是笑你弄假成真，刚才，我和母亲还跟刚儿和秋保通了视频电话，刚儿好着呢！不过，上秋真的被公安带走了……"

英儿如释重负，一阵傻笑不止。她跟伯妈诉苦："看来，我与刚儿天远隔地远，不合适谈爱结婚，恐怕各有走各的路，两不牵肠挂肚为好……"

桃姐打断英儿的话，一顿猛烈的批评，搞得英儿不堪忍受，索性挂断了电话。她俩又开始了新一轮"冷战"。不过，桃姐气醒了一想：英儿说得不是没有道理。以后跟母亲和刚儿建议，让刚儿回乡来，那是最好的哩！省得两头分居，各有牵挂或为难……

二是当郑显的儿媳妇进门后两个月，生了一个大胖小子，一家人甚为高兴。尤其是老干部当老爷爷了，对着堂屋佛龛大喊："我有曾孙子了！我有曾孙子了！"喜极而泣，喝了几杯酒，或是太多太急了，不料乐极生悲，郑老爷爷一命呜呼了，这不是亦喜亦悲来敲门吗？这不是天上掉下来的横祸吗……

第三十章　道义情义

（一）

最近，村里老百姓在热议两件事：一是刘陈联盟"深耕大西北"；二是母亲桃姐皆请辞。

先说说刘上秋和陈秋保联盟深耕大西北的趣闻：从传说刘上秋被当地公安带走后，陈秋保遵母亲的建议，立即驰援大西北，为刘上秋讨个公道，还其本来面貌。此时一个需要"补锅"，一个"锅要补"，真是雪中送炭啊！陈秋保不负众望，认准了并抓住了这个"立功"机会，在大西北确实干了几招漂亮事儿，如主张以司法程序为切入口，放弃了一些所谓"朋友"的建议，以暴力手段解决问题，即动员千把人大闹公安局，对闹事有功的人，每人每天奖赏400元，无功而返的每人每天也奖赏150元，重赏之下，必有勇夫，动员千把人去公安示威，确是不难！可是，陈秋保力排众人阻力，选择花重金请律师，帮助刘上秋当辩护人打官司。在陈秋保的指导下，经过调查取证，与公安民警配合，融洽了警民关系；与律师合作，赢得了律师的坚定支持，经过几个回合的打磨辩解，以证据导向，以事实说话，终于为刘上秋"洗白"了，还他以清白之身，成色不减反增，市民们见刘上秋戴着大红花回公司，人气一下子蹭上去了！公司的生意重回旺！旺！旺！

在旺！旺！旺的热潮中，刘上秋立马要感谢的是陈秋保等人，在公司二层骨干会上，刘上秋当着三百多人的面，当众宣布任命陈秋保为总公司副总兼分公司经理。在如雷的掌声中，陈秋保拉着刘上秋的双手，大声朗诵："苟富贵，毋相忘！"立刻，刘上秋以高八度的带磁性的嗓音大声朗诵："苟富贵，毋相忘！"数秒之后，他俩当众异口同声朗诵："苟富贵，毋相忘！"

突然，台下几百人同声朗诵："苟富贵，毋相忘！"连续几声，宛如气吞山河，翻江倒海之势，势不可挡！这就是道义的神威！

在陈秋保即席表态会上，他铿锵有力地说："苟富贵，毋相忘！说起来容易，做起来难！刘上秋总经理做到了！我们要向他学习，向他致敬，尽可能做好精准扶贫，共同富裕，做大做强我们的公司……"

从此，陈秋保立足大西北谋发展，发财也没忘帮助家乡的贫困户！前不久，老百姓亲眼看到他给村里的贫困户每户支援 1000元，助力购买来年的种子、农药、化肥！也因此举，引起了老百姓的点赞和关注！

且看看第二热议之事：随着陈秋保的工作有了最佳去处，他腾出来的村主任位子和论资排辈的村党支部书记第一候选人选择，也将随之变化而变化。村民尤其是党员、组长等都关注着这一人事变动，如果说他们漠不关心，那是假话！

母亲和桃姐分别恭贺刘上秋、陈秋保做出的选择与放弃！特别欣赏他俩不是兄弟胜似兄弟所发出的"苟富贵，毋相忘"的誓言成为现实。自古以来，发誓易，兑现难。刘上秋做到了。母亲由衷地为他点赞。桃姐也一样，发自内心地为他唱赞歌！由此及彼，她俩想到了自己的"当人梯，培养接班人"的决心务必兑现！于是，她俩驱车来到了镇政府，向唐书记汇报心声：她俩决定请辞，同时推荐王刚拟任村支书，唐莉莉拟任妇女主任。理由一是"贫困村"已脱贫摘帽；二是有合适的村支书人选王刚；三是她们年纪大了，该退了……

唐书记和组织委员听了母亲的请辞，当然是婉拒、挽留！他亲切地问："母亲，您是不是觉得工资低了？如果低了，给您增加。"

母亲坦率地答："不是！真不是！"

唐书记继续问："您是认为自己年纪大了？"

母亲爽快地表示："是的！还真是嫌自己年纪大了！应该让青年人干。"

唐书记善意地反驳："生姜还是老的辣，医生越老越吃香……"

……

这样一问一答，气氛显得亲切、随和、务实、坦率。当唐书记问及桃姐为何请辞时，桃姐也是情真意切，讲的都是心里话。

唐书记仍然婉拒母亲和桃姐的辞职请求。他和组织委员通知镇食堂为母亲准备中餐，吃饭时继续与她俩边吃饭边聊镇村工作形势……

唐书记吟诗一首：

母亲创业归家迟，

百家灯火亮东西。

丹心一片为人民，

老发垂簪心有知。

组织委员赋诗一首：

乡村振兴美家园，

因地制宜金银时。

洞庭特色红旗扬，

脱贫收官万民欢。

母亲和桃姐一人说两句话，说着话便是诗：

脱贫攻坚洞庭强，

全镇创新红旗扬。

村村广播捷报传，

万民致富奔小康。

唐书记和组织委员以及来镇的县教育局客人，听了皆说："好诗，好诗。"

（二）

郑显在广东出车祸了。

在养病治伤中的郑显听到村主任陈秋保去大西北发展，心想：他若是身体强壮些，又没有债务缠身，也想去西北拼一下，说不定"鸡儿撞米米"，发点小财，把债还清了，该有多好。

坐在他身边侍候他的现任妻子刘姐看出了他的心思，直率地嗤笑说："癞蛤蟆，莫想吃天鹅肉……"

郑显恼火了。他挣扎着想翻身起来，与她争个高低，分个对错，可是，毕竟是"伤不饶人"啦！起不来了！只因伤得太重。伤在何处？村里的人都还记得，他是出了车祸。那是在广东一边打工，一边追付集资款时不幸出的车祸，如果不是抢救及时，他或早已经丧命了。而今，他是一息尚存；如果没有刘姐在身边侍候周到入微，也已经丧命了；刚才，他这一恼火，又伤了些元气，血压升高，心跳加快手冰凉，刘姐麻利报告医师来抢救！

闻讯赶来救治的医生，听刘姐说了缘由后，医生再次好言相劝他和她："要静养，不能躁。"

从此，刘姐倍加小心，决心一忍百忍，绝不惹他恼火生气！

然而，郑显的伤势却越来越危险，几乎是在死亡线上挣扎。

刘姐几次通知其儿子郑金来医院，处理善后，郑金风疾火燎地赶来医院，他爹的病危通知又被医生取消了。原本忙得出气不赢，"一包烂钱子数不清"的郑金，而今是"三个边"的待遇：即边打工，边追付集资款，边为父索赔车祸款。爷爷不在人世了，这叫他怎么能安心陪在爹的病床边？

幸好，他有几个朋友帮他拉了一把，不然，他或撑不下去了。

还好，郑显的前妻不计前仇，从湖南来到广东，帮助刘姐侍候几天，减少了刘姐的一些疲惫。在大难中，前妻与现任合作可好，姐姐长妹妹短的，显得比较合拍。这让危重病人郑显的伤势仿佛有些好转，从不进食变为进食了！

然而，好景不长，几天后，郑显竟然晕死过去！

郑金跑来边哭边喊："爹爹，集资款讨了二十万回来了……"他喊爹，爹不应。他就喊医生来给爹上呼吸机（供氧），并对医生和亲娘以及后娘说，无论如何也得让他留下几句遗言，或者是临终嘱咐……

医生非常理解和支持郑金的这一要求，立即给郑显上了供氧设备。不知是天遂人愿，还是机缘巧合，十多分钟后，郑显竟然发出了微弱的喊声："还……还账……还账……"

郑金躬腰尖起耳朵听，听清楚他爹的意思，迅速表态："要得！一定还账，马上就还账。"然后，他耳贴耳地问："爹，你还有什么嘱咐吧？"

郑显此时睁开了双眼，瞅了瞅金儿和他的两个堂客，一行热泪往下流，强打精神支支吾吾地嘱咐："第一是把欠账还清，第二是捐点钱给村组修水泥路，第三是给孤儿和孤老捐点酒肉被子钱。"

"好的！爹！"郑金连忙表态，并打算立即安排人把他手中的钱交给马华中、马华六去赔付人家。他起身给他爹打了招呼，便当着他们的面给马华中打电话："姑爷，姑爷，我手里有 20 万元，请你帮我拿去还我爹欠下的集资款。好吧？"

马华中立刻答应："真的吗？好啊！"

众人听得出来，马华中开始怀疑，后答应。为了解除他的疑惑，郑金当着众人的面，拿出银行卡晃了又晃，然后重申道："真的，真金白银，大家可以做证。"

他的亲娘和后娘以及在场的护士，一齐大声证明说："真的！不会骗人的！"

马华中立马表态："好！半天后到！"

郑金也随声承诺："好！作数。"

此时，郑显湿润的脸被吹干了。他眼睛俨然有点儿神，凝神瞅着金儿手中的"卡"，心想：金儿你不会是骗人家，也骗你爹吧？

刘姐猜出了老公的心语，试着对郑金说："你爹可能是想看到卡里的钱？也可能是闻闻卡看有钱香啵？"

这一句话，逗得大家都笑而难休。

前妻华华快言快语对儿子说："老不死的是怀疑卡里没有那么多钱？"

金儿铁心表示："有，20万元一分不少。"

"那就快去银行取来现金，当着你爹面把钱交给马华中。"王华华强烈希望说，"而今就去取。"

"好啊！"郑金铁心答应，转身去了。

半天后，马华中邀了王刚如约而至郑显病床边，还买了鲜花鲜果送给他，陪郑显闲聊了半天不见金儿的影子，心中急了，怀疑自己或被骗了！被金儿玩的"金蝉脱壳"的计谋骗了！脸上露出失望之色，眼中尽是怒火，起身欲走！郑显和他的两个堂客怎么留也留不住！起身走了！

可巧的是，郑金在门口却与马华中碰了个满怀，差点双方碰倒在地。不巧的是，这一碰把金儿手中黑色塑料袋碰破了，破口处一叠一叠的红版百元大钞，纷纷撒落在郑显的病床上下……

"这么多钱！"郑显的两个堂客又惊又喜地嚷嚷起来，"第一次看到这么多钱。"

郑显喜极而泣，挣扎着嘱咐："还账，修路。做善事捐点孤儿孤老……"

郑金边捡钱边答应："是的！爹！我听到了。"他的钱还没捡拾完，似乎心中一颤，父子连心，一瞅父亲眼闭了，撒手了，三呼九唤不理了！他感觉到天塌地崩了，老爹走了！走了……

（三）

小寒连大喜，双鹊垒新巢。

今天四时四十九分，洞庭村民众迎来冬季倒数第二个节气：小寒。此时临近三九，流水冰封，土壤冻结，屋檐下的冰凌迅速生长，清晨的窗户已凝起了冰花，因而有"小寒胜大寒"的说法。在严寒气息下，春天的脚步也在慢慢靠近。古人用"雁北乡，鹊始巢，雉始鸲"形容此时的三个物候……小寒虽寒，望春则暖，愿你心中常怀热爱，不惧风霜严寒，在冬日里积蓄前进的力量！

正是小寒时节，郑金在马华中、王刚以及他的两个妈的协助下，按照民俗文化的理念"叶落归根"，决定将郑显"扶灵返湘"，安葬在老家为好。于是，他们一行坐着灵车，越过南岭到达雪峰山余脉洞庭湖畔的一个农舍家中。

王刚、马华中帮郑金请的道师早早地在郑显旧屋恭候，并搭好了棚子，扯起了白帐，挂好了办丧事的对联。乡里乡亲也闻讯赶来帮忙，大家认为死人的事是经常发生的。但白发人送黑发人，让大家都不好过，心痛啊！大家瞅着郑显的娘，只见她泪人一个，目光痴呆可怜，口里不停地念着："显儿呀，你命苦！命苦……"

母亲和桃姐劝她事已至此，莫要太悲伤，显儿已是六十多岁的人，走了也是过了六甲，算得一世人。但而今日子好过了，还是死得早了些，他不该走在亲娘前面，若再活十年八年的，把娘送上山再死，也就是顺条路了。天不假年，有什么办法呢？无奈只能在奈何桥上等着娘。

显儿的娘，听了母亲和桃姐的这番安慰，俨然认命了，仿佛不那么悲痛欲绝！她习惯性地叫女儿们给来客筛茶递水，然后，她在母亲和桃姐的搀扶下，走到显儿的灵柩边，用干净毛巾擦掉灵柩上所有灰尘……

一会儿，由远而近的鞭炮声像煮粥似的，响彻半边天。

母亲和桃姐听到显儿的娘说："显儿回家了！显儿回家了……"

果然，人们循声望去，一台灵车停在眼前，丧夫们一齐上阵，一吼二吆喝，三呼九唤地把郑显请下车来，让道士喷完煞水便将其入柩了。

显儿有四五个妹妹，个个号啕大哭，乡亲们以泪洗面，痛悼显儿的亡灵。

王快乐、秋菊、郑梓、慧慧、李芳、刘上秋、曾刚、英儿等无人不泪流如泉涌……

一语惊醒梦中人。王快乐面对这么多人为郑显抛眼泪，情不自禁地问："这泪如泉涌，是钱买来的，还是情义所致？你们说一说。"

众人被王快乐老师一语惊醒了，一个个欲说又停。王老师从大家的眼神中悟出大概是：钱，买不来眼泪。何况，而今并未看见一分钱，看见的是为郑显死时还惦记着还债而抛眼泪，这是一分真情义的表白！

王快乐一句话道破天机："看来，人间自有真情在，金银财宝靠边站。也就是说情义重千金，千金难买一分情。"

众友异口同声："是！是！是！"

众亲在郑显出殡的那天，不约而同地来给他送葬上山。大家议论最多的是郑显生前爱喝酒，是否在他的灵柩里放了几瓶酒？没人议论他还债不还债，都以为"人死债亡"。

然而，郑金在安葬其父后，将乡里乡亲留下，从王刚、马华中手中接过 20 万元，当着众亲的面，一一还清了所有非法集资的本金和按银行标准利息！

这一情义，让众人、众友、众亲深感意外……

第三十一章　新老交替

（一）

　　岁末年初，镇党委例行对各行政村进行一年一度的村支两委班子考察开始了。

　　为了积极配合这次考察，母亲早已安排王刚秘书写好并贴出了公告公示，公示被考察的对象为刘春秀、马华中、王刚、唐莉莉、桃姐等。公告即为广而告之，就贴在当路的村部公告栏内。

　　来此办事或路人，看到这醒目的公告，无不驻足观看，或者议论几句，如："听说母亲和桃姐请辞了。这下看谁上？"有的说："总之没有我的份，管他谁上谁下，不关我的事。"还有的郑重其事地鼓噪："世上无事不关己。村干部事关三千多人，跟我们的吃饭、用钱、住房、医保关系大着哩……"

　　持最后一种认识和见解的代表有张杰、马华六等。随着时间的推移，这一拨人越来越多，直至成了主流民意。

可不是吗？看看：当镇党委来村考察，要召开三个会，即现有班子会、组长会、党员大会。开展个别座谈：主要找母亲、马华中、桃姐、王刚分别谈话。他们的中餐，母亲仍然安排在桃姐家里，因她家有一个全县闻名的模范丈夫——张昌生。

小组长会议用时半小时，几个会共同任务：民主推荐村支书。

党员大会用时半小时，这次没请党员吃饭，给每人发误餐费三十元，另外发一包价值二十元的芙蓉王烟。

个别座谈会用时三小时。

这次考察工作在镇党委组织委员杨欣、纪委书记胡英的主持下，有序地进行。

杨欣、胡英最后找母亲座谈，他俩再次听取母亲推荐后备人选的意见。母亲依然如故地重申了自己的建议人选：书记王刚，副书记马华中，妇女主任唐莉莉等。他俩传达党委的意见，拟将母亲安排到镇林管站当副书记，月工资三千元。对此，母亲一是感谢，二是婉拒，三是再次表态全退，以后可能办一所孤儿幼儿园或去广东女儿家，或在洞庭县城儿子家养老度日。镇领导表示：将把母亲的三点意思带回去。

镇领导对当前的工作提出几点要求：时值元旦春节（2019年），一要继续抓好禁放烟花鞭炮为主的安全稳定工作；二是继续抓严禁烧桔秆，防止森林山火；三是要继续抓实长江流域即洞庭湖区十年禁渔；四是继续抓好两节期间慰问特困党员和村民的送温暖活动！

母亲对镇领导的指示"四个继续"工作，表态坚决执行好！落实好！但也大胆地反映了民众的善意建议，她胆怯地说："对节日期间禁烟花鞭炮和农田烧火土灰，农民有不同的意见，有的说：全面封禁是乱作为，一放了之是不作为。这个大概是从互联网上看到的，农民实在晓得。鉴此，我在基层工作若干年，屡屡见到群众喜庆节日或红白喜事，在适当的地点，放点烟花鞭炮，适当的操作，不会引起火灾……"

杨委员反诘一问："您经历过做禁放烟花鞭炮时，与群众发生冲突的事吗？"

母亲直言不讳地汇报："何止经历过，而是屡见不鲜，愈禁愈放……"

胡书记插话问："您有何好的建议？"

母亲也是坦率地报告："适当松绑！以满足老百姓的心愿。"

"如果松一些绑。"胡书记继续追问，"引起火灾，炸伤炸死了人，怎么办？"

母亲眉宇紧蹙着，略愣了几秒钟，而后眉宇舒展，信心满满地回答："如果事先教育规定严紧，一般不会出问题，更不会引起火灾，或炸死人。浏阳、醴陵烟花鞭炮产业每年一百多亿，他们也很少出事故，何况那是集中生产的，老百姓是分散燃放的。中华民族五千多年以来，过年过节就兴热闹，兴放烟花鞭炮……"

关于这个事的讨论，不知不觉地引来了许多老百姓的关注，有的伫立在旁，侧耳倾听；有的在外边就议论开来了，说："禁不住的！网上说是反对禁炮禁烧稻草火土灰。那是个别专家脱离农村实际，闭门造车，胡思乱想出来的……"

镇里两个领导，有时也尖起耳朵静听群众怎么说的。当听到这些意见，有深度，有高度，有温度，仿佛如醍醐灌顶，茅塞顿开……

镇领导起身与母亲和支委们告辞，把民主推荐的支书、主任备选人"打包"带回镇里，将原汁原味地向党委集体汇报并作出抉择！

"呜！呜！"几声汽笛响起，小汽车启动，镇领导走了。

"嗨！嗨！"洞庭村党支部班子成员，在母亲的带领下，像是一团火，决心用这一团火，温暖全村老百姓。于是，他们开始了排兵布阵，分工到人，各自包干负责做好"四个继续"工作，过好热闹的春节！

（二）

俗话说："人有旦夕祸福。"

王刚秘书凭直觉近期或有大事件发生。于是他边听广播，边记录了以下这一组关键信息，与众人分享：

2019 年 12 月，武汉市部分医院报告了多起不明原因的肺炎病例。经过研究，时至 2020 年 1 月 7 日，在患者样本中检测到了一种新型冠状病毒。1 月 12 日世界卫生组织正式将这种肺炎命名为 2019 新型冠状病毒肺炎。中国国家卫健委也在同年的 2 月 7 日将此疾病正式命名为新型冠状病毒肺炎，简称新冠肺炎。

从此，新冠肺炎在中国乃至世界各国发生蔓延、扩散。

洞庭村民在党中央和省、市、县、镇党委的领导下，党支部发挥核心堡垒作用，率领全体村民一边抗疫，一边劳动生产，一边吟诗如下：

初心不忘勇争先，

使命担当扛在肩。

洞庭村民抗疫情，

栉风沐雨过新年。

王刚还从网上摘录一首七律，武汉保卫战抄写贴在村广告栏，并在村广播站连续播出：

大街小巷冷清清，

户户家家闭门庭。

多少英雄拼死上，

万千勇士逆风行。

全民出手抓防疫，

军地同心战疫情。

援鄂出征无退路，

冲锋打仗必须赢。

这两首诗词的宣传播出，村民们的反映有好的一面：即积极配合村党支部设点检查登记外来人员，对隐瞒不报的还有志愿者向村委会举报；不好的一面为恐慌症，好多村民恐慌得吃不香，睡不着，单处聚合都嫌，也就是说搞得人人自危，都说是大瘟疫来了……

村党支部在母亲的建议下，请来县人民医院秋菊医师进行广播讲座，题目是：科学抗疫的注意事项。如：少聚会，勤洗手，科学戴口罩，休息好，营养要跟上……

母亲和王刚在挨家挨户的检查中，发现这一招很管用，村民们从恐慌中渐渐解脱出来了，从不可战胜的"大瘟疫"变为可控可防的大流行疾病，实现了思想认识上的一个飞跃，从而，增强了战疫抗疫的信心和决心！

在抗疫的初战中，母亲发现王刚是个好接班人，临危不乱，战疫有方。桃姐也观察唐莉莉好长时间了，看到她带领村民一边抗疫，一边生产劳动，"玩"得蛮有起色，搞得蛮有成效的。她和母亲相遇后，互相交流对王刚和唐莉莉在抗疫初战中的表现，各自都伸出了大拇指，为他俩点赞！并期待着镇党委早日批复下来，让他俩早日进班子，为全村村民谋福祉……

（三）

立春节气快来了。

六九冰开，七九燕来，立春之后一树一树的花开，这么久了，这么忍了，这么简单的梦是你和他，不容分说的皆纷纷扬扬地来了。

元宵节后，县、乡、村工作会议多了起来，俗话说，春争日，夏争时。一年之计在于春。

母亲和桃姐正在焦虑镇里的批复何时来，她俩在村部边听广播，边念叨着："春天来了，为什么俺俩辞职的批复还未来？"忽然，座机电话响了。桃姐起身拿起听筒，一问一答，一条重要新闻来了："镇党委组织委员杨部长说，他和纪委胡书记今天中午前来村，宣布村班子组成人员……"

母亲听到桃姐的汇报后，喜形于色，吩咐说："还等什么？马上通知新老班子成员来村部开会，通知你家老张准备中饭！"

桃姐连说几声："好！好！立马打两个通知下去！"说完，她麻利地开始打通知给老公准备中饭，然后给王刚打通知，并叫他通知其他支委开会。

半小时后，村里老新支委悉数到来，母亲照例跟大家说明了会议的内容……

正说着，镇党委杨、胡二位领导来村了。他俩先跟母亲通报了党委的决定，然后再召开老同志新支委会议并宣布：

经研究同意：

免去刘春秀同志洞庭村党支部书记职务；

任命王刚同志为洞庭村党支部书记；

免去张桃秀同志的村党支部委员、妇女主任职务；

任命唐莉莉同志为洞庭村党支部委员、妇女主任。

中共洞庭镇委员会

×年×月×日

对镇党委的决定，大家报以热烈的掌声，以表示坚决拥护和支持。

在镇党委两位领导和新书记王刚的盛邀之下，母亲发表了热情洋溢的感言。她满含深情地说："各位领导、同志们、朋友们，根据上级党委的安排，我已经正式退职了。我于 2000 年 12 月 26 日接手村支书，转眼就是 20 年了，真是时光如梭，光阴似箭。20

年的时间很短，短到还有一些大事没有完成；20 年的时间又很长，长到可以一辈子珍惜珍藏。这 7200 多个日夜里，我和同事们殚精竭虑，勠力同心，为实现'全心全意为人民服务，让人民过上好日子'这个共同愿景，付出了一切智慧与努力，倾注了全部感情和心血，融入了所有的甘苦与忧乐。退职之时，我想说：我无怨无悔，因为我们并肩战斗，共同见证了洞庭村的跨越式发展；我感恩感谢，因为我们相濡以沫，共同成就洞庭村的美好愿景；我祝愿祝福，因为我们牢记初心使命，共同期待着洞庭村更好的发展。然而，天下没有不散的宴席！人事有代谢，一届比一届强，往来成古今。革命事业，薪火相传。

"今后，我和桃姐仍然是中共党员，退职不褪色，党性更加强。欢迎大家对我在这 20 年工作中的缺点或错误，予以多多批评和包涵。人非圣贤，孰能无过！我将继续点赞支持以王刚为首的党支部新班子的工作！谢谢大家……"

这时，母亲的手机响了。她接起听到："母亲您好！我因为在县里参加'两会'，有投票选举任务，不能请假前往村里向您道谢道喜，请理解……"

镇里两位领导听得出来，这是镇唐书记的来电，大家还听到说："母亲，您儿子郑梓被列为县处级领导候选人，我们要给您儿子投赞成票哩……"

会议进行到新任书记表态发言。王刚仿佛早有准备，当杨部长点到他名字时，他立即脱稿表态："各位领导，同志们！镇领导让我做表态发言，我不得不讲，我也想讲两句。第一句话是，向母亲看齐，向母亲致敬！因为她老人家牢记初心使命，为人民服务，不顾个人得失，从'米箩里跳到糠箩里'，即从可享清福大福的家庭跳到为人民服务村里工作，确是受苦受累，饱经沧桑，历尽艰辛，要钱没钱，要权没权，她确一干就是 20 年！使贫困村变成小康村，让群众过上好日子！这就是我的榜样！我的第二句话是，我也从'米箩里跳进糠箩里'，不图钱，不图利，图的是全心全意为人民服务。所以从发财的大西北来到家乡，建设家乡。刘上秋、陈秋保在大西北发大财，不忘支援家乡群众，苟富贵，毋相忘。他俩做到了！我们一样的要做到，而且要做得更好！"

"……"

一场新老交接顺利完成啦！

镇领导和新老班子成员愉快地来到桃姐家，享受一桌盛馔美餐，炖了一条大鳡鱼，鳡鱼有一根肠子，直来直去，寓意为人民服务要实干加苦干，不搞形式主义。更期待着洞庭村明天更美，更富，更振兴！

广大村民们特别关注母亲的去向，也特别关注王刚是否胜任。

母亲和王刚对此有所感悟……

第三十二章 扶孤扶贫

（一）

母亲和桃姐辞职获批后，不知有多高兴！为什么？一般人都会认为她俩不仅不高兴，反而应该有失落感，别看一个小小的"村官"，在三千多人的心里就是一个责任蛮大的"官"，突然离职了，或许真有一个不适应的过程；而今，却说她俩高兴得不得了，真叫人费解。

其实，"不信广告信疗效"。先说她俩共同点：都有好的去处，这是第一。即一个投奔儿子，儿子又升为县级领导，有一套小房子还空着，早就是给母亲养老留起的。一个是前往女儿家，女儿是名医，有多的房，也有余钱剩米，可供其父母基本生活费花销。第二，她俩原先是头上戴的"紧箍咒"，颈上戴了一"枷"也砸碎了，无"官"一身轻，想去城里潇洒就去潇洒，多自由呀。第三，她俩都是先苦后甜的人，过够了苦日子，再过甜生活，人都要显得年轻些，精神都爽些！不同点是年龄相差十多岁，可她俩是忘年交，年纪大小不是障碍，反而是有利条件，叫"功能互补"，难怪她俩在几十年的相处中，常以姐妹相称，比亲姐妹还亲。如今，她俩都安顿好了屋里的东西，晚上做了到城里享受天伦之乐的美梦，明早上，就等秋菊和郑梓开车来村，接她们去县城哩！

半夜，桃姐还给母亲打电话说："俗话说'有福之人住城郭'，我们到了县城，先住下来，然后一起去看免费电影，游公园，走美食街吃美食，逛万达广场超市，看球赛……"

母亲一边听，一边点头说好："还可以在社区日间料理中心吃免费午餐……"

桃姐的老公都被她两姐妹绘就这场"居城生活图"馋得流口水啦！他想：城乡差别是有！但是城里不一定有这么好！难道还有免费的午餐？不是说"天下没有免费的午餐"嘛。

老张可能真的"无知"。据报道，目前洞庭县城建有三十多个日间老人料理中心，每天中午对八十岁以上的老人免费提供午餐。这个新闻，村广播站转播湖南人民广播电台交通频道的节目，就有播出了的！不过也难怪，老张一天守着的是田土农活，哪有时间静心听广播，纵然是下雨天，不能做农活，也有牌友加劲邀他去打牌，小赌怡情，而何不好玩啰？

桃姐一早起来，小包大包的都准备停当了。只等女儿秋菊来接了。

母亲这边，昨晚就大包小包的，冷热换洗衣服也都打包了，也是只等她儿子郑梓来接她进城过市民生活去了。

然而，计划赶不上变化。天刚蒙蒙亮，随着几声婴儿啼哭声，从梦中惊醒来的母亲恍恍惚惚地边翻身起来边疑惑："这是幼儿哭还是小狗做人叫？"看来，她一时难以确认！正待她想确认时，哭声消失了，为了看个究竟，她鼓足勇气，从灶门边拿来一把菜刀自卫，再慢慢开房门，从门缝里看门外边，却见一床棉被搁在椅子上，小棉被合口处露出一只小手，小手旁露出一张半掩半开的小脸，有鼻子有眼有小嘴……母亲立马断定，这是一个小婴儿！她突将房门打开，跨出大步，惊诧不已地走向小被窝边，伸手去摸摸那小婴儿，确认是一个小女婴。再从小女婴脸下脖子边拿出一纸条，上面写着出生年月日。"哇！出生只一天。"母亲情不自禁地叹惋，"是谁丢弃的，不怕天打雷劈？"

母亲双手抱着小女婴进屋了。她为这位突然来访的"小客人"开始忙碌起来……

（二）

天亮了。

桃姐猛打电话给母亲，可是母亲总不接电话。她怕母亲变卦，更怕母亲出事了，让秋菊开车到母亲家来探看究竟。

郑梓从县城出发时，也给母亲大人打电话，也是打不通。他便坚持按原计划办事，驱车到洞庭村接母亲。

当桃姐和秋菊前脚来到母亲家，郑梓后脚就跟着进屋了。他们一问一看，原来母亲竟是因为"小客人"突然来访，忙加愁，根本就没听到电话响，也没时间去看电话。对此，桃姐、秋菊、郑梓都表示一切情有可原！

郑梓、秋菊找母亲商量对策，是一起带到县里去？还是将小女婴送民政局？或者报警？

桃姐感到突兀极了。她让秋菊给小女婴把把脉，看是残疾婴儿还是健康婴儿。

秋菊婉拒说："不论是残疾还是健康的，都要养大成人。"

母亲闷闷不吱声。当听到秋菊这句话后，她打定了主意："带养成人！我在家里带她。"

经过郑梓再做工作，母亲仍然坚持初心不变，谢绝了儿子的好意孝心，也谢绝了桃姐和秋菊的热情相邀，选择哪里都不去了，坚持在老家带养孤儿弃婴……

这时，母亲的电话响了。桃姐接过来给母亲，一听来电人竟是新书记王刚。他关心地问："母亲大人，您到了哪里呀？我等下去县城看您……"

母亲打断他的话，坦率地回答："我在老家。我不去县城了，不麻烦你们……"

"那是为什么？"王刚大声地追问。

"不为什么！"母亲紧蹙着眉头回复。

桃姐接过母亲的电话，把刚才的突发事件简单地告诉了王刚。郑梓、秋菊等都听出来了，王刚也感到太突然，太突兀了！王刚好心地建议："送民政局孤儿院去。"

母亲由此回忆到：20 世纪 60 年代到 70 年代，别人送米送谷，我家拒收，并退回；70 年代至 80 年代，别人送谷送米，我家拒收，也退回去了；90 年代至 2000 年，别人送烟送酒，我家拒收，退回去了；2010 年至今，别人送红包送钱，我家拒收，也退回去了；2020 年别人送弃婴儿，我家应该收养。母亲坚持说："这次送都送来了，我就带养，也许是天意民意。"

王刚的建议也被否决了。

郑梓、秋菊、桃姐暂缓讨论此事，忙帮母亲弄早餐，给小婴儿买奶粉，煮米汤喂"小客人"，也都开始为"小客人"忙碌起来……

半小时后，王刚突然光临郑家，还带了几大瓶奶粉、纸尿裤、婴儿衣服等。

郑梓表扬了王刚："真会做事，感谢！"

秋菊也跟着夸奖："善解人意的好书记。"

桃姐画龙点睛地说："这可能是跟母亲学的！"

王刚忙接着话题答："确实是跟母亲大人学的……"

正说话时，唐莉莉、马华中等也都来了，他们也带来了奶粉、小儿穿的衣服等。

这真是："千斤的担子，众人挑。"母亲见此，紧蹙的眉头又舒展开了！

"众人拾柴火焰高。"在桃姐等众人的忙碌下，一桌盛馔上桌了。这给母亲又减负了。小婴儿吃的有了，大人们吃中饭也有了，心中的愁被众人驱散了，让她由内而外地笑开颜！她一面侍候小婴儿，一边让郑梓带领乡亲们吃中饭。

郑梓一边请大家吃饭，一边对着小车喊司机出来吃饭。

王刚见郑梓的小秘书，奉承郑梓说："当县处级领导，带的新秘书?"后问小秘书，"小伙子，你贵姓?"

小秘书瞅了郑梓一眼，谦逊地答："免贵，姓黄。"

王刚继续说："黄秘书，你要好生跟领导搞服务，郑哥是我们村出的最大的官！"

黄秘书连说："好的！必须的！"

郑梓又催大家坐拢来吃饭。他叮嘱大家："喝酒的不开车，开车的不喝酒，这个是红线，千万不要踩。"

秋菊笑容可掬地表态："好的！我今天要开车，千万不沾酒，但我用白开水代酒，敬郑哥高升！"

"……"

大家一边喝酒、敬酒，一边商议母亲究竟去不去县城享清福。商量来商量去，都让母亲给否决了。她横竖不肯抛弃小女婴，务必把她带养大，成人成才！

最后，郑梓只好同意了母亲的要求：留在老家带小女婴。

让人出乎意料的是：桃姐竟然表态也放弃去县城享清福，强烈要求留下来，选择与母亲共同侍候哺养小女婴。

秋菊一时感到莫名其妙。她想：世上真有这么好的母亲？她坚持邀请自己的娘随她而去，当看到娘如此坚持不改初心，也就随她的，违心同意娘留下，与母亲搭档共同抚育小女婴！

王刚、马华中、唐莉莉等除了佩服敬重母亲和桃姐的大爱大义精神，就是为她俩点赞，决心今后践行初心，不辱使命，全心全意地为人民服务……

郑梓和秋菊认为：违心地同意母亲的选择，也是一种孝敬……

（三）

一段时间，王刚到县、镇参会，安排村里春耕备耕工作，都在有序地进行。但让他感到无序的是：人与人的千差万别，党员与党员也有千差万别，为什么？一度让他想不通，一时无解！在苦思冥想中，幸好收获了。"人的一生，不要走错方向，如果走错了，想回头也回不去了。因此，决心笃行实干，不为自己谋私利，要为人民群众谋利益，也就是像母亲一样，一辈子为人民服务……"

一天，王刚看天上出大太阳，在阳光照耀下，农作物生机勃勃，鲜茶长得好；人呢，精神旺盛，准备大干！于是，他约了马华中、唐莉莉，一起到几家企业看看去。首先去的是茶场。茶场的生产、销售一直好。关键是有一个好场长向大培，而今他儿子也很争气，学有专长，为人有德，可说是"一代比一代强"。

王刚等来到场里，向大培端出明前茶，招待他们。茶杯未上手，茶香却进入鼻口，差点儿把人"醉"了！可是，王刚不怕醉，他认为：茶醉聪明汉。他连续喝了三杯明前茶，思绪万千，终于捋出了头绪，即乡村振兴要靠产业。大力兴办产业，才能真正振兴。他高兴地对大家发出指示："同志们本届村党支部，抓振兴必抓生产，抓产业必抓人才培养和启用，像向大培这样的只赚不亏的场长，我们洞庭村需要 100 个、1000 个也不嫌多！大家想一想，对不对？"

马华中、唐莉莉等无不赞成！

乘着茶兴，王刚一行人辞别了向大培，来到渔场。

渔场场长王长福来迟了一步，但他打发儿子和堂客在家接待新书记王刚。王刚抓住这一空隙时间，询问出了一些真情实况。据说：王场长又是去了湖南旅游学院，帮大学送鱼 2 车，约 6 吨，鱼种有青、草、鲢、鲫、鳊鱼等，价格比市场高出

1—1.5 元/斤。自从母家建立产销联姻合同以来，该场与学院产销链不但未断，而且像新姑娘的项链似的，越来越大，越来越重，越来越纯……

王刚听了很是高兴。他见王长福还未来，又乘兴到旁边的甲鱼养殖场去了。

甲鱼养殖场技术负责人早已在此恭候。不过，此人非当年的刘进，而是刘进原邻居李进的儿子，李步。李步是水产学院毕业，又在省特种水产研究所工作了几年。为了报效家乡父老，选择在村里承包了这近 200 亩甲鱼场，其经济效益比在省所要殷实得多，只是名气小点。但对钱想，只要水鱼壳里有肉，肉就能变钱。所以，李步而今在县城里有电梯房，身边有小车，家里有美妻，"三大件"全是"高配"，而今他生活得很安然，也不想去远方，更不想出国。

眼见新书记王刚等到来，自然是客气地跟他们做了汇报……然后，李步把父亲李进请来，杀了一只大甲鱼，招待王刚一行。

王刚推辞不受。李进、李步父子都说："这是我们私人请客，又不是吃的公家的，你们怕什么？"

王刚坦率地答："我怕中了这一魔咒，什么'桌上有一钵，钵里有一壳，你夺我也夺，吃了什么都好说'……"

李步憨厚一笑："这有什么怕的？这说明党群关系鱼水情深，是好事，不怕！不怕！"说完，他拉着王刚入席，给他夹了一块大甲鱼带裙的壳放进他碗里，还陆续给马华中、唐莉莉夹了几块……

王刚一行吃了甲鱼美酒后，乘酒甲鱼兴，又来到了湘莲场。

场长刘长保在此恭候多时，虽说没有新鲜莲蓬招待，但有莲子羹加冰糖端上来，正好帮他们解酒，醒酒！

王刚吟诗为证：

> 乡村振兴梦成真，
>
> 办成产业好淘金。
>
> 财源深处人群聚，
>
> 留住乡愁留住根。

然而，王刚和新的党支部成员不满足诗和诗意，却特别关注远方，他认为：要致富，先修路。于是，他和远在大西北的刘上秋、陈秋保、曾刚分别打电话，要求他们支援家乡修柏油路，并说，省里有配套资金下达了。在获得刘上秋、陈秋保和曾刚的同意后，他邀请郑梓去大西北募捐修路资金共计 70 万元。然后，他又邀请刘上秋的父亲去广东郑金等那里募捐到 30 万元。两笔合计 100 万元。紧接着，王刚和他的同事们掀起了新修全村主道硬化的热潮，把诗和远方变成了看得见、摸得着的幸福路、振兴路、阳光路！

有趣的是：在通车典礼会上，曾刚找到王刚说："你当书记时我送了份大礼，你能送我一份礼大吗？"

王刚兴奋地说："你说，必须送你。"

曾刚坦率要求道："帮我娶媳妇——英儿。"

王刚愣了一下，回复说："好的！这个忙我帮定了！"

曾刚喜笑颜开地说："这不是诗和远方吧？"

王刚再重复说："实实在在就在眼前的喜事。"

"……"

然后，参加庆典大会的领导和嘉宾，稳步到村农庄，边喝酒边谈乡村振兴边看大屏幕电视，忽见洞庭县广播电视台播出："湖南有三湘四水，我们县也有'三乡四水'，那是中国甲鱼之乡，中国长寿之乡，中华诗词之乡；'四水'为青水湖，青山湖、女儿湖、太白湖！"

众人一起为洞庭县的"三乡四水"举杯！喝彩！祝福！

王刚郑重提议："母亲书记辛苦一辈子，为人民服务一辈子。她为人民服务硬是上了瘾，一天也停不下来。我们要祝福她老人家长命百岁！"

大家一起为母亲书记祝福！

第三十三章　复兴振兴

（一）

惊蛰时节到了，天气回暖，春雷始鸣，雨水增多。唐诗有云："微雨众卉新，一雷惊蛰始。田家几时闲，耕种从此起。"

世上怪事多，怪事都是怪人作。莫把怪人当回事，日子才好过。这个是新书记王刚的切身体会。为什么？请看分享：

要致富，先修路。王刚新任书记后，锚定"为人民服务要有所作为"这个指导思想，真的是求上求下，一脸笑得稀稀烂，给人敬酒当儿子，上门收募捐当孙子，修路动工时给人当"叫花子"。

说句实在话，他当时心里很憋屈。当柏油路修成后，老百姓看见一条条的阳光大道，特别是当人们走在大道上，沐浴着阳光，皮鞋越走越亮，泥巴路抛丢太平洋，内心里充满了对新书记及其同事的感激之情，此情此义万两黄金也难买，而新书记王刚由内而外地感受到了"尊敬与信赖"，这种"尊敬"更是百万两黄金也买不到！他与他的同事们在庆功酒会上，坦诚地调侃说："世道轮回。修路前讨钱，我跟别人当'儿子''孙子'，而今修好路后，别人分享了幸福，我便成了别人的'老子'！老孺子牛……"

王刚和他的同事们为了大歌大颂这些乡村捐款修路的达人贤士，立马动工修建"功德碑"，将这些达人贤士的大名刻在石碑上，连曾刚的残疾人父母名字都刻在碑上，捐资数额也一并刻上，且立在村部三岔路口醒目处，来往行人，无不驻足观看！他们看来看去，石碑上镌刻着王家三弟兄也是"三军官"捐资分别是6万、5万、4万；村里在外当干部的郑梓、王快乐、秋菊、李芳、李小芳、李小童、英儿等分别捐2万或5000元；村里在外当老板或打工的人如刘上秋、陈秋保、曾刚、郑金、曾谦、王超等捐资分别是5万或5000元……

有许多人，看罢功德碑后，因为碑上刻有自己或儿孙的大名，倍感光荣和自豪，激动得好几天都睡不着，好像泡在幸福的蜜糖里，由内而外地感到甜蜜！甜蜜哩！像李芳老师和她女儿虽调到县城工作，但捐款没有缺席，碑上有名。村民们佩服不已。但也有人，因为在外当了小官而碑上却没有自己和儿子或女儿的名字，被众从沦为笑柄："为官不仁……"

然而，该来的不来，不该来的终于来了。

一天，黄凤凤和她老公，来到村部找王刚，未见到王刚，见到了马华中和唐莉莉、向九九等，她便指桑骂槐地大吵大闹，把一切脏水臭水往王刚头上泼，说的话难听死了："你们太欺负人了。王刚硬是欺到我脸上了。村里立'功德碑'为什么不写我的名字？退一步讲，作如我没当官，上不了碑，但为何有的打工仔都上了碑？不仅如此，我儿子在外地当了官，为什么不写上'功德碑'……"

马华中、唐莉莉和向九九互相对视，交流难受难过的情意。他们实在听不下去了。马华中押出脑壳说："黄老师，我们包括新书记王刚，对你和你家是蛮客气的，哪里说得上欺负啰！具体说，这些上碑的大名字，都是为修公路捐了钱的，你和你儿子一毛钱也没有捐，为什么上得了功德碑？"

黄凤凤举着拳头说："我和我儿子不晓得捐款这回事，为什么不通知？不通知我们就是欺负人！"

唐莉莉曾是黄凤凤的学生。她晓得老师是举着拳头教学生，伸出手来揪学生的耳朵的人，揪得小学生汪汪直哭，揪出血来了也不松手。过去怕她揪耳朵而不吭声，而今她自己是村干部一员，应该挺出来讲公道话，于是她申辩说："黄老师，你说的不是事实。村广播室天天广播动员村民捐款修路，不说播了 100 次，也播了 99 次。王刚书记还跟你打电话捐款修路，又跟你儿子打电话捐款，我在旁边做的记录，确是打了，你莫是忘记了?"

"没打电话。我没有一点印象。"黄凤凤辩解说，"莫非是在外地当官的人就不通知? 当老师的也不通知? 是吧?"

向九九是青年人，初生牛犊不怕虎。他曾也是她的学生，但他不信邪地告诉道："黄老师，不是不通知外地官，你看看王长福场长，三个儿子当军官，大儿子王平，当的核潜艇一把手，师长级；二儿子王义，当的歼20驾驶员，副团；三儿子王道，当的南部战区陆军某团团长，主官。他们三兄弟第二次每人捐资1万元修公路。你和你儿子一毛钱都没捐，怎么还吵闹到村部来? 不怕人家笑话你和你儿子吗……"

"小家伙，你懂个屁!"黄凤凤的老公也姓黄，呲着长长的两颗门牙，开始骂人，"你没资格跟儿子当官的爹讲话。"

马华中、唐莉莉对视一下后，感觉村干部被刁民欺负了。马华中反驳道："老黄，你错了。向九九是村领导，你只是寄住在村的村民一个，在这样的场合下，你可能还真没有发言的资格。再呢，古人说:'修路修路，健康添寿。'古人都晓得这个道理，难道我们现代人不晓得?"

黄凤凤见老公遭到批评，内心不服这口气，不问青红皂白地帮腔:"你们还真的是胡说，什么寄住不寄住，都是中国人! 你们能说黄老倌不是中国人……"

马华中再欠反驳:"他和你的户口都在外村，不是寄住又是什么？至于中国人，那你到北京去住，你去得了吗？哈哈！”

……

正说着，王刚陪同王平、王义、王道从田间备耕春耕第一线来到村部，忽听不友好的吵闹声，王家三兄弟似乎是要为他们本家的王刚书记"救驾"一样，伸出脑壳辨认吼得凶的是何人。

经他们一瞧，似曾面熟。再一瞧，竟然是当年教他们的打骂学生的黄老师。他们在今天见到了老师的"峥嵘"，倍感不幸，忙打掩护说："黄老师，您客气了！我家刚哥王刚初任书记，立功心切，不妥之处，请老师海涵海涵……"

黄凤凤顿时面红耳赤，无地自容，忙改口奉承说："王刚书记是个最好的书记，比我那姨妈好一百倍……"

王刚此时按下暂停键说："批评我可以，不要批评母亲书记，因为她是一个伟大的、勤政为民的好母亲、好书记！这是县委书记都肯定了的。"

王家三兄弟和马华中、唐莉莉、向九九都先后表态，赞同王刚书记的说话，反对黄凤凤指桑骂槐，颠倒是非。

当马华中、唐莉莉、向九九把黄凤凤来"诉求"之事跟王刚报告后，没等黄凤凤开口，王刚坦率地表态："如果你儿子和你们老两口有捐款修公路的意愿，而今还不迟，而今捐了款，明朝就可以补刻上捐款人的大名，曾刚的残疾人父母也捐款1000元，前后送了3次，我们才收他的……"

黄凤凤狡猾地要求："你先刻上我和我儿子的名字，然后再捐款，好不？"

王刚斩钉截铁地回复："不好！不行！"

王家三兄弟都在帮刚哥书记的忙，王平对曾经的老师劝说："黄老师，人要讲道理，有理走遍天下，无理寸步难行。"

王义继续说："我们是第二次各捐 1 万元才上的功德碑。"

王道更有含金量地说："不论是军人，还是民众，都不能搞特殊化。没有特殊军人，也没有外法民众，想刻名字就先捐钱，何必只要名不出钱呢。"

黄凤凤和她老公心虚得很，心里在打咚咚鼓，嘴上又讲飘叶子的话："八五四十，五八也是四十。我当老师时没教错啊！"

王平解释说："老师，这要看过程，是加减乘除中的哪一项，如果不选对项，只看结果是没有对的可言。"

"呸！呸！"黄凤凤无话可说了。只发两句非话非理之声，拽着老倌子，急转身愤愤离开了！

（二）

王刚听说母亲书记抚养孤儿时不幸病倒了。这让他很是难过！在王家三兄弟心目中，儿时，母亲与他们家的父母关系就蛮好的，不是亲人，胜似亲人。逢年过大节的，王长福都要带儿子轮流去给老郑书记和母亲拜年，拜年！

而今，老郑书记走了！老母亲因抚养孤儿不幸染病在身，理应去看望。再加上军人的身份，真正的军人和地方干部群众都是鱼水关系。这是大义之情，无人可撼得动的！

在王刚的带领下，王家三兄弟商量好了给母亲和桃姐各一个红包，在马华中的超市买点苹果和鲜红花带上，一起向郑家走去。

母亲和桃姐正在给孤儿喂牛奶。可巧的是，母亲跟桃姐炫梦说："昨夜今晨，我做了一个大梦、奇梦，梦见海上游的，天上飞的，陆上走的，'海陆空'三军将士来到我家，为我送苹果和鲜花，忍不住一笑，笑醒来了……"

桃姐没让母亲把话讲完，忙发感慨地说："哦！难怪见你今天的精神状态比昨天好些了！我和菊儿联系，准备明天或后天送你去县人医治病的……"

"不去！不去！"母亲也打断桃姐的话，连说几个不去，一度让桃姐不知而何搞为好，不过，母亲及时给桃姐给出了建议："听说，我妹夏莲和她老公不好得很，建议你让菊儿把我妹和黄郎中送县医。可好？"

"好嘞！"桃姐不假思索地答应了。隔了一会儿，她无奈地叹道："哪个他二老补交医保外的钱啰？"

"让她女儿黄凤凤等几个儿女出。"

"修公路，她和她老公、儿子都没捐钱。难道给爹娘治病会出吗？"

"会出！她教书时曾说会养我的老。你还记得吗？"

"那是哄你的！她的话十句信不得一句。"

"如果她的儿女都不出，就拿我的补助工资贴！这可以吧？"

"不可以，因为养孤儿靠的就是镇政府给你发的那点退休金。如果把这笔钱用了，孤儿的开销怎么办？"

"找我儿子郑梓出。"

"那就找我女儿菊儿出。"

……

忽然，王刚带着"海陆空"三军将士手捧鲜花、苹果来到母亲面前。母亲始料不及，以为是天降的"天兵天将"，受宠若惊……

王刚和桃姐喊几声母亲，叫醒了梦中之人——母亲。她才从梦中走出来，便叫唤三兄弟的乳名："平儿、义儿、道小子，你们怎么都来了？真不敢当哩！"说话时，两行热泪不禁抛出来，当三兄弟把鲜花、苹果送到母亲的怀中时，母亲又一次被感动了！连忙说："桃姐，弄饭去，请长福的三个宝贝儿子吃饭……"

桃姐接受这一任务后，倍感荣幸！因为这是为三军将士做饭，荣誉不一般！她在幸福的甜水中，半小时左右就弄出了一桌饭香菜美的中餐！

喝酒时，王刚代母亲敬酒，酒过三巡之后，他的话就多了。他颇有自豪地夸奖："我们村是一块风水宝地，人杰地灵。地方官，出的最大的是郑梓，正处级。军队官，出的最大的是师长主官，王平。养殖甲鱼专家刘进，高级工程师。老板发财最多的是：刘上秋、陈秋保、曾刚、张军……"

王平提议为母亲当上"主托"，为桃姐当上"副主托"敬酒，并带头给母亲和桃姐送上红包。当王义、王道问及托儿所今后的规划时，母亲回答："今后要扩大规模，把留守儿童也纳入进来……"

正聊得起兴时，忽闻一阵打锣声。他们凭感觉和经验，判断或是有人去世了，敲响了丧锣！

欲知结果从何而起？等王刚询问后再揭晓！

（三）

王刚领着三个本家兄弟回到村部，没坐上几分钟，就有人投诉上门。这人就是夏莲。她哭丧着脸投诉："王书记，你是明白官。你评评理，我老公病重，想去医院治疗，除了医保报销部分外，自己还要出一半。为了凑钱，四个女儿有实力，该出，也出得起，可是她们不肯出，硬要赖在老弟身上，老弟愿出又出不起，他为此准备卖屋都要跟他爹治病……"

　　听了这番话，王刚没有马上表态，而是把隔壁的三个军官兄弟送走后，再回过去劝夏莲说："大妈，你的大女儿黄凤凤的条件算好的，她的儿子也当官，她儿子出了吗？"

　　夏莲回答说："小外孙先是表态出一点。后来变卦了，不出了。可能是他妈使的坏！也可能他不想出了。"

　　听到这里，让王刚大吃一惊。俗话说："娘亲舅大。"妈妈的爹比舅还大一辈，是大上加大，不出钱真没有道理……

　　犹豫中，不料三个本家兄弟并未走，而是留步隔壁想听听究竟，也想为病人伸援手。当听到病人一外孙也是当官，表态出钱相助后却变卦了，不免难过。出于人民子弟兵的大仁大义，三个王家兄弟每人自掏现金，突然现身王刚和夏莲面前，抻抻妥妥地各捐2000元资助病人。然后，三兄弟才转身真的回家去了。

　　这一义举，让王刚和夏莲大感突然，也帮了他俩的大忙。王刚接着把这一信息打电话告诉黄凤凤的儿子黄兵，看他怎么为人！再呢，王刚陪着夏莲来到黄郎中家，看到黄郎中从死亡线上悠过来了，道士也辞退了，便把刚才三个王家兄弟捐款之事，告诉黄老和他儿子，老人的病似乎又减轻了一些，只见他泪水如泉涌，谢声不断……

　　三天后，全村乃至全镇干群都在热议：母亲和黄郎中的大病好转，关键在于精气神之火被点燃，也就是说精气神好能够战胜百病，是谁为她他二人点燃精气神呢？那就是"三军过后尽开颜"。直白地说，搭帮王家三兄弟军官海陆空三军施援手，驱散了百病之魔，迎来了新的精气神！

　　大喜讯之后，问题来了。当然，母亲依然是精气神旺旺。但黄郎中因接受"三军"的援助，让黄凤凤无地自容，恨不能钻进地缝躲起来。她当着其父母之面，举着拳头，手指在母亲脸前指指点点并吼道："你接受别人捐款，出了黄家的大丑，我们都快让你俩丑死了。我要是你，投水喝农药死了算了，省得丢人丢丑……"

　　夏莲原本是生动活泼之人。经与女儿的几次冲突后受到伤害，变得郁郁寡欢，愁眉苦脸。此时，她为老公辩解："你爹身体好时，让五个儿女有吃有穿有书读。如今，累出病来，卧床难起，你这当长女的对父不心痛，不感恩，反而恩将仇报，恨不得他早走……"

　　黄凤凤双目睁得老圆，似乎要吃人似的说："如今，讲我和我家坏话的人，像满塘蛤蟆叫，蛤蟆虽不咬人，但闹人。你当母亲的也跟着他们一起叫，还去村里告状。如果你把那6000元退掉，我们愿出6万元给父母治病。你们干不干……"

　　"假话，太假了。"黄郎中咬牙切齿地颤抖地发声，"你这女儿，算我们白养你了！你就是一只白眼狼。"

　　"呸！呸！"黄凤凤又老调重弹，"你去死吧，死了干净。"她边说边溜了。

黄郎中对老婆深有感触地要求她把儿子叫来，他或有临终嘱咐。

在夏莲的呼唤下，小儿子黄正义应声来到父亲病床边，俯首聆听教训、教导。

黄郎中以微弱的声音，艰难地交代说："我们最大的失误在于家教、家训的缺失，导致家风严重歪斜，该孝的不孝，该教的不教，所以你贪玩，玩物丧志，你姐大逆不道，不孝敬父母，甚至虐待父母。你今后要好生教育你的儿孙，吃不少，打不饶。若把宠爱变溺爱，那是害后代后人……"

说到这里，话语突然终止。

让夏莲和黄正义反应过来，一看一摸，掐的掐人中，拍胸的拍胸，猛喊："你不要走！不要走……"

可是，不该这么快走的黄老还是咽下了最后一口气，撒手西去！

在村领导的扶持下，在母亲和桃姐的帮助下，小黄牵头，和他的姐姐们为父亲办完了善后。就在这时，母亲和桃姐又收留了2个流浪儿童。

"头七"后，夏莲也突发心梗走了。

王刚出于对小黄的安抚，把他安排在村渔场养鱼，学点技术，赚钱养家。他从小黄那里得知黄老临终嘱咐家教、家训、家风之言后，在全村掀起了一场大兴家教、家训、家风教育活动。

同时，他对"乡村振兴上"有精细的安排：一是坚持一张蓝图绘到底；二是坚持靠政策、靠人才支撑，振兴乡村；三是今年必须新上一个项目；四是家家户户马上接通自来水和推行厕所革命；五是建立一个人才群培训制度。把王快乐和秋菊的儿子王副局长推为会长，他本人当书记，启动为期十五年的《民间人才即能工巧匠、田秀才、土状元的普查启用培训计划》。该计划的指导思想有诗为证：

中华民族要复兴，

乡村必振兴。

人才是关键，

党的领导是核心。

乡村振兴快车道，

强推厕所革命。

家家用上自来水，

党员干部带头拼。

该《计划》诗，村广播室广播多日，并书写出来张贴在村广告栏内。广大村民无不驻足观看并点赞：这是《母亲梦》的实践版，升级版！

后　记

　　我创作的第三部长篇小说《母亲梦》，幸运地付梓、全国发行。

　　从"文化强国"至"学习强国"，我都想求索一下，但心有余而力不足。怎么办？思来想去，还是笃定前行，用了五六年的时间，把冷板凳坐成热板凳，把明亮的双眼整成花花眼，硬是完成了《母亲梦》的创作。一路走来，有苦有乐，有得有失，这很正常，我心平静！

　　从"民族要复兴"至"乡村必振兴"，我曾有在乡镇任主职的七年经历，又有生在农村长在学校的阅历，让我阅读群书，饱受师教，于是我对乡村必振兴产生了浓厚的期待和热心，愿意当一个志愿者，为它添砖加瓦，为它拾柴添柴催生那振兴的"燎原"怒放的鲜花。"待到山花烂漫时，她在丛中笑。""俏也不争春，只把春来报。"

　　《母亲梦》在创作出版过程中，得到了相关县乡党和政府领导的支持；得到了湖南省作家协会、常德市老干网宣协会、县老干部局、老干活动中心和老干相关协会的鼓励；特别是得到了解放军报社原副总编、少将、高级记者饶洪桥的鼎力支持和鼓励！在此一并致谢！

　　由于作者水平有限，书中疏漏错讹之处，在所难免，敬请广大读者雅正、海涵和谅解，本人不胜感谢！

作者：曾燮柳

2024 年 4 月 28 日于长沙